유령 열차

Original Japanese title: YUREI RESSHA
Copyright © 1978 by AKAGAWA Jiro
Original Japanese edition published by Bungeishunju Ltd.
Korean translation rights arranged with Bungeishunju Ltd.
through The English Agency (Japan) Ltd. and Kudara Co., Ltd.

유령 열차

초판 1쇄 찍음 2012년 12월 18일
초판 3쇄 펴냄 2014년 01월 10일

지 은 이 아카가와 지로
옮 긴 이 한성례
펴 낸 이 김일권
총 기 획 최호성
펴 낸 곳 씨엘북스

출판등록 2011년 9월 21일, 제25100-2011-00088호
주   소 서울특별시 마포구 성산동 261-38 베아트리스 101호
전   화 Tel (02)333-8276 Fax (02)323-8273
E-mail clbooks@naver.com

ISBN 978-89-97722-19-8   03830

유령 열차

아카가와 지로 지음
한성례 옮김

차례

제1장

유령 열차

유령 열차

1

이와유다니 역 역장 오타니 데쓰조의 증언.

"여덟 명이에요. 틀림없습니다. 그날 첫차를 탄 사람은 그 여덟 명뿐이었으니까요. 열차가 출발한 시간은 6시 15분이었고, 손님들은 10분 전인 6시 5분쯤 역에 도착했습니다. 다른 역무원이 없어서 제가 직접 검표를 해 잘 기억하고 있습니다. 출발 시간이 얼마 남지 않아 승객들은 바로 열차에 올라탔습니다.

네? 아닙니다. 타고 나서는 아무도 내리지 않았습니다. 개찰구에서는 열차와 플랫폼이 한눈에 보입니다. 누군가 내렸다면 바로 알아차렸을 겁니다. 열차의 반대편으로 내렸을지도 모른다는 말씀이십니까? 흠, 그랬다면 열차가 지나간 뒤 보였겠지요. 반대편으로도 내린 사람은 한 명도 없었습니다. 모든 승객들이 자리에 앉아 있는 걸 제 눈으로 똑똑히 확인했습니다.

네, 열차는 정시에 출발했습니다. 딱 6시 15분에요. 제 시계요?
여섯 시 라디오 시보에 맞춰둔 터라 정확합니다."

차장 모리 노부오의 증언.
"네, 승객은 분명히 여덟 명이었습니다. 저는 열차가 출발할 때까
지 플랫폼 이곳저곳을 오가며 출발 상태를 점검했습니다. 승객들은
계속 차내에 있었고요. 열차는 예정대로 출발해서 6시 25분 정각
에 다음 역인 오유다니 역에 도착했습니다. 저는 평소와 다름없이
열차가 달리는 동안 차장실에서 나오지 않았습니다. 그동안 아무
런 낌새도 없었고요. 열차는 다음 역인 오유다니 역에 도착할 때까
지 한 번도 멈추지 않았습니다. 철교를 지날 때와 커브를 돌 때 아
주 약간 속도를 줄였습니다만 그때 말고는 줄곧 같은 속도를 유지
했습니다.

네, 그렇습니다. 차장실 창 너머로 밖이 보이기는 합니다. 하지만
평소와 다른 점은 발견하지 못했습니다."

기관사 세키야 하지메의 증언.
"저도 승객들이 승차하는 모습을 지켜보았습니다. 운전대 창문에
서 고개를 내밀고 말입니다. 몇 명인지 세어보지는 않았습니다. 6
시 15분에 열차를 출발시켰죠. 그 후로는 평상시와 다르지 않았습
니다. 물론 열차를 세우지도 않았고요.

그렇습니다. 열차는 그리 빠른 편은 아닙니다. 항상 시속 40킬로미터로 달립니다. 커브에서도 마찬가지입니다. 네? 속도가 너무 느리다고요? 아이고, 말이 40킬로미터지 달리는 열차에서 어디 한번 뛰어내려 보세요. 가벼운 부상으로 끝나면 운이 좋은 겁니다. 예전에 시속 20킬로미터로 달리는 화물차에서 뛰어내린 적이 있었는데 발목을 삐었다니까요. 네, 운전하는 동안 평소와 다른 점은 전혀 없었습니다."

오유다니 역 역장 다구치 료스케의 증언.
"그날 아침 우리 역에는 승객이 한 사람도 없었고 저 혼자 플랫폼에 서서 첫차를 기다렸습니다. 열차는 예정대로 도착했고요. 창문으로 열차 안을 들여다보니 사람이 한 명도 보이지 않기에 차장인 모리 씨한테 '오늘은 텅텅 비었군'이라고 말했습니다. 그러자 모리 씨는 그럴 리가 없다면서 플랫폼으로 내려왔지요. 그래서 제가 손가락으로 객실을 가리키며 텅텅 비었다고 다시 한 번 말했더니 모리 씨는 이상하다면서 고개를 갸우뚱했습니다. 그래서 둘이 객차에 들어가 봤습니다. 사람의 흔적은 남아 있었습니다. 네, 그랬습니다. 짐은 그물로 된 선반 위에 그대로 있었고 신문은 접힌 채로 좌석 위에 있었습니다. 창가에는 뚜껑을 딴 캔 맥주도 있었고요. 그렇지만 정작 손님들의 모습은 어디에도 보이지 않았습니다. 모리 씨와 둘이서 어쩔 줄 모르고 있는데 기관사인 세키야 씨가 왔습니다. 셋이서 열차를 샅샅이 뒤졌습니다. 아무리 찾아도 손님들은 없었습니다. 저는 모리 씨가 착각하지는 않았는지, 열차가 출발하는 사이에 승객들이 무언가 급한 용무로 내린 건 아닌지 물어보았습니다. 모리 씨는 절대 그럴 리가 없다고 주장했습니다. 그렇다면 사고가 일어난 게 분명하다는 판단을 내리고 경찰에 알렸습니다. 이거 참, 이상한 일입니다. 대체 무슨 영문인지 통 모르겠습니다. 승객 여덟 명이 모두 사라져버렸습니다.

2

"휴가를 내겠습니다."

이 한마디 꺼내기가 죽기보다 더 힘든 상사가 있다. 혼마 경정이 바로 그런 사람이다. 그는 휴가를 쓰지도 않거니와 휴일에도 출근하고 당일치기 출장도 마다하지 않는다. 그런 사람 밑에서 일하는 사람은 정말이지 죽을 맛이다. 내가 딱 그 꼴이다. 혼마 경정 밑에서 10년이나 일했지만 그 앞에 서면 아직도 오금이 저린다. 오늘 아침에도 혼마 경정의 책상 앞에 서서 어렵사리 말문을 열었다.

"저기, 경정님……."

그다음 말이 목에 걸려 나오지 않아 진땀만 났다.

"음, 자네가 웬일인가?"

"저어, 드릴 말씀이……."

"그렇지 않아도 자네한테 할 말이 있었는데 마침 잘됐군. 자, 이쪽으로 앉게."

다 틀렸군, 하고 속으로 투덜대면서 낡아빠진 의자에 털썩 앉았다. 새로운 사건을 맡길지도 모른다는 불길한 예감이 급습했다.

분명 휴가를 내겠다고 하면 '휴가가 웬 말이야. 지금 잠꼬대 같은 소리나 할 때인가?'라고 언성을 높이겠지. 불을 보듯 훤하다.

혼마 경정은 "내 용건은 말일세……."라고 운을 뗀 후, 일용직 노동자처럼 그을린 얼굴을 거친 손으로 박박 문지르고는 말을 이었다.

"아 참! 자네가 이야기를 하던 중이었지. 자네 이야기를 먼저 듣도록 하지."

오호, 이런 찬스가! 나는 크게 숨을 들이마셨다.

"사흘간 휴가를 얻고 싶습니다."

나는 단숨에 말을 쏟아내고 남은 숨도 뱉어냈다. 나도 마음만 먹으면 말을 제법 잘하는구나.

혼마 경정은 잠시 동안 신기하다는 듯 나를 빤히 쳐다보더니 갑자기 싱긋 웃었다.

"이런 우연이 다 있나!"

경정은 짝 소리가 나게 손뼉까지 쳤다.

"그렇잖아도 자네한테 휴가를 줄 참이었네."

일곱 살 때 애지중지하던 새끼 고양이를 교통사고로 잃은 후 나는 줄곧 신을 부정해왔다. 그런데 이 순간만큼은 하느님이든 부처님이든 알라신이든 신이란 신은 모조리 불러내어 마음속 깊이 감사하다고 기도하고픈 심정이었다. 이 세상의 온갖 신이시여, 감사합니다.

"겨우 사흘로 되겠나? 열흘은 돼야지. 자네도 지금껏 산더미 같은 업무에 치여서 피곤이 쌓였잖은가. 이참에 다 풀고 오게."

생각지도 못한 혼마 경정의 선심에 나는 오히려 불안해졌다. 혹시 이거 말로만 듣던 권고사직인가. 그다음에는 '자네는 이제 끝이야'라는 말로 마무리하겠지.

"아, 아닙니다. 그 정도로 긴 휴가는 필요 없습니다."

나는 혼마 경정의 눈치를 살피며 말을 더듬었다.

"사양하지 말게. 온천에라도 가서 기분 전환이나 하고 와. 내가 잘 아는 좋은 온천이 있네. 거기에 가보게나. 조용한 산속인 데다 마을 사람들도 소박해서 도시 생활에 지친 자네가 푹 쉬기에는 더없이 좋은 곳이야. 어깨 결림도 완전히 사라질 걸세. 내가 보증하지."

혼마 경정은 담배 연기를 길게 내뿜으며 한마디 덧붙였다.

"이와유다니 온천이야."

나는 자세를 고쳐 앉았다. 그리고 혼마 경정과 신을, 또 방금 신에게 감사한 내 자신을 저주했다. 그럼 그렇지.

"무슨 일을 시키시려는 겁니까?"

"그렇게 정색할 필요 없어. 그 무인 열차 사건 말이야. 언론에서는 '유령 열차'라고 부르던데 자네도 전혀 흥미가 없는 건 아니겠지?"

"그야 당연하죠. 그 일 때문에 세상이 떠들썩한데요. 근데 그 사건은 경시청 관할이 아니잖습니까?"

"그래, 맞아. 그건 나도 잘 알아. 한데 그 지역 경찰서장하고 내가 불알친구거든. 그 녀석이 나한테 도움을 청해 왔다고. 어린 시절엔 그 녀석이랑 같이 감 서리도 자주 했었는데. 단순한 구석이 있지만 성실하고 괜찮은 놈이야."

"그 지방 경찰은요?"

"되도록이면 그 지방 경찰의 힘을 빌리지 않으려고 해. 왜 그런지는 자네도 잘 알 테고."

"그래도 말입니다."

"그런 까닭에 내가 자네한테 온천 여행객 행세를 해달라고 이렇게 부탁하는 걸세. 경시청에서 공식적으로 수사원을 파견할 수는 없으니 이런 편법을 쓰는 게야. 나를 돕는 셈 치고 부디 받아들여 주게나."

나는 크게 숨을 들이마시려다가 말고 벌떡 일어났다.

'말도 안 됩니다. 저를 뭐라고 생각하시는 겁니까? 제가 경정님 비서라도 됩니까? 불알친구 사이든 몰래 감을 따 먹던 사이든 그게 저하고 무슨 상관입니까? 그건 경정님 사정이라고요! 경정님 친구면 친구지 제가 왜 그런 촌구석 경찰을 위해서 움직여야 합니까? 열흘간 휴가요? 그따위 열흘짜리 휴가, 정중히 사양하겠습니다. 무엇보다도 저는 시골이 싫습니다. 끔찍하다고요. 차라리 신주쿠 부근에서 사흘간 하릴없이 어슬렁거리는 게 낫겠습니다. 아시겠습니까? 경정님의 제안은 절대 못 받아들입니다. 절대로요. 죄송하게 됐습니다!'

하지만 나는 마음속으로만 일장 연설을 끝내고 멈추었던 한숨을 크게 내쉬었다.

"그 지방 서장님 성함은 어떻게 되십니까?"

"무토 고헤이라고 하네. 내가 자네 이야기를 해두지. 이렇게 급히 부탁을 해서 미안하네만 내일 당장 출발해주었으면 하네. 자세한 내용은 나중에 메모해주겠네."

혼마 경정은 미안해하는 마음이라고는 눈곱만큼도 느껴지지 않는 말투로 말했다. 그는 어느새 다른 파일을 읽고 있었다.

나는 느릿느릿 의자에서 일어나 내 자리로 돌아가려다가 순간 중요한 사실을 빠뜨렸다는 것을 떠올렸다.

"그런데 말입니다."

"무슨 일인가?"

"여행 비용과 숙박비는 대주시는 거죠?"

"당연하지. 다른 사건에서 쓴 비용이랑 같이 처리할 거니까."

"감사합니다."

말을 하면서도 도대체 왜 내가 감사해야 하나 하는 생각이 들었다. 오늘은 이래저래 하루 종일 기분이 언짢다.

내 이름은 우노 교이치. 경시청 수사 1과의 4년차 경감이다. 몇 달 후면 마흔 살이 된다. 3년 전, 교통사고로 아내를 잃었고 둘 사이에 아이는 없다. 그 사고 후에 10제곱미터짜리 관사로 이사 와서 혼자 살고 있다.

나라는 사람에 대해 딱히 할 말은 없다. 중학교 때 받은 통지표의 행동 발달 사항에는 '어른스럽고 눈에 띄지 않는 학생'이라고 적혀 있었다. 지리를 가르치셨던 가메다 선생님이 쓰셨으리라. 그분 별명이 카멜레온이었던가. 여하튼 그분의 표현은 정확했다. 사건 현장에 부랴부랴 가서 조사하고 있노라면 젊은 경사들이 '아, 경감님, 여기 계셨습니까? 오신 줄 몰랐습니다' 하는 경우가 종종 있다. 나는 보통 키에 보통 체격이다. 다소 눈매가 매서운 점 말고는 두드러지는 특징이 없다. 이런 평범한 외모는 형사 노릇하기에 안성맞춤이다. 그렇지만 나는 외모만 형사에 적합하다.

혼마 경정은 형사에게 타고난 재능이란 별 의미가 없다고 버릇처럼 말한다. 그렇지만 내 생각은 다르다. 형사는 아무리 고된 수사에도 끄떡없는 체력과 방대한 자료를 며칠이고 꼼꼼히 살펴볼 수 있는 인내심 정도는 기본으로 갖춰야 한다. 그러나 나는 체력이나 인내심, 뭐 하나 내세울 게 없다. 그 점에서 다른 동료들에게 열등감을 느끼곤 한다.

그런 나에게 동료들은 지금 부럽다는 눈빛을 보낸다. 내가 울며 겨자 먹기로 유령 열차 사건에 투입된 것을 저들이 알기는 할까. 나는 그렇게 찝찝한 마음으로 열흘간의 '휴가'를 시작했다.

3

내가 탄 완행열차는 싸움에서 진 장군이 터덜터덜 걸어가는 것처럼 느리게 움직였다. 딱딱한 의자에 앉은 채 잠이 오지 않아 주간지만 질릴 정도로 몇 번이고 읽었다. 그렇게 세 시간 정도 지났을까. 안내 방송이 들려왔다.

"다음 역은 오유다니, 오유다니 역입니다."

그제야 숨통이 트였다. 시간은 오후 네 시를 지나고 있었다.

내가 내릴 곳은 다음 역인 이와유다니 역이다. 열차의 종점이기도 하다. 이번 사건을 유령 열차 사건이라고 부르는 이유는 열차가 이와유다니 역을 출발해 여기 오유다니 역으로 오는 동안 열차에 타고 있던 승객들이 사라졌기 때문이다. 나는 지금 그 노선을 거슬러 가고 있는 중이다.

오유다니 역은 자그마한 시골 역이었다. 플랫폼과 개찰구를 갖춘 건물이 있기는 하지만 역사라기보다 작은 임시 건물이라고 하는 편이 더 어울린다. 플랫폼에는 누군가가 서 있었다. 붉은 얼굴에 땅딸막한 저 남자가 다구치 료스케 역장이겠지. 나중에 몇 가지 질문을 해야 할지도 모르니 얼굴을 기억해두자.

내가 탄 열차 칸의 3분의 1을 차지했던 단체 손님들이 모두 이역에서 내렸다. 객차엔 젊은 여자 한 명과 나, 둘만 남았다. 열차가 종점인 이와유다니 역을 향해 움직이기 시작했다. 나는 창문에 기대어 창밖만 응시했다.

'현대판 도깨비장난인가?', '유령 열차의 수수께끼', '승객들은 4차원 세계로?' 같은 헤드라인을 내건 수십 건의 기사가 지난 2주 동안 신문과 월간지의 지면을 장식했다. 달리던 열차에서 승객 여덟 명이 별안간 모습을 감춘 사건은 전광석화처럼 빠르게 퍼져나가 일본 열도를 들끓게 했다. 다양한 추리와 억측이 난무했고 심지어 일부 잡지사에서 '유령 열차'라는 제목의 소설을 연재하기 시작했다. 한심한 종교 단체가 여기에 편승하여 긴자 한가운데에서 포교 활동을 펼치기도 하고, 자신이 승객들을 유괴한 우주인의 대리자라면서 몸값을 요구하는 남자가 나타나는 등 별난 사건들이 줄을 이었다.

세상이 이렇게 난리 법석인데 정작 수사는 제자리걸음이었다. 사라진 승객 여덟 명에게서 미심쩍은 구석은 찾아보기 힘들었다. 조사 결과 그들은 평범한 상점 주인들이었다. 두 역의 역장, 차장, 기관사의 증언도 의심할 여지가 없었다. 승객 여덟 명은 도대체 어디로, 어떻게 사라진 걸까?

내가 탄 열차는 오유다니 역을 출발한 뒤 곧바로 깊은 산속으로 들어갔다. 양쪽은 깎아지른 듯한 절벽이었다. 높이는 최대 35~36미터, 낮은 곳이라 해도 20미터 이상은 되어 보였다. 바위로 된 절벽이라면 어찌어찌 기어 올라갈 수도 있겠지만 미끌미끌한 점토질로 되어 있어 거슬러 올라가기는 어려워 보였다. 게다가 어찌나 가파른지 마치 병풍을 쳐놓은 듯한 형상이었다. 이래서야 주행 중에 승객들이 열차에서 뛰어내렸다고 해도 산속에 몸을 숨기기는 불가능하다.

그래도 단서가 될 만한 게 있을까 싶어 나는 양쪽 차창을 번갈아 보며 주의 깊게 주변을 살폈다.

그러다가 나는 바깥 풍경에 관심이 있는 사람은 나뿐만이 아님을 알아챘다. 열차에 남은 젊은 여자 한 명이 양쪽 좌석을 오가며 부산을 떨었다. 눈에 띄지 않으려고 조심하는 나와는 반대였다. 그녀는 창밖으로 몸을 내밀어 절벽을 올려다보다가 무슨 이유에서인지 연신 고개를 끄덕였다. 아무래도 사건의 수수께끼에 이끌려 여기까지 왔나 보다. 학생일까? 아니, 잡지사 기자일지도 모른다. 조심해야겠다. 내가 경시청 사람이라는 사실을 알면 물고 늘어질지도 모른다.

나이는 스물둘이나 셋 정도일까. 몸집은 작았지만 강단 있어 보였다. 한창 유행하는 사파리 재킷에 청바지를 입고 긴 머리는 뒤로 대충 묶었다. 피부는 하얗고 제법 귀여운 얼굴이었다. 나는 양쪽 창 사이를 시계 진자처럼 빠르게 왕복하는 여자를 보고 『이상한 나라의 앨리스』에서 '늦었다, 늦었어' 하며 뛰어다니는 토끼를 연상했다.

열차는 작은 철교를 지났다. 여기만큼은 절벽이 없으리라 생각했지만 예상은 빗나갔다. 철교 밑은 산을 깎아 만든 인공 수로였다. 절벽 오른쪽에서 왼쪽으로, 또 터널에서 터널로 많은 물이 상당히 빠른 속도로 흐르고 있었다. 이런 곳에서 뛰어내린다는 건 말이 안 된다. 게다가 수로를 따라 병풍 같은 낭떠러지가 끝없이 이어져 있다.

이번 사건은 결코 만만치 않을 것 같다. 한없이 이어진 절벽 사이를 열차가 겨우 벗어나 양옆의 시야가 확 트이자 나도 모르게 한숨이 나왔다. 창밖을 보니 경사가 완만한 오른쪽에는 농가가 몇 채 늘어서 있고 왼쪽으로는 산이 펼쳐져 있다. 말이 산이지 수풀에 뒤덮인 낮은 언덕이었다. 어느 쪽으로든 쉽게 갈 만하다. 그렇지만 여기서부터 이와유다니 역까지는 직선으로 약 50미터 정도다. 역의 플랫폼에서 보면 한눈에 들어오는 곳이다. 여기서 내렸다고 하면 틀림없이 이와유다니 역 역장의 눈에 띄었을 터이다.

열차가 멈추자 나는 짐을 천천히 그물 선반에서 내렸다. 같이 타고 있던 '이상한 나라의 토끼' 여자는 도쿄 시내의 붐비는 전차에서 내리는 것처럼 정차하자마자 서둘러서 플랫폼으로 폴짝 뛰어내렸다.

그다지 늦은 시간이 아닌데도 산중 마을이라 그런지 해가 벌써 산등성이를 넘어가고 있었다. 차가운 공기가 뺨을 찌르듯 스쳐 갔다. 다른 칸에도 승객은 네댓 명만 남아 있었던 모양이다. 오유다니 역도 그렇지만 여기 이와유다니 역은 한층 더 한적하다.

맨 마지막으로 개찰구를 나가려는 순간 백발을 한 역무원, 아니, 역장 정도는 되어 보이는 남자가 내게 말을 걸어왔다.

"실례합니다만."

"무슨 일이십니까?"

"도쿄 경시청에서 오신 분이시죠?"

"네?"

나는 흠칫했다.

"맞습니다만 그걸 어떻게 아십니까?"

"역시 맞군요."

선량해 보이는 역장이 한숨 놓았다는 듯이 미소를 지었다.

"무토 서장님께 들었습니다. 저는 역장인 오타니 데쓰조입니다."

"안녕하십니까. 반갑습니다."

"저쪽에 보이는 하얀 철근 콘크리트 건물이 유케무리 여관입니다. 괜찮다면 제가 짐을 들어드리겠습니다. 어차피 특별히 할 일도 없으니까요."

"아닙니다. 무거운 짐도 없습니다."

나는 역장의 호의를 거절하고 유케무리 여관으로 걸어갔다. 이를 어쩐다? 여행객을 가장해서 왔건만. 여기는 작은 시골 마을이라 사람들은 이미 내가 왔다는 사실을 모두 알고 있을지도 모른다. 난감하다.

유케무리 여관 근처에는 오래된 목조 여관이 늘어서 있었다. 유케무리 여관만 철근 콘크리트 건물이다. 호텔처럼 생긴 이 3층짜리 건물은 여기 온천 마을과는 어울리지 않아 생뚱맞아 보였다. 그러나 단체 손님을 받으려면 별도리가 없었을 테지.

사방에서 눅눅한 온천수 냄새가 진하게 풍겨왔다. 도로 끝 하수구에서는 뜨거운 온천수에서 나오는 수증기가 피어오르고 있었다. 전형적인 온천 마을의 풍경이다.

유케무리 여관에 들어가자 옆에 있는 계산대, 아니, 카운터에서 지배인으로 보이는 작은 체구의 중년 남성이 허둥지둥 나와 인사를 했다.

"어서 오십시오. 저는 이 여관의 주인 고지마 고헤이입니다. 도쿄에서 온 우노 씨 맞으시죠? 기다리고 있었습니다."

주인은 나를 2층 방으로 안내했다.

나는 발코니에서 노을 진 산등성이를 바라보았다.

"전망이 좋은 방이군요. 그런데 고지마 씨, 저는 어디까지나 여행객으로 온 겁니다. 제 신분이 밝혀지면 곤란합니다."

"걱정 마세요. 명심하겠습니다."

"부탁드리겠습니다. 내일은 고지마 씨께 사건에 대한 이야기를 듣고 싶은데 괜찮으시겠습니까?"

"물론입니다. 수사에 도움이 된다면 기꺼이 협조하겠습니다."

익히 알려진 대로 사라진 승객 여덟 명은 이곳 유케무리 여관에 머물렀던 손님들이다.

"그럼 편히 쉬십시오."

"고지마 씨, 잠시만요."

"네, 말씀하세요."

"요즘 여관에 손님이 많습니까?"

"요 사나흘 정도 엄청 바빴다가 이제 겨우 숨 좀 돌릴 수 있게 됐지요. 한동안 손님이 많이 몰리는 통에 정신이 없었습니다."

"그런 사건이 일어났는데도 손님이 줄어들지 않았다는 말씀이시군요."

"손님들의 발걸음이 줄기는커녕 오히려 더 북적거렸습니다. 신문
이나 잡지 관계자들이 너도나도 찾아와서요."

"덕 좀 보셨겠습니다."

"덕을 보다니요, 아닙니다. 일손이 딸려 사람을 구하느라 되레 진
땀 뺐습니다. 수입도 그리 많이 늘지 않았고요."

고지마 씨는 너스레를 떨었다.

고지마 씨가 방을 나간 뒤 나는 코트를 벗어 옷걸이에 걸면서 그
가 녹록지 않은 상대일 거라고 생각했다. 겉보기에 능숙하게 상냥
한 표정을 짓는 인간은 자신의 생각을 절대로 쉽게 드러내지 않는
다. 딱히 수상한 부분은 없지만 그렇다고 곧이곧대로 믿을 만한 상
대도 아니다. 이는 형사의 직감이다.

일 때문에 왔지만 그래도 온천은 즐겨봐야지. 나는 타월을 어깨
에 두르고 여관 여직원에게 들은 대로 계단을 따라 지하 대중탕으
로 내려갔다. 으스름한 복도는 탕에서 나온 수증기 때문에 안개가
자욱하게 낀 것처럼 보였다. 나는 반대편에서 오던 남자와 부딪칠
뻔했다.

"어이쿠, 죄송합니다."

"아닙니다. 괜찮습니다. 어?"

그 남자는 내 얼굴을 보면서 놀랐다.

"우노 경감님 아니십니까?"

세상에! 여기서 이 남자를 만나다니. 도쿄 주간잡지 기자인 야마

오카다. 이거 난감하게 됐다.

"야마오카 기자! 이런 곳에서 다 만나는군."

"우노 경감님께서 여기까지 오시다니요. 이제 경시청이 나서서 수수께끼를 밝히는 겁니까?"

"어이, 오해하지 마. 나는 휴가차 왔어."

"오호, 휴가요? 그렇게 말씀하실 줄 알았습니다. 어쨌거나 반갑습니다. 이제야 일이 풀리려나 봅니다. 이렇다 할 기삿거리가 없어서 도쿄로 올라가려던 참에 경감님을 만나다니 이런 행운이 어디 있습니까? 경감님께서 뭐라고 하시든 꼭 쫓아다닐 겁니다. 아무리 절 떼어내려 하셔도 소용없다고요. 허허."

야마오카는 자기 할 말만 하고는 빠른 걸음으로 가버렸다. 이런! 성가신 놈을 떠맡게 됐군. 저 인간은 정말 악착같이 나한테 따라붙을 거야. 골치 아프게 됐어. 틀림없이 지금 본사에 전화를 걸어서 '드디어 움직이는 경시청'이라는 제목으로 뉴스를 보내겠지. 경시청 이름이 나오지 않게 하려면 당근이라도 물려야 하나. 엔간한 정보는 흘려줘야겠군.

이런저런 생각을 하면서 눈앞에 보이는 목욕탕 문을 열고 탈의실로 들어섰다. 그러자 반대편 유리문이 열리고 젊은 여자가 나왔다. 웬 젊은 여자?

순간 그 여자와 나는 무방비 상태로 서로 마주 보고 섰다. 그 젊은 여자는 목욕탕에서 바로 나온 탓에 알몸인 채였고 손에 타월을 한 장 든 게 전부였다. 여자는 타월과 손으로 가슴을 채 가리기도 전에 비명을 질렀다. 나는 놀라 뛰쳐나왔다.

이게 도대체 뭐야! 위를 보니 '가족탕'이라는 푯말이 있었다. 내가 가려고 했던 대온천탕은 더 안쪽이었다. 나는 여자가 지르는 비명 소리에 도망치듯 안으로 달려 들어갔다. 달리면서 생각이 났다. 저 여자는 아까 그 '이상한 나라의 토끼'가 아닌가.

4

아침 여섯 시가 되자 평소대로 눈이 떠졌다. 커튼을 젖히자 예상치도 못한 풍경이 펼쳐져 잠시 넋을 잃고 바라보았다. 10월 말이라 산 정상 일부는 벌써 노랗게 물들었는데 눈앞의 산은 마치 6월의 신록처럼 싱그러운 연둣빛을 띠고 있었다. 이 계절에 신록이라니!

세수를 하고 나니 역에 가봐야겠다는 생각이 들었다. 시계는 6시 5분을 가리키고 있다. 서두르면 6시 15분에 첫차가 나가는 모습을 볼 수 있을 터이다. 이번 사건은 역을 출발하는 첫차에서 벌어졌다. 무언가 실마리를 얻을지도 모른다. 급히 채비를 하고 방에서 뛰어나갔다.

차갑고 맑은 공기를 들이마시니 졸린 기운이 한순간에 날아갔다. 역으로 서둘러 걸어갔다. 숨을 내쉴 때마다 하얀 입김이 나왔다.

개찰구에서 백발의 오타니 역장이 나를 알아보고 미소를 지었다.

"열차를 타실 겁니까, 경감님?"

"아닙니다. 출발하는 모습을 보려고 왔습니다."

"그렇습니까? 오늘은 웬일로 승객이 없습니다. 오랜만에 역이 한산하군요. 사건 이후로 첫차가 화젯거리가 되어서 이 시간에 열차를 타려는 사람이 넘쳐났거든요."

때마침 차장이 이쪽으로 다가왔다. 다부진 체격에 성실하고 올곧아 보이는 청년이다.

"오! 마침 차장인 모리가 왔네요. 모리, 인사드리게. 이분은 도쿄에서 오신 우노 경감님이시네."

역장은 우리 두 사람에게 서로를 소개해주었다.

"안녕하십니까? 이번 사건을 조사하러 오셨습니까?"

"일단은 아닌 걸로 해두죠. 표면상으로는 휴가니까요. 다른 사람들한테는 비밀로 해주십시오."

"알겠습니다. 입도 뻥끗 않겠습니다."

한번 한 약속은 반드시 지킬 것 같은 단호한 말투였다. 나는 플랫폼으로 들어가서 막 출발하려는 열차를 보았다. 60년대 초반에나 굴러다녔을 법한 전기기관차였다. 10년도 더 됐을 이 열차는 볼품없는 수준을 넘어서 애처로울 정도였다. 객차는 고작 세 량뿐이었고, 객차 뒤에는 차장실과 짐칸을 겸한 차량이 붙어 있었다. 나는 옆에 있는 모리 차장에게 물었다.

"사라진 승객들은 몇 번째 칸에 탔습니까?"

"세 번째 차량입니다. 객차 중에서 맨 뒤 칸입니다."

"열차 안에서 차량을 오가는 게 가능합니까?"

"네, 가능합니다. 차장실이 달린 맨 뒤 차량도 그렇고요. 다만 기관차에는 손님들이 들어가지 못합니다."

"알겠습니다. 혹시 승객들이 어느 문으로 탔는지 기억하십니까?"

"네. 물론 기억합니다. 다들 뒷문으로 탔습니다."

"차장인 당신한테 가장 가까이 있는 문 말입니까?"

"네. 그 문이 개찰구에서 제일 가까워서요."

"그렇군요."

나는 손목시계를 보면서 말을 이었다.

"이제 곧 출발 시간이군요."

"네."

모리 차장은 짧게 대답하며 자신의 회중시계를 보았다.

"이제 1분 남았습니다."

"차장님, 부탁 하나 드려도 되겠습니까? 객차에 타서 좌석에 한 번 앉아주세요."

"제가요? 그러죠. 잠시 기다려주십시오."

모리 차장은 흔쾌히 대답하고는 세 번째 칸 객차의 뒷문으로 들어가 창가 자리에 앉았다.

"이 정도면 되겠습니까?"

"죄송하지만 반대쪽 창가 자리에도 한번 앉아주십시오."

모리 차장은 반대편 창가, 즉 플랫폼에서 가장 먼 좌석으로 옮겨 앉았다. 플랫폼에서도 모리 차장이 자리에 앉은 모습이 잘 보였다.

그렇다면 그의 눈을 피해 열차의 반대편으로 내리기란 불가능하다.

시간이 되어 열차가 출발했다. 나는 차장에게 감사의 인사를 하고는 열차를 배웅했다.

열차가 떠나자 갑자기 휑한 느낌이 들었다. 이 역이 종점이지만 차고나 조차장은 없다. 이곳 이와유다니 역부터 네 번째 역까지는 단선이고 그 이후에 복선이 된다. 차고는 선이 갈리는 분기점에 있다.

단선인 선로는 차막이_{선로의 끝을 나타내거나 차량의 이탈을 막기 위해 선로 끝에 설치하는 장치}에 막혀 짧은 여행을 마친다. 지선支線이 하나 있지만 완전히 녹슬었다. 거기에는 오래된 화물차와 작은 수동 열차 한 대가 방치되어 있었다.

"저 지선은 어디로 통합니까?"

나는 플랫폼에서 청소를 시작한 오타니 역장에게 물었다.

"어디로도 통하지 않습니다. 예전에는 요 앞에 채석장이 있어서 화물차가 오갔지만 폐광되면서 선로도 끊겼습니다. 꽤 오래전 일이지요. 저기 손으로 끄는 열차가 보이시죠? 저쪽까지만 선로가 남아 있습니다."

"그렇군요. 그 채석장은 컸습니까?"

"한때는 상당히 큰 규모였습니다. 이곳은 예전부터 온천 마을이다 보니 아무래도 사람들이 채석장에서 일하기를 꺼려했습니다. 그러다 보니 채석장에서는 일손을 구하기 어려웠지요. 그래서 폐광이 된 거고요."

"그럼 지금 이 마을 사람들은 생계를 온천에만 의지하는군요?"

"그랬습니다만 요새는……."

"온천도 여의치 않습니까?"

"그렇습니다. 오유다니에 손님들을 빼앗기고 말았거든요. 온천은 여기 이와유다니 쪽이 단연 훌륭하고 역사도 깊은데 말입니다. 원래 오유다니의 옛 지명은 '요시타카무라'로 온천 여관이 한 곳도 없었습니다. 그런데 언제부턴가 도쿄에서 온 호텔 업자들이 그쪽의 토지를 여기저기 사들이면서 온천 마을을 조성했지요. 이름도 이 마을 이름인 '이와유다니'와 아주 비슷하게 '오유다니'로 바꾸었습니다. 온천을 뜻하는 '오유' 자도 일부러 넣어서 말이지요."

"이 지역에 피해가 상당했겠군요."

"말도 마십시오. 대규모 자본을 앞세워서 광고한 덕분에 사람들이 계속 거기만 찾더라니까요. 손님들도 지금은 오유다니가 온천의 본고장이라고 철석같이 믿고 있습니다."

오타니 역장은 불쾌한 기색이 역력했다.

"여기 사람들은 오유다니 사람들이 달갑지 않겠습니다."

"그렇습니다. 저도 여기서 태어난 사람인지라 이 마을에 애정이 깊습니다. 오유다니 사람들과는 어울리고 싶지도 않습니다. 여관 업자들 모임을 해도 저쪽 사람들과 이쪽 사람들은 서로 말도 섞지 않는다고 합니다."

나는 고개를 끄덕였다. 오유다니와 이와유다니 주민들의 반목이라……. 염두에 두어야겠다.

역장에게 인사를 하고 돌아가려는데 뒤에서 문이 삐걱거리는 소리가 들렸다. 소리가 나는 쪽을 향해 돌아섰다. 그렇지만 어디에서 나는 소리인지 한 번에 알아차리지 못했다.

"저쪽입니다."

역장의 목소리에 묘한 긴장감이 실렸다. 그가 가리킨 곳은 지선에 방치해둔 화물차였다. 문이 안쪽에서 조금씩 열렸다.

"저 안에 누가 있습니까?"

나는 급하게 물었다.

"아니요. 아무도 없을 텐데요."

그럼 사라진 여덟 명이 혹시 저 안에? 설마, 그럴 리 없다. 경찰이 이미 확인했을 것이다. 그런데도 혹시나 하는 생각이 들었다. 등골이 서늘해졌다.

플랫폼에서 뛰어내려 화물차로 달려가 열린 문 안쪽을 살폈다.

"이봐, 거기 누구야!"

어두운 안쪽에서 등장한 얼굴은 잠시 나를 쳐다보더니 빈정거리듯이 말했다.

"뭐야, 당신이었어요? 목욕탕만 훔쳐보는 게 아닌가 보네요."

"어젯밤 일은 미안하군요. 뭐 좀 생각하느라 잘못 들어간 겁니다."

"그러시겠죠. 아무리 그래도 알아차릴 때까지 꽤 시간이 걸리던데요."

젊은 여자는 비아냥거렸다.

나는 그 여자와 함께 유케무리 여관으로 돌아가고 있었다. 갑자기 이유 모를 불안감이 엄습했다. 제멋대로 구는 여자의 태도도 마음에 걸렸지만 꼭 그 때문만은 아니었다.

"그나저나."

나는 헛기침을 하고 그 여자에게 말을 걸었다.

"대체 당신은 그런 화물차 안에서 뭘 한 겁니까?

"저는 지금 당신의 태도가 불편하네요. 무슨 경찰이라도 되는 마냥 꼬치꼬치 캐묻고."

나는 화가 났지만 꾹 참았다.

"당신이야말로 아침 일찍부터 뭐 하러 역에 온 건데요? 사람한테 뭘 물으려면 먼저 자기 얘기부터 해야 하는 거 아닌가요?"

간만에 주먹이 운다. 짜증이 나서 한 대 쥐어박고 싶었지만 나는 그럴 만한 위인도 못 된다.

"우노 경감님."

누군가 나를 부르는 소리에 고개를 돌리니 야마오카가 유케무리 여관에서 걸어오는 모습이 보였다.

"무슨 일인가?

"아무것도 아닙니다. 우노 경감님 모습이 보이지 않아서요. 절 피해 도망이라도 가신 건가 해서 찾으러 나온 참이었습니다."

"어젯밤에 설명했잖아. 자네가 약속을 지켜주기만 하면 나도 깨지 않는다고."

"네네, 믿고말고요. 여부가 있겠습니까."

야마오카는 옆에 있는 여자를 보고 의아하다는 표정으로 물었다.

"혹시 동행이십니까?"

"무슨 소리!"

나는 당황해서 어쩔 줄 몰라 하는데 옆에서 여자가 "네." 하고 대답해버렸다.

"이거 이거…… 뭔가 수상한데요."

야마오카가 능글맞게 웃었다.

"어이, 이상한 생각은 마."

"뭐 어떻습니까, 아무리 경시청 귀신으로 소문난 경감이래도 다 사람 아닙니까."

"어이! 이봐!"

나는 당황하며 야마오카를 노려보았다.

경감이라는 말을 듣고도 여자는 놀라는 기색 하나 없이 나를 흘끗 쳐다볼 뿐이었다. 나는 불쾌하면서도 겸연쩍었다. 한마디로 복잡한 심경이었다. 무엇보다 이렇게 내 정체를 들켜버리다니. 난감했다.

"야마오카, 무언가 찾아내면 자네한테 제일 먼저 알릴 테니까 너무 쫓아다니지 말게. 그러다 다른 기자들까지 눈치채면 내가 곤란해지네."

"알겠습니다. 그럼 경감님만 믿겠습니다. 또 뵙지요."

야마오카가 가버리고 나와 여자는 아무 말도 않은 채 서 있었다.

"당신은 잡지사 기자라도 됩니까?"

"저요? 아니요. 대학생이에요."

"몇 살이죠?"

"스물하나요."

"이름은?"

"나가이 유코."

"화물차에서 뭘 했습니까?"

"손수건 좀 빌려줄래요?"

"네?"

"손수건이요."

"아, 손수건."

우리는 다시 유케무리 여관을 향해 걸어가며 대화를 이었다.

"기름 때문에 더러워졌어요. 좀 써도 되죠?"

나가이 유코는 손수건을 들고 나에게 물었다. 이미 손수건으로 손을 다 닦았으면서 일찍도 묻는다.

"가져요."

"오늘 목욕탕에서 빨아서 돌려줄게요."

그녀는 손수건을 청바지 주머니에 넣었다.

순간 내 머릿속에서 어젯밤에 본 그녀의 새하얀 알몸이 섬광처럼 스쳐 갔다. 바보! 무얼 떠올리는 거야.

"아직 내 질문에 대답하지 않았는데요."

"아침 먹고 나서 대답해도 괜찮지 않아요? 심문하는 것도 아니고."

"뭐, 그렇긴 하지만."

"방은 몇 호예요?"

"207호."

"나중에 들를게요."

그녀가 막 말을 마친 순간 우리는 유케무리 여관에 도착했다. 그 여자, 나가이 유코는 가볍게 계단을 올라갔다.

방에 돌아오니 아침이 준비되어 있었다. 달걀과 김, 어묵이 차려진 식사였다. 여느 여관에서나 나올 법한 반찬들이었다. 반면 어젯밤 음식은 도가 지나치게 형편없었다. 뭐 이따위 반찬이 나오나 화가 치밀 지경이었다. 그런 생각을 하고 있는데 유코가 들어왔다.

"실례합니다."

자기 밥상까지 들고 오는 걸 보고 있자니 기가 막혔다.

"같이 먹어도 되죠?"

그녀는 내 앞에 마주 보고 앉더니 바로 밥을 먹기 시작했다. 대체 뭐지, 이 여자는?

"아저씨는 안 먹어요?"

"아니, 먹을 겁니다."

내가 먹기 시작할 즘에 그녀는 거의 식사를 마쳤다.

"그것밖에 안 먹고. 적지 않아요?"

"모자라요. 그래도 살찔 염려는 없으니 다행이죠 뭐. 여기 식사는 좀 독특해요. 그런 생각 안 했어요?"

"어제 저녁 식사요? 좀 놀라긴 했습니다."

좀 놀란 정도가 아니다. 사실 형편없었다. 어제 저녁 식사는 돈가스와 새우튀김뿐이었으니까.

"전요, 이런 산속에 있는 여관이니까 산채 요리 같은 특색 있는 음식이 나올 거라고 예상했거든요."

"아마 일손이 달려서 그랬을 겁니다. 여기는 바로 앞에 있는 오유다니에 손님을 빼앗겨서 불경기라 하더군요."

나는 사정을 잘 안다는 투로 말했다.

"저는 도시 사람이라서 말이죠. 대부분이 익숙한 음식이라 안심하긴 했어요."

"나도 그래요. 직업이 이렇다 보니 늘 이리저리 돌아다니지요. 그래서 여기저기 구경하고 새로운 걸 경험하는 여행에는 그다지 흥미가 없습니다. 식사만 해도 그렇죠. 익숙한 음식이 더 좋다니까요. 참, 유코 씨는 내 방에 왜 온 겁니까? 내 질문에 대답하러 온 건가요?"

"그렇긴 한데 특별히 대답할 건 없어요. 전 그저 당신처럼 이번 사건을 조사하고 싶어서 왔어요."

"호오, 그래요? 그럼 명탐정께서는 뭐라도 찾으셨는지?"

"조금 찾긴 했는데 아직 확신은 못 하겠어요."

그녀는 진짜 탐정이라도 되는 듯 눈썹을 찡그리면서 오른손으로 턱을 받친 채 고개를 갸우뚱했다. 그 모습이 우스꽝스럽기도 하고 귀엽기도 해서 나도 모르게 미소를 지었다.

"저기, 우노 씨라고 하셨죠? 형사세요?"

"경감입니다."

"대단하시군요. 보기와는 다르시네요."

뒷말은 덧붙일 필요 없었는데.

"그럼 몇 살이세요?"

"나요? 마흔…… 아니, 서른일곱."

나이를 약간 속였다.

"아, 그래요? 그럼 안 되겠네요."

"뭐가요?"

"부부 사이로는 어렵겠어요. 삼촌이랑 조카 사이로 하지요."

"뭐라고요?"

"그래야 같이 있어도 이상하지 않으니까요."

"왜 같이 있어야 하는 겁니까?"

"이 사건 조사하는 거 아니었어요?"

그녀는 당연한 걸 왜 묻느냐는 투다.

"아마추어의 도움은 필요 없어요."

"아저씨도 어차피 공식적으로 온 건 아니잖아요. 저 같은 동행이 있으면 위장하기 더 좋을걸요?"

"그렇지만 말이죠……."

"자꾸 안 된다고 하면 어젯밤 목욕탕에서 날 훔쳐봤다고 경시청에 투서하겠어요."

이렇게 뻔뻔스러운 여자애는 처음이다. 그렇지만 그게 밉지만은 않다. 제멋대로 구는 천진난만함에 화가 나기보다는 웃음이 났다.

10분쯤 후 나는 유코와 함께 낡은 이와유다니 경찰서 건물로 들어갔다.

5

"경감님, 와주셔서 감사합니다. 저희는 완전히 두 손 두 발 다 들었습니다."

'응접실'이라는 푯말을 보지 못했다면 이곳을 용의자 취조실로 착각했으리라. 무토 서장은 닳아서 군데군데 찢어진 소파에 앉아서 정말 막막하다는 듯 어깨를 축 늘어뜨렸다. 이상하리만치 혼마 경정과 닮은 사람이었다. 구깃구깃한 양복, 비뚤어진 넥타이, 붉은 얼굴에 아저씨 같은 풍채까지 두 사람은 꼭 형제처럼 보였다. 그러나 자세히 보면 혼마 경정의 눈은 차갑고 날카로워서 보통 사람이 아님을 느끼게 되는 반면, 여기 무토 서장은 작긴 해도 상냥하고 부드러운 눈을 하고 있다. 나는 무토 서장의 눈을 보고 코끼리의 눈을 떠올렸다. 이 차이가 경시청 경정과 시골 경찰서장의 차이를 만든 거겠지. 둘 중 누가 더 낫다고 판단할 생각은 없다. 서로의 위치가 그들 각자에게 어울린다.

"저 젊은 여성분은 누구신지요."

무토 서장이 물었다.

"아, 그게……."

내가 제대로 답을 못 하자 그녀가 나섰다.

"조카예요."

천연덕스럽게 웃으면서 거짓말을 하더니 이어서 하는 말은 더 가관이다.

"따라오고 싶어서 비서 역할을 하겠다고 우기고 온 거예요."

그러고는 아무렇지도 않게 천진난만한 미소를 지어 보였다.

말이 나와서 하는 말이지만 사실 그녀는 상당한 미인이다. 그런 귀여운 여자가 짓는 미소에 기분 좋아지지 않을 남자는 없으리라. 서장도 예외는 아니었는지 냉큼 유코에게 차를 내왔다. 이 빠진 찻잔이긴 했지만 말이다.

서장이 사건에 대해 한 말은 결국 내가 지금껏 들어온 이야기를 다시 확인하는 정도였다.

"이거 참……. 오리무중이네요."

이야기를 다 듣고 유코가 중얼거렸다.

서장이 이야기를 이어갔다.

"게다가 증인들은 누구 하나 의심할 여지가 없는 사람들뿐입니다. 오타니 역장은 이곳 이와유다니 마을에서 태어난 사람인데 마을 사람들은 그가 현 이장인 나가오 씨 뒤를 이어 이장을 맡을 거라고 한결같이 말합니다. 모리 차장도 오랫동안 이 노선의 승무원으로 근무했고 아내도 이 마을 사람입니다. 저는 여태껏 그 사람들에 대한 나쁜 소문이라고는 한 번도 들어본 일이 없습니다. 세키야

기관사도 아버지 대부터 이 마을에서 살았고 부자가 모두 기관사
로 일했습니다. 젊었을 땐 좀 놀았던 모양이지만 인품 좋은 아내도
있고 지금은 성실하게 살고 있습니다. 모두가 거짓말을 할 만한 사
람들이 아닙니다. 아무도 거짓말을 하지 않았다면 그 여덟 명은 도
대체 어디로 어떻게 사라졌는지 당최……."

"그 여덟 명 말입니다만, 신분 확인은 됐다지요?"

나는 확인차 물었다.

"네, 모두 오사카에서 온 도매상들이었습니다. 그쪽 경찰에서도
총력을 기울이고 있습니다. 신변 조사도 했고요. 그런데 아직도 사
건의 실마리가 보이지 않습니다."

"알겠습니다. 그럼 그 여덟 명이 여기에 온 건 온전히 쉬기 위해
서라는 말씀이시죠?"

"네. 여기에서는 하룻밤만 묵고 다음 날 바로 출발했습니다."

"그렇다면 이 마을에서 무슨 일이 일어났다고 보기는 어렵군요.
사건의 원인이 될 만한 단서가 전혀 없어요. 여관에서 있었던 일에
대해서는 고지마 씨한테 여쭤볼 생각입니다. 그간 수사에서 새롭게
밝혀진 내용은 없습니까?"

"한 가지 있습니다만, 있다고 할 만한지는 모르겠습니다."

"그게 무엇입니까?"

"사실 아이가 한 말입니다."

서장은 미적거리며 이야기를 시작했다.

"달리는 열차를 봤다는 아이가 있습니다. 아시다시피 아이들이란

주의를 끌려고 말도 안 되는 거짓말을 지어내기 일쑤니까요. 믿어도 될지는 모르겠습니다."

"일단 말씀해주시죠."

"네. 야마다 겐키치라고 하는 열 살배기 남자아이입니다. 열차를 타고 이곳에 오실 때 보셨는지 모르겠지만 철교 밑에는 수로가 있습니다. 그 녀석 말로는 철교 옆 낭떠러지 꼭대기에서 조심스럽게 발을 디디면서 내려오다 보면 수로의 터널 입구 가까이까지 갈 수 있다더군요. 그 터널 끝에 수풀이 우거진 그늘이 있는데 자기는 거기에서 열차가 눈앞에서 지나가는 모습을 구경한다고요. 그때 우연히 봤다고 했습니다."

"그 이야기가 맞는지 조사는 하셨겠지요?"

"네, 물론입니다. 그 낭떠러지를 오르내릴 수는 있었지만 매우 힘들었습니다. 몸이 가벼운 어린아이나 가능하지 중년을 넘긴 어른들 여덟 명이 오르내리기란 쉽지 않습니다. 주변 풀과 이끼도 조사했습니다만 밟혀서 엉망이 된 흔적은 전혀 없었습니다."

"그랬군요. 그렇다면 그 아이는 열차에 여덟 명이 타고 있던 모습을 봤다고 하던가요?"

"몇 명인지 모르겠지만 승객이 있던 것은 봤답니다. 얼굴까지는 못 봤다고 했습니다."

"흠. 그 증언이 사실이라면 철교까지는 손님들이 타고 있었다는 말이군요."

"그렇습니다. 그러나……."

서장은 한숨까지 쉬며 하소연하다시피 했다.

"설령 그렇다고 하더라도 사건은 여전히 오리무중입니다. 그 여덟 명은 어떻게 됐을까요? 스스로 모습을 감춘 건지, 유괴당한 건지, 살해됐는지, 아니면 어딘가에 살아 있는지 도무지 모르겠습니다. 도와주십시오. 저희는 더 이상 손쓸 방도가 없습니다."

그때 유코가 갑자기 끼어들었다.

"그 아이는 열차를 봤다고 하셨죠?"

"그렇습니다."

서장은 그녀의 갑작스런 질문에 당황한 눈치였다.

"아이 말로는 열차가 평소 모습 그대로였다고 했나요?"

"그 점에 대해서는 아무 말도 없었습니다."

"그런가요?"

그녀는 생각에 빠졌다.

"있잖아요. 그 아이 말이 사실이라고 생각해요?"

경찰서를 나와서 유케무리 여관으로 가는 길에 그녀가 내게 물었다.

"사실이야."

나는 바로 대답했다. 인사도 했고 나이 차도 많이 나니 이제 말은 편하게 하기로 했다.

"어째서요?"

"아이들의 거짓말이란 원체 엉뚱하거든. 거짓말이라면 그 여덟 명이 기구를 타고 내려가서 날아가는 걸 봤다든가 하는 식으로 말했을 거야. 그 애는 그냥 열차에 탄 사람들을 봤다고만 했어. 그런 거짓말은 안 해."

"그렇겠네요. 역시 경감님이시군요."

"비행기 태우지 마. 그런데 뭘 그렇게 생각해?"

"그 아이 말대로라면 제 가설은 무너져 버려요."

그녀는 완전히 실망한 모습이었다.

나는 웃었다. 아마추어가 세운 가설만큼 재미있는 것도 없다. 무슨 큰 사건이 일어날 때마다 얼마나 많은 '추리'가 경찰에 쇄도하는지 일반 사람들은 상상도 못 할 터이다. 담당 형사 책상 위에는 아마추어 탐정에서부터 소위 명탐정들이 보낸 편지가 순식간에 산처럼 쌓인다. 일단 전부 훑어보는 것만으로도 엄청난 일이다. 아마추어의 눈은 사건의 일부분밖에 보지 못하니까 앞뒤가 맞지 않는 경우가 허다하다. 가끔은 웃음보를 터지게 하는 기가 막힌 추리도 있어서 일에 찌들어 나태해진 형사의 주의를 환기해주기도 한다.

이번 사건에서는 주행 중이던 열차에서 헬리콥터로 승객을 끌어올렸다는 추리도 상당히 많았다고 한다. 그 좁은 계곡에서 그런 곡예가 가당키나 한지. 그리고 그렇게 낮게 헬리콥터가 날았다면 차장이나 기관사가 모를 리가 없지 않은가.

"그래서 네가 세운 가설은 뭔데?"

나는 예의상 물었다.

"그게 말이죠. 저는 엘러리 퀸을 본받아서 확신이 설 때까지는 말하지 말자는 주의예요. 아저씨는 생각해둔 게 있어요?"

그녀는 입을 열려 하지 않았다.

"그렇군. 그 아이 말이 사실이라면—나는 사실일 거라고 믿지만 말이야—승객들이 사라졌다는 수수께끼를 해결하는 것은 점점 어려워지지."

"그렇게 말하는 거 보니까 뭔가를 추리하기는 했나 봐요?"

"서장한테는 미안하지만 차장이나 역장이 거짓말을 하고 있고, 여덟 명은 도중에 뛰어내려서 다시 이 마을로 돌아온 게 아닐까 생각했어. 그런데 그 철교를 지날 때 아직 승객이 타고 있었다고 한다면 이야기가 달라지지."

"왜죠?"

"그 철교는 이와유다니와 오유다니 두 개 역의 거의 중간쯤에 있어. 두 역은 약 10킬로미터 떨어져 있으니까 철교를 지나서 승객들이 뛰어내렸다면 그들은 5킬로미터에 달하는 거리를 걸어서 다시 돌아와야 해. 빨리 걸었다고 해도 40분은 족히 걸리지. 그렇지만 열차는 7~8분 후에 오유다니에 도착했어. 도착하자마자 승객들이 없어졌다고 난리가 났지. 이와유다니 역에도 곧장 알렸을 테니까 그쪽에도 사람들이 모여 있었을 거야. 그런 상황에서 그 사람들이 어떻게 역으로 돌아왔겠어."

"그러네요. 그래도 말이에요."

"뭐가?"

그녀는 멈춰 서서 잠시 무언가를 생각하는가 싶더니 단호한 말투로 말했다.

"철교에 다녀와야겠어요."

"뭐? 뭣하러?"

"그 아이가 무엇을 봤는지 제 눈으로 직접 확인해야겠어요."

"그 낭떠러지를 내려갈 셈이야? 위험하다고."

"같이 가자고는 안 할 테니 걱정 말아요. 더군다나 나이 많으신 분한테는 무리일 테고요."

그녀는 밉살스럽게 말하고 역을 향해 성큼성큼 걸어갔다.

"어이! 네가 어떻게 돼도 나는 모른다?"

내 말은 완전히 무시당했다.

"어이! 흐르는 강에 떨어지기라도 하면 어쩌려고 그래?"

왜 돌아보지도 않아! 죽고 싶으면 마음대로 해. 저 애 정말 뭐야. 내가 부모라면 손바닥을 몇 대고 때렸을 텐데.

"마음대로 해!"

"진짜 장난이 아니군."

발밑의 낭떠러지에서 엄청난 양의 물이 수직으로 떨어지고 있었다. 그 물이 흐르는 터널 입구를 보고 있자니 가슴이 철렁했다. 고소공포증도 없는데 발끝이 찌릿하게 저려올 정도다.

"이 정도일 줄이야. 그 사람들이 올라오기는 어렵겠는걸. 여덟 명의 나이를 생각하면 말이지."

"아저씨는요?"

"우습게 보지 마. 이래 봬도 형사야. 항상 체력 관리를 한다고."

나는 큰소리치고는 앞장을 섰다. 아차. 이거 보기와는 다른데. 발을 내딛는 순간 결코 만만하게 내려갈 만한 길이 아니라는 걸 알아챘다. 돌부리를 디디고 흙 밖으로 드러난 나무뿌리를 붙잡아가면서 겨우 수로 입구에 이르렀다. 험한 길을 긴장하면서 내려온 탓인지 숨이 턱 끝까지 차올랐다. 유코도 내려갈 때는 긴장한 기색이 역력했다. 이쯤 되면 지쳤을 법도 한데 젊어서 그런지 기운이 남나 보다. 마지막에는 1미터쯤 되는 높이에서 가볍게 뛰어내렸다.

"위험하잖아. 강으로 떨어지면 어쩌려고 그래."

내가 혼을 냈다.

"질투하지 마요, 질투."

"뭐?"

"어차피 나이 탓이니까요."

부아가 치밀어 올랐지만 그저 참았다.

아이가 말한 덤불은 한눈에 알아볼 수 있었다. 어린아이 하나가 간신히 숨을 만한 수풀은 주변에 한 군데밖에 없었기 때문이다. 우리는 몸을 굽혀 그 그늘 안을 들여다보았다.

"여기에서라면 열차는 충분히 보였겠는데."

"그래도 실제로 지나가는 모습을 보기 전까지는 장담 못 해요."

유코가 말했다.

"기다릴 셈이야? 열차는 한 시간에 한 대만 지나간다고."

"그래 봤자 한 시간이잖아요."

어쩔 도리가 없군. 말리는 것을 포기하고 가까이에 있는 평평한 바위에 걸터앉았다. 유코는 무성한 수풀 바로 앞에 쭈그리고 앉았다.

"아저씨, 참 좋은 사람 같아요."

유코가 별안간 부드러운 미소를 지으며 말했다. 나는 예상치도 못한 말에 덩치에 어울리지 않게 당황했다.

"갑자기 무슨 소리야."

"어머, 부끄럼 타시나 봐요."

나는 어이가 없어서 담배를 꺼내 불을 붙였다.

"너는 도쿄에서 왔어?"

"네. 한가한 대학생이지요."

"탐정 놀이를 좋아하나 보지?"

"이래 봬도 제법 능력 있다고요. 담배 저도 주실래요?"

"응? 아, 그래."

나는 한 개비 건네고 불도 붙여주었다.

"담배라니. 내가 부모라면 말도 안 된다고 화낼 거야."

"야단치실 부모님께서 안 계신 탓에 이 모양이네요."

"안 계시다니?"

"교통사고로 돌아가셨어요. 벌써 4년 됐어요."

"그렇군."

나는 다시 한 번 그녀의 얼굴을 봤다. 순수한 아이처럼 한없이 밝게 웃고 있는 그녀에게서 어두운 구석이라고는 전혀 찾아볼 수 없었다.

"그 이후로 쭉 혼자 지냈어요."

"그건 나도 마찬가지야."

"네?"

"나도 혼자라고."

"거짓말. 진짜로요?"

"교통사고로 아내를 잃었어. 올해로 3년째야."

"아이는요?"

"없어. 완전히 홀가분한 몸이지."

"쓸쓸하시겠어요. 홀가분한 게 아니라 허무한 거겠죠."

그녀는 혼잣말처럼 중얼거렸다.

그 말이 맞다. 아내가 떠나자 홀로 남겨졌다는 기분에 사로잡혀 나는 모든 것이 끔찍했다. 항상 스스로를 바쁜 일상 속으로 몰아넣고 그 느낌을 잊으려고 애썼다. 그렇지만 한순간이라도 잊은 적이 있었던가.

"죄송해요. 괜한 말을 했나 봐요."

"아니야. 괜찮아. 사실 난 항상 무언가가 부족한 느낌이야. 매일. 예를 들자면……."

거기까지 말하고 나는 말을 멈췄다.

"어이, 열차 소리야. 들어오는 것 같은데. 열차가 오고 있어."

열차가 레일 위를 달리는 소리가 어렴풋이 들려왔다. 그녀도 소리가 나는 쪽을 향했다.

"이와유다니 역에서 오는 열차네요. 그 사건의 열차와 같은 방향으로 가는 열차예요. 곧 보일 거예요."

그녀는 좁은 덤불 그늘 안으로 들어가더니 몸을 잔뜩 웅크리고는 나보고도 빨리 오라고 손짓했다.

"어디로 오라는 거야?"

"당연히 여기지요. 빨리 들어오세요."

"그렇게 좁은 곳에 어떻게 어른 둘이 들어가?"

"그럼 거기 그렇게 멀뚱히 서 있을 셈이에요? 그러다 승객들이 보기라도 하면 사라진 여덟 명의 망령이 나왔다고 난리 칠 게 뻔해요."

그녀의 말이 맞다. 그렇지만 둘이 숨기에는 너무 비좁은 공간이다. 열차 소리는 점점 가까워져 온다.

나는 담배를 강물에 던져버리고 그녀가 있는 수풀 안으로 들어가 몸을 웅크렸다. 비좁고 답답해서 정신을 놓을 지경이었다. 아이 하나가 겨우 숨을 만한 장소이다 보니 어른 둘인 우리에게는 무척이나 좁을 수밖에. 무엇보다 난처한 점은 그녀와 몸이 밀착된다는 것이었다. 닿지 않으려고 별수를 다 써도 소용없다. 붐비는 도쿄의 만원 전철 안이었다면 대수롭지 않게 생각했을 테지만 수풀에 숨어서 그러고 있자니 묘하게 긴장이 됐다. 결혼도 했던 주제에 새삼스럽게 이런 일로 쑥스러워하다니.

열차가 머리 위쪽으로 천천히 지나가고 있었다. 여기에서는 열차를 밑에서 올려다보는 모양새다 보니 철교에 가려져 차체 아랫부분은 보이지 않았다. 그래도 창문은 시야에 완전히 들어왔다. 얼굴까지 알아볼 정도는 아니지만 차내에 사람이 타고 있는지 확인하기에는 충분했다.

열차가 지나가고서야 허리를 펴고 일어났다.

"이제 성에 찼어?"

"네."

그녀가 갑자기 기쁜 일이라도 생긴 사람처럼 환하게 웃었다.

"왜 그래? 뭔가 알아낸 거야?"

"역시 틀리지 않았어요."

"그 아이 증언 말이야?"

"아니요. 제가 세운 가설이 맞았다고요."

"그렇지만 아까는 아니라면서."

"네. 그랬지요. 그렇지만 실제로 보고 알았어요. 아이가 한 증언과 제 가설은 모순되지 않아요."

"도대체 그 가설이 뭔데?"

나는 궁금해졌다.

"곧 알려줄게요, 왓슨 군."

6

"그 사람들이 살해당했다고 생각해?"

우리는 역 앞에 있는 기념품을 파는 카페에 들어가 점심 식사를 마친 뒤, 후식으로 나온 끔찍하게도 맛이 없는 커피를 마시며 사건을 정리 중이었다.

"그건 모르겠어요. 아저씨는 어떻게 생각하는데요?"

"안타깝지만 아마 살해당했다고 봐."

"그렇죠. 2주나 지났으니까요."

"살아 있다면 어떻게든지 알았을 거야. 유괴당한 거라면 협박 편지도 왔을 테고."

"그렇다면 시신은 어디에 있을까요?"

"그게 문제야. 그래서 이렇게 생각해봤어."

"어떤 생각인데요?

어쩌다가 내 생각을 젊은 여자에게 이렇게 속속들이 늘어놓고 있는지 모르겠다.

"어떻게 그들이 열차에서 사라졌는지는 문제가 아니야. 모두들 그 수수께끼에만 정신이 팔려 있지만 중요한 건 그 여덟 명이 어떻게 되었냐는 거지. 살해당했다면 시신이 어디 있는지도 밝혀야 하고. 먼저 시신을 멀리 운반하기는 어려웠을 거야. 그 사건 이후로 이 일대는 일본에서 가장 주목받는 곳이 되었으니까. 여기 근처에 시신이 있을 만한 장소는 어딜까? 우선 그걸 찾아야 해. 시신을 찾아내면 어떻게 그들이 열차에서 모습을 감췄는지 알아낼 수도 있겠지."

그녀는 아이처럼 호기심 가득한 눈으로 나를 쳐다봤다.

"그래서 어디 짐작 가는 곳이 있어요?"

"없는 건 아니지."

나는 잘난 척 으스대며 말했다.

"한번 가볼까?"

"경감님 목에 끈을 묶어 끌고서라도 갈 거예요."

"가자고 한 사람은 나라고!"

우리는 카페를 나와서 걷기 시작했다.

"왜 나를 데려갈 생각을 했어요?"

"무시무시한 사람들이라도 만나면 큰일이잖아. 너처럼 튼튼한 애가 있어야 든든하지."

"크악! 무슨 말씀이세요!"

어느새 우리는 스스럼없이 농담을 주고받고 있었다.

가고자 한 곳은 채석장이었다. 오타니 역장이 말해준 오래된 채석장, 바로 그곳이다. 땅에 수직으로 판 구멍이 많고 갱도까지 있다. 입구를 틀어막기 위한 큰 돌들이 여기저기 널려 있어 시체를 숨기는 데 더없이 좋은 곳이다.

나는 무토 서장에게 이 주변의 상세한 지도를 받아서 봐두었던 터라 헤매지 않고 채석장에 도착했다.

"여기는……."

우리는 놀란 나머지 입을 떡 벌린 채 멈춰 섰다. 이렇게 넓을 줄
은 전혀 예상하지 못한 탓이다.

거칠게 깎여 나간 산이 눈앞에 펼쳐져 있는데 그 폭이 족히 100
미터는 되어 보였다. 그 앞에 있는 축구장만 한 부지에 녹슨 레일
이 사방으로 뻗어 있었다. 갱도 입구는 몇 개인지 가늠하기 어려울
정도였다.

"지구가 멸망한다면 이런 모습일까?"

유코가 중얼거렸다.

사용이 중단된 채석장은 황량하기 그지없었다. 낡은 광차가 여기
저기에 방치된 채 버려져 있고 나무로 만든 전망대 세 개는 당장이
라도 무너질 듯 위태롭게 서 있었다. 단독주택처럼 생긴 매우 낡고
작은 건물도 한 채 있다.

"우선 저 작은 건물을 확인해보자."

우리는 여기저기 널려 있는 사람 머리만 한 큰 돌을 피해가며 건
물 안으로 들어갔다. 안은 텅 비었다. 오랫동안 방치되어 있었는지
사람이 머물렀던 흔적을 찾아보기 어려웠다. 문도 매우 심하게 녹
이 슬어 있었다. 여기는 사건과 아무 상관없어 보인다. 우리는 밖으
로 나가 건물 뒤편으로 갔다.

"이쪽에서 저 끝까지 걸어보자."

우리는 산 절단면을 따라 걷기 시작했다. 그러면서 지옥의 입구
처럼 검은 입을 떠억 벌리고 있는 텅 빈 갱도를 흘끔흘끔 쳐다봤다.

"이 갱도를 하나하나 조사할 생각을 하니 끔찍하군. 얼마나 많은 사람과 긴 시간이 필요할지 막막해. 아직까지는 그 정도로 일을 벌일 만한 확증도 손에 못 쥐었고."

"어려운 문제네요."

"게다가 폐광할 때는 보통 입구 안쪽을 폭파시켜. 그렇게 갱도를 막아서 사람들이 못 들어가게 막지. 나중에 혹시라도 누군가가 그 안에서 사고 내는 일이 없도록 말이지. 그렇게 막아둔 장소에 시체를 놓고 한 번 더 발파했다면 이제는 아무 흔적도 남아 있지 않을 거야."

"그러면 모든 갱도 입구를 막고 있는 파편들을 제거해야겠네요."

"말도 안 되는 소리야. 예를 들면 그렇다는 거지."

"쉿!"

그녀가 갑자기 내 말을 막았다.

"왜 그래?"

"뭔가 들렸어요. 저 갱도에서."

그녀는 소곤거리면서 방금 지나온 갱도 입구를 가리켰다. 우리는 발소리를 줄이고 조심스럽게 입구로 다가갔다. 입구 옆에 몸을 숨기고 어두운 갱도 안쪽을 향해 귀를 기울였다. 확실히 어떤 작은 소리가 끊어졌다 이어졌다를 반복하며 들려왔다. 한참 동안 그게 무슨 소리인지 알아채지 못했다. 겨우 알아챘을 때 나와 그녀는 얼굴을 마주 봤다. 순간 오싹했다. 그것은 작고도 낮은 울음소리였다.

"뭘까요?"

"누군가 안에 있어."

나는 갱도 안쪽을 들여다봤지만 아무것도 보이지 않았다. 빛이 닿는 곳은 입구에서 고작 몇 미터뿐이고 그 안쪽은 짙은 어둠만이 이어졌다. 훌쩍거리는 울음소리가 계속 들렸다. 어쨌든 말을 걸어보기로 했다.

"거기 누구 있습니까?"

쿵! 하고 뭔가 떨어지는 소리가 갱도 안에서 짧게 울렸다. 이어서 안에서 비명이 들려왔다.

"누⋯⋯누⋯⋯누구세요?"

젊은 여자 목소리였다.

"여행객입니다. 안심하세요. 무슨 소리가 나기에 누가 있나 해서 와봤습니다. 밖으로 나오시겠어요?"

저벅저벅 한동안 돌을 밟는 소리가 나더니 한 소녀가 나왔다. 열여덟이나 아홉 정도나 되려나. 이 지역 아이인가 보다. 얼굴이 창백해서 그런지 연약해 보였다. 낡은 스웨터에 스커트를 입은 수수한 차림이었다.

"많이 놀랐니? 미안하다."

나는 내가 낼 수 있는 가장 밝은 말투로 말을 걸었다.

"너는 이 마을 사람이니?"

소녀는 말없이 고개를 끄덕였다.

"울고 있었구나. 무슨 일 있었니?"

"아니요."

소녀는 고개를 크게 저었다. 겁을 먹은 것처럼 보였다.

"운 거 아니거든요! 아무 일도 아니에요! 아무 일도!"

소녀는 붙잡을 새도 없이 갑자기 마을 쪽을 향해 달려갔다.

"눈이 빨갰어. 운 모양인데."

"이 갱도에 뭔가 있는 걸까요?"

"지금 저 여자애가 사건과 관계있다고 확신하기는 어려워. 그냥 남자 친구가 마음이 변해서 속상해 울었는지도 모르지."

나는 웃으며 가볍게 대답했다.

"아니에요. 좀 이상해요. 쟤 유케무리 여관에서 일하는 아이예요."

그녀는 강조하듯 힘주어 천천히 말했다.

"진짜야?"

"어젯밤 저녁 식사를 가져다준 사람이 저 여자아이였어요. 확실해요."

도대체 무슨 일이지? 저 아이는 무슨 이유로 이렇게 인적이 드물고 어두운 갱도 안에서 울고 있었던 거지?

우리는 새까만 갱도 안을 가만히 들여다보았다. 짙은 어둠이 우리를 빨아들일 것만 같았다.

"그런데 고지마 씨, 당신은 사라진 승객 여덟 명에 대해 굉장히 또렷하게 기억하고 계시군요."

나는 유케무리 여관의 주인장인 고지마 고헤이 씨와 지배인실 소파에 마주 앉았다.

"네, 그렇습니다."

"이렇게 사람 출입이 잦은데 고작 하룻밤 머물고 간 손님에 대해 자세히 기억하고 있다니 특별히 인상적인 일이라도 있었습니까?"

"아니요. 이런 장사를 하다 보면 손님 얼굴은 자연스레 외워집니다. 그 손님들은 도착하셨을 때와 떠나실 때 외에는 만난 적이 없지만 말입니다."

고지마 씨는 접대용 웃음을 지으면서 대답했다.

"이곳에 머물렀던 밤에 평소와 달랐던 점은 없었습니까?"

"아니요. 아무 일도 없었습니다."

"그렇습니까? 방금 떠날 때라고 말씀하셨지요? 그렇게 이른 아침에 당신이 직접 배웅했습니까?"

"네. 그 시간 담당인 여종업원을 심부름 보낸 터라 다른 사람이 없었거든요. 그리고 저는 매일 아침 늦어도 여섯 시에는 일어납니다."

"그거 참 힘들겠군요."

그때 문이 열리고 양복 차림을 한 백발 남자가 고개를 내밀었다.

"아, 마침 잘 오셨습니다."

고지마 씨의 목소리가 높아졌다.

"나가오 이장님, 이쪽은 도쿄에서 오신 우노 경감님입니다."

이장은 예순다섯이나 여섯 살 정도로 보이는 세련된 호감형의 노신사였다. 풍채도 좋고 국회의원이 지닐 법한 위엄과 여유로움까지 갖추어 결코 예사 사람으로 보이지 않았다. 인사를 나눈 뒤 이장은 우리가 나누던 이야기에 합류했다.

"우노 경감님, 이 마을의 명예가 걸린 사건입니다. 모쪼록 잘 부탁드립니다."

"최선을 다하겠습니다. 이장님께서도 사건에 대해 들으셨을 때 놀라셨겠습니다."

"말도 마십시오. 저는 사건 바로 전날 밤 마을 회관에서 하이쿠 모임이 있어 밤늦게 마쳤습니다. 마을 회관 가까이에 회원이 살고 있어 그 집에서 묵었지요. 다음 날 집에 돌아가서야 사건에 대해 들었습니다."

"그러셨습니까. 하이쿠 모임이라니 고상한 취미를 가지셨군요."

나는 하이쿠에 대해서 제대로 알지도 못하면서 대충 응수했다.

"아닙니다. 아마추어들의 모임이라 대단치도 않습니다. 그래도 하이쿠 짓는 재미는 그 어느 것에도 비할 바가 없지요."

"그렇군요."

"모임 이름은 '사계회'입니다. 넷이서 시작해서 이름을 그렇게 지었는데 지금은 참가자 수가 배로 늘었습니다. 그래서 이름을 새롭게 지어야 하나 고민 중입니다."

나가오 이장은 너털웃음을 터트렸다.

"모임의 구성원은 이 마을 사람들입니까?"

"그렇습니다. 오래전부터 죽 여기에 살고 있는 늙은이들 모임이지요."

하이쿠 모임에 관한 이야기 말고는 나가오 이장과의 대화에서 건질 만한 건 없었다. 나는 고지마 씨에게 그날 밤 여덟 명의 방을 담당했던 여종업원과 만나고 싶다고 했다. 금방 불러오겠다면서 고지마 씨는 이장과 함께 지배인실을 나갔다. 혼자 남은 나는 여유롭게 담배를 태웠다.

유코는 어디 갔냐고? 내가 또 독자들에게 말하는 것을 잊었군. 유코는 목욕하고 온다면서 낮부터 계속 온천에 들어가 있다. 나 역시도 아직 이렇다 할 실마리가 하나도 없는데도 느긋하다.

"실례하겠습니다."

여직원이 들어왔다. 얼굴을 마주 본 순간 우리는 서로 깜짝 놀랐다. 폐광에서 울고 있던 바로 그 소녀였다.

"그래서 그 애가 뭐래요?"

젖은 긴 머리를 타월로 말리면서 유코가 물었다.

"특별한 건 없었어. 이름은 우에무라 미와이고 이 마을 농가의 셋째 딸이라더군. 고지마 씨 말로는 무척 순수하고 얌전한 아이라던데."

"흠, 정말로 아무것도 없었어요?"

"그래. 한 가지 신경 쓰이는 것은 내가 그 여덟 명의 얼굴을 제대로 기억하냐고 물었을 때 어두워서 못 봤다고 대답했던 점이야."

"방이 어두워서요?"

"그러니까 말이지. 나도 그걸 끈질기게 물어봤지만 결국 아무것도 나오지 않았어."

"그래서요?"

"그 여덟 명은 방에서 영화를 봤나 봐."

"영화요?"

"에로 영화. 이런 온천 마을에서는 흔하지."

"어휴, 남사스러워라. 불쾌해요! 남자들은 왜 그렇게 밝히는지 몰라."

유코가 경멸스럽다는 어조로 화를 냈다.

"나한테 화내도 소용없어. 원래 그렇게 생겨먹은 걸 어떡하라고."

"이제부터 어쩔 셈이에요?"

"우선 저녁부터 먹자."

여종업원이 마침 저녁 식사를 가져왔다. 벌써 시간이 이렇게 됐군. 창밖을 보니 어둑어둑했다. 해도 졌으니 바깥은 제법 쌀쌀할 터이다. 유코는 벌떡 일어서서 방을 나가더니 곧 본인분의 저녁을 가지고 돌아왔다.

또 햄버그스테이크에 구운 생선이다. 그야말로 구내식당의 A 정식, B 정식이나 다름없다.

"어? 아저씨, 이게 뭐죠?"

유코는 자신의 밥그릇 밑에 놓인 작게 접힌 종이를 집어 들어 펼쳐보고는 심각한 표정으로 내게 내밀었다. 종이에는 급히 쓴 듯한 글씨로 이렇게 적혀 있었다.

―경감님께 말씀드릴 게 있습니다. 열두 시에 채석장으로 와주세요.

"식사를 가져온 건 그 여자애가 틀림없어요."

이제야 단서다운 단서가 등장하려나 보다.

"무슨 일인지 궁금하네요. 저도 가도 되죠?"

"오지 말래도 따라올 거잖아. 일단 배부터 채우자."

나는 허술하기 짝이 없는 '정식'을 먹고 약속한 시간까지 트럼프를 하면서 시간을 보냈다. 열한 시 반이 되자 우리는 채비를 하고 손전등을 챙겨 유케무리 여관을 나섰다.

도대체 우에무라 미와라는 소녀는 무엇을 보았을까. 또 무엇을 알고 있을까. 아까 그 아이와 이야기를 하는 내내 이 소녀는 무언가 알고 있다는 기분이 들었다. 어쨌든 이걸로 사건을 해결할 열쇠를 손에 쥘지도 모른다. 차가운 밤공기도 어두운 길도 전혀 거슬리지 않았다. 우리는 사건을 풀 단서를 기대하며 채석장으로 서둘러 갔다.

소녀는 이미 와 있었다. 그렇지만 우리는 아무 이야기도 듣지 못했다. 그 소녀는 점심 무렵에 홀로 숨어서 훌쩍댔던 갱도 앞에서 무거운 돌에 머리를 맞은 채로 쓰러져 있었다.

7

동이 틀 무렵에야 겨우 나와 유코는 유케무리 여관으로 향했다. 한 걸음 한 걸음이 무거웠다.

어두운 밤에 라이트를 켜고 무토 서장을 비롯해 열 명 남짓한 경찰서 사람들을 모두 동원해서 그 일대를 샅샅이 뒤졌지만 단서는 하나도 찾지 못했다. 밝혀진 사실은 누군가가 우에무라 미와의 머리를 돌로 세게 내리쳐 죽였다는 것뿐이었다. 즉 그 아이가 살해당했다는 말이다.

날이 밝아 마을 사람들에게 이 일이 퍼지면 내 정체가 드러나는 것은 시간문제다. 일단 우리는 숙소에 물러가 있기로 했다.

둘 다 서로 말이 없었지만 생각은 같았다.

"상대는 이미 우리 수를 읽은 거예요."

유코가 중얼거렸다.

나는 유케무리 여관의 지배인실에서 우에무라 미와와 대화했던 상황을 떠올려보았다. 여덟 명이 방에서 영화를 보았다기에 내가 무슨 영화냐고 물었더니 그녀는 어쩔 줄 몰라 했다. 쥐구멍에라도 숨고 싶은지 몹시 부끄러워했다. 양 볼이 빨개져서는 입술은 앙다물었다.

"참 심성 고운 아이였는데. 여기 온 첫날 밤 저녁 식사를 들고 올 때 찬이 부실해서 죄송하다면서 마치 자기 탓인 양 사과했어요."

유코가 말했다.

"꼭 범인을 잡고야 말겠어. 범인도 입막음을 위한 살인은 계획에 없었을 테니 무척 당황했을 거야. 그런 경우 범인은 틀림없이 흔적을 남겨. 수사 경험상 그래."

정신을 차리고 보니 유코가 옆에 없다. 뒤를 돌아보니 몇 미터 뒤에서 눈을 크게 뜨고 꼼짝 않고 서 있는 모습이 보였다.

"어이, 유코, 무슨 일이야?"

"네? 아, 죄송해요. 잠깐 생각 좀 했어요."

깜빡 졸다 깬 것처럼 화들짝 놀란다.

정말 이상한 여자애다. 나는 고개를 절레절레 저었다. 이후에도 뭘 그리 골똘히 생각하는지 유케무리 여관에 도착할 때까지 한 번도 입을 열지 않았다. 여관에 도착한 뒤 유코는 밤에 한숨도 못 잤으니 좀 자고 싶다면서 방에 돌아갔고 나는 무토 서장의 연락을 기다렸다.

생각하면 생각할수록 나는 이 여관 주인 고지마 씨가 미심쩍었다. 우에무라 미와가 사건에 대해 뭔가를 알고 있었다면 그건 여기 유케무리 여관에서 일어난 일일 터이다. 그 아이가 우리를 만나려고 했던 일도 고지마 씨라면 충분히 알아냈을 것이다. 그렇지만 추측만으로 섣불리 움직여서는 안 된다. 고지마 씨는 이 마을 유명 인사이기 때문에 함부로 건드렸다간 골치 아파질지도 모른다.

우에무라 미와가 살해당하는 바람에 실마리를 잡을 거라는 기대는 허무하게 무너졌다. 결국 이렇다 할 증거는 하나도 잡지 못했다.

점심때 잠깐 잠이 들었다가 눈을 떠보니 세 시가 다 된 시간이었다. 이제부터 어떻게 해야 하나. 고지마 씨를 심문해야 마땅하다만 그러기엔 뭐 하나 확실한 물증도 증언도 없다. 게다가 그는 사실을 순순히 털어놓을 남자로는 보이지 않는다.

사라진 여덟 명이 이 마을에 머물렀던 단 하룻밤 사이에 무슨 일이 일어난 걸까. 그걸 알아내면 사건을 해결할 수 있을 줄 알았다. 에로 영화를 봤다는 사실 자체는 그다지 주목할 만한 일이 아니다. 그 영화에 단서가 될 만한 무언가 있을까? 그 사라진 여덟 명과 관련된 중요한 무언가가?

그럴 가능성은 적어 보였으나 지금은 지푸라기라도 잡는 심정으로 뭐든 해보는 수밖에.

나는 그런 에로 영화를 암암리에 유통시키는 남자가 누구인지 나이 든 여종업원에게 물어 그 사람을 찾아 나섰다.

이름은 가시와바라. 허름한 잡화점을 운영하는 50대 안팎의 대머리 사내였다. 내가 신분을 밝히자 질겁하면서 그런 일은 두 번 다시 하지 않을 테니 한 번만 봐달라고 사정했다. 당장 무릎이라도 꿇을 기세였다. 나는 당신을 체포를 하러 온 것이 아니라 그날 밤 여덟 명이 봤던 영화가 무엇이었는지 알고 싶다고 했다. 그 남자는 당혹스런 표정으로 어떤 영화였는지 기억이 나지 않는다고 했다. 듣고 보니 그럴 만도 하다. 요청이 많은 날에는 서너 군데 여관에서 연락이 온단다. 어디에 어떤 걸 가지고 갔는지 하나하나 기억하기는 어렵겠지.

영화는 8밀리 필름으로 누구나 쉽게 틀 수 있다. 가시와바라는 여관 데스크 사람에게 필름을 전달하고 다음 날 아침에 회수하러 간 게 전부였다.

그사이 무슨 일이 있었던 걸까? 고민 끝에 나는 거기에 있는 영화를 전부 보기로 했다. 이대로 돌아가면 계속 마음에 걸릴 게 분명했다.

영화를 스무 편 정도 봤을까. 화면 상태가 나빠 지지직거리는 8
밀리 필름을 네 시간 동안이나 보는 일은 그야말로 고문이었다. 나
는 영상물등급위원회 사람들의 고초를 조금은 알 것만 같았다. 무
삭제판 영화를 본다고 마냥 부러워할 사람들도 있겠지만 그것은
모르고 하는 소리다.

가시와바라의 가게를 나왔을 때는 벌써 여덟 시가 다 되었다. 머
리가 어질어질하고 눈이 흐릿했다. 성과도 없었다. 필름에 그 여덟
명 중 누군가가 찍혔을지도 모른다고 막연히 생각해봤지만 완전히
빗나간 추리였다. 여덟 명의 얼굴은 서장에게 사진을 받아 기억하
고 있었다. 어떤 영화에서도 그들의 모습은 보이지 않았다.

유케무리 여관으로 서둘러 돌아가서 그 사실을 유코에게 알릴까
하다가 관뒀다. 경멸하는 얼굴로 나를 벌레 보듯 할 게 뻔하다.

식어버린 저녁밥을 급히 해치우고 유코의 방을 들여다보니 저녁
식사가 그대로였다. 손도 대지 않은 모양이다. 그렇게 잘 먹던 아이
가 이럴 리가 없는데. 이상했다. 방에 돌아오니 여종업원이 저녁을
치우고 있었다. 그녀는 나를 보더니 놀라는 표정을 짓고는 내게 말
을 걸었다.

"아차. 손님, 저쪽 방에 머무시는 여자 손님께서 이걸 전해달라고
하셨습니다."

쪽지였다. 무슨 내용인가 궁금해하면서 펼쳐보았다.

─경감님, 외출 중이셔서 저 혼자 범인을 만나러 갑니다. 한 시간이 지나도 돌아오지 않으면 채석장으로 와주세요. 유코.

범인을 만나러 간다고?

"잠깐만요!"

나는 여종업원을 불러 세웠다.

"그 녀석, 아니, 그 아가씨 언제 나갔습니까?"

"아, 저녁밥을 가지고 갔을 때였으니까 여섯 시쯤이었을 거예요."

나도 모르게 손전등을 손에 쥐고는 그대로 밤길로 뛰쳐나갔다. 성급한 마음에 여종업원을 밀쳐냈는지 계단에서 누군가 굴러떨어졌던 것 같지만 확실하지는 않다. 그랬거나 어쨌거나 상관없다. 빨리 달려가서 그녀를 찾는 게 급선무다.

유코가 거짓말을 했다거나 탐정 놀이를 하다가 지레짐작해서 실수를 저질렀다는 생각은 들지 않았다. 그저 눈앞의 어둠을 헤치며 죽어라 달렸다. 돌에 맞아 머리가 깨져서 죽은 유코의 모습이 섬광이 번쩍이듯이 눈앞에서 떠올랐다가 사라지기를 반복했다.

헐떡거리면서 채석장을 훑어보았다. 우에무라 미와가 살해당한 갱도에서 빛이 새어 나오는 걸 보고 손전등을 끄고 가까이 다가갔다. 갱도 입구 옆에 몸을 바짝 붙이자 남자들이 말하는 소리가 들려왔다. 한 놈이 아니었다. 둘, 셋, 아니, 그 이상이었다. 나는 살며시 안쪽을 들여다보았다.

불빛은 갱도 안쪽 큰 바위에 세워진 칸델라에서 나오고 있었고 그 앞에 남자들이 모여 앉아 있었다. 내 쪽으로 등을 돌리고 있어서 얼굴은 확인하지 못했지만 세어보니 여섯 명이나 되었다. 유코는 어디 있을까. 한참을 들여다본 끝에 간신히 그녀를 찾았다. 남자들 사이로 그녀가 보였다. 쌓여 있는 돌무더기 위에 손발이 묶여서 가로누워 있었다. 입에 재갈을 물린 걸 보니 죽이지는 않은 모양이다. 늦지 않아 다행이다. 이제부터 도대체 어떻게 해야 하나. 상대는 여섯 명이고 나는 권총도 가지고 오지 않았다.

갱도 속이라 남자들의 이야기 소리가 울려서 무슨 말인지 제대로 들리지는 않았지만 서로 다투고 있음이 틀림없다. 그녀를 어떻게 처리할지 옥신각신하는 모양이다. 여섯 명의 얼굴도 확인하고 싶었지만 지금은 그녀의 목숨을 구하는 일이 우선이다. 모 아니면 도다. 일단 저질러보는 수밖에.

내가 이래 봬도 고등학교 시절에는 야구부의 에이스였다. 그건 벌써 20년도 더 된 일이라 자신은 없었지만 운을 하늘에 맡기고 힘껏 돌멩이를 던졌다. 돌은 기적처럼 칸델라에 명중했다. 쨍그랑하고 등이 깨지는 소리와 함께 갱도 안은 순식간에 어둠에 휩싸였다. 잠시 정적이 흐르나 싶더니 안에 있던 사람들은 공황 상태에 빠졌다. 여섯 명의 남자들은 '아아악!' 하고 소리를 지르며 달려 나왔다. 나는 그들과는 반대로 안으로 뛰어 들어가 혼란스러운 틈을 타서 유코를 데리고 나왔다.

그 여섯 명은 갱도에서 뛰쳐나가더니 한달음에 도망가 버렸다. 나는 손전등을 켜서 옆에 있는 돌 위에 올려두고 그녀를 비췄다. 유코는 의식을 잃은 척하고 있었던 모양인지 눈을 번쩍 뜨고 나를 쳐다봤다. 서둘러서 입에 물린 재갈을 풀어주니 후 하고 숨을 내쉬었다.

"후와! 살았다! 왜 이리 늦었어요!"

나는 화가 치밀어 올랐지만 꾹 참았다.

"무슨 소리야. 멋대로 이런 위험한 짓이나 하고. 엉덩이라도 때려 줘야 할 판이군."

"쓸데없는 소리 말고 얼른 풀어주기나 해요."

나는 옆에 있는 바위 위에 그녀를 앉히고 묶여 있던 손발을 풀어 주고는 저릿저릿한 느낌이 가실 때까지 가만히 기다려주었다. 그 동안 나는 혹시라도 그 여섯 명이 돌아오지 않을까 둘러보러 가려 했다.

"관두세요. 돌아오지 않을 거예요. 정말이지 겁쟁이에 얼간이들 뿐이었다니까요."

"그렇지만 그 여자아이는 살해당했잖아. 게다가 그 여덟 명 도……."

"사라진 여덟 명은 저기에 있어요."

그녀는 갱도를 막아둔 커다란 바위를 가리켰다.

"아까 그 남자들이 하는 말을 들었어요."

"그랬군. 그들은 대체 누구지?"

"알고 싶어요? 알려주지 않을 거예요."

이제 아예 약을 올리며 얄밉게 웃는다.

"잘 들어. 이건 장난이 아니야. 농담할 때가 아니라고."

"알았으니까 그런 무서운 얼굴 하지 말아요. 자, 그럼 시작해보실까요."

유코는 이번에는 결연한 표정을 짓고는 벌떡 일어섰다.

"뭐 하자는 거야?"

"아이참, 추리소설에서 수수께끼를 풀 때 이렇게 하잖아요. 사건의 관계자를 한곳에 모아두고 탐정이 입을 떼는 거죠. '자, 여러분! 그럼 시작해볼까요' 하면서요."

"지금 그런 장난칠 때가 아니야. 그 녀석들이 도망가 버릴지도 모르잖아. 누구인지 빨리 말하지 못해!"

"아니, 왜 그리 안달이에요? 그런 식으로 나오면 난 한 마디도 하지 않을 거예요."

나는 포기하고 쭈그려 앉았다.

"알았다, 알았어. 네 맘대로 해봐."

그제야 그녀는 상기된 표정으로 이야기를 늘어놓기 시작했다.

"저는 주행 중이던 열차에서 어떻게 여덟 명이 사라졌는지를 조사하러 이 마을에 왔어요. 여덟 명은 분명히 열차에 탔고 열차가 출발하고도 계속 거기에 있었죠. 그 사실은 아이의 증언대로라면 의심할 여지가 없어요. 그렇다면 승객들은 달리는 열차에서 사라졌다는 말인데, 그게 불가능해 보여도 실제로는 가능했단 말이죠. 나는 그걸 물리적으로 설명할 만한 무언가가 있을 거라고 생각했어요. 그리고 여기 도착한 다음 날 그걸 발견했고요."

"네가 화물칸에 숨었을 때 말인가?"

"맞아요. 그때 저는 그 여덟 명이 어떻게 사라졌는지 알았어요."

"설마!"

"못 믿겠나 보죠? 믿지 않으면 이 이상은 말하지 않겠어요."

그녀는 불쾌해하며 갑자기 입을 다물어버렸다.

"알았어. 믿어. 믿는다고. 도대체 어떻게 사라졌다는 거야?"

"그건 말이죠. 그때 내 손이 기름으로 더러워졌어요. 기억나요?
손수건 빌렸을 때."

"아아, 그랬지."

"그곳에 손으로 움직이는 화물차가 있었잖아요. 그 차에 손으로
누르는 부분이 있었는데……. 이름이 뭐더라? 그 왜, 펌프 손잡이
같은 거요. 거기에 기름이 발라져 있었어요. 그 말은 화물차를 최근
에 사용했다는 얘기죠. 대차 차체를 지지해서 차량이 안전하게 레일 위를 달리
게 하는 바퀴가 달린 차 전체는 사용한 지 오래되어 지저분하고 녹슬어
있었는데도 말이에요."

"그 대차를 사용했다는 건가?"

"틀림없어요. 그걸 누군가가 처음부터 열차 제일 뒤에 연결해뒀
을 거예요. 달리는 도중에 승객들은 차장실을 빠져나가서 대차에
옮겨 타요. 모두 옮겨 탔을 때 차장이 열차와 대차의 연결 부분을
끊는 거죠. 열차와 분리된 대차는 한동안은 관성 때문에 달리긴 했
겠지만 속도는 금방 떨어졌을 거예요. 그때 브레이크를 걸고 이후
로는 수동으로 조작해서 이와유다니 역까지 반대로 돌아온 거죠.
가속도가 붙으면서 제법 속도가 나왔을걸요. 사람들이 알기 전에
도착하는 것도 어렵지 않았을 거고요."

"하지만 대차가 서 있던 지선은 엄청 녹슬어 있었다고."

"레일은 일주일만 방치해두어도 녹슬어요."

"그건 그렇군. 그래도 말이야."

"기다려봐요. 말하고 싶은 맘은 알지만 제 말씀을 먼저 들어보시죠. 아, 그 아이의 증언을 들었을 때 제 가설이 무너졌다고 말했던 거 기억나요?"

"기억나. 아! 혹시 아이가 열차를 봤다면…….."

"그래요. 대차도 당연히 봤을 줄 알았어요. 그때 제 가설이 틀린 줄 알고 완전 충격 먹었어요. 그런데 실제로 가서 보니까 열차 윗부분만 보이더라고요. 그제야 '대차가 보이지 않았겠구나. 그럼 내 가설이 틀린 건 아니네' 하고 안심했어요."

유코는 숨을 들이마시고는 말을 이었다.

"그렇게 해서 그들이 사라진 방법을 알게 되었어요. 제 생각대로라면 기관사는 둘째 치고 차장과 이와유다니 역장은 이번 사건의 진상을 알고 있었을 테고요. 그들도 이번 사건의 공범인 셈이에요."

"그렇다 해도 참 이상하군. 왜 그 사람들이 그런 짓을 했을까?"

"그건 저도 어제 그 여자애가 살해당할 때까지 몰랐어요. 그보다 계속 신경 쓰이는 일이 하나 있었는데 이 사건의 증인들이 모두 다 신뢰할 만한 사람들이었다는 점이에요. 역장, 차장, 기관사, 모두 이 마을에서 오래 산 사람들이었고요. 게다가 유케무리 여관의 주인인 고지마 씨도 마을에서 꽤 영향력이 있는 사람이니까요. 증인이 이상하리만큼 훌륭한 사람들뿐이에요. 그 점이 오히려 의심스러웠지요."

"그래서?"

나는 재촉했다.

"그래서 골똘히 생각해봤어요. 이 사람들이 모두 같은 마음으로 함께 범죄를 저질렀다면 그 목적이 무엇일까 하고요."

유코는 아주 심각했다.

"아마도 이 마을 전체를 위해 그러지 않았을까요? 그 훌륭한 사람들이 무언가를 함께했다면 그건 다름 아닌 마을을 위해서일 거예요. 그런데 우에무라 미와가 문제였던 거죠. 그녀도 분명 무언가 알고 있었어요. 그녀는 그날 밤 사건이 일어난 광경을 봤던 게 틀림없어요. 그렇다면 그 일은 분명 유케무리 여관에서 일어났을 테고요. 그리고 저는 오늘 다른 여관을 돌아보면서 뭘 좀 알아봤어요."

"뭘 알아봤는데?"

"식사 때 나온 반찬이요."

"반찬?"

"네. 알아보니 산채 요리, 버섯, 채소튀김, 크로켓과 프라이를 내는 곳은 유케무리 여관밖에 없었어요. 이제 알겠어요?"

"모르겠는데."

"정답은 버섯이에요."

"버섯?"

"그 여덟 명은 독버섯을 먹고 죽은 거예요."

나는 화들짝 놀랐다.

"그 여자아이는 그릇을 치우러 갔을 때 여덟 명이 죽어 있는 모습을 본 거예요. 당황해서 주인인 고지마 씨한테 알리러 갔을 테고, 고지마 씨는 경찰에 신고하기 전에 머리를 굴린 거죠. '이게 어떤 결과를 가져올까. 안 그래도 이웃 마을 오유다니에 밀려 손님이 없는데 이 마을에서 손님 여덟 명이 독에 중독되어 죽었다는 사실이 알려지면?' 하고요. 그럼 관광지로서는 치명타잖아요. 그래서 고지마 씨는 그 여자아이한테 단단히 입단속을 시키고 하이쿠 모임 중이던 이장한테 간 거죠. 이야기를 듣고서 이장과 같이 있던 하이쿠 모임 사람들은 모두 이와유다니 마을을 지키기로 결정한 거고요. 잘 생각해봐요. 죽은 손님이 여덟이고 하이쿠 모임 회원도 여덟 명이었잖아요."

"그들이 손님들로 위장한 거군."

"그래요. 다음 날 열차에 탄 사람들은 이장과 그 친구들이었어요. 물론 일을 꾸미기 위해서는 역장, 차장, 기관사도 설득했겠지요. 다들 마을을 위해 그 일을 받아들였을 거고요."

"그렇지만 왜 그렇게 귀찮은 일을 해야만 했지?"

"어쩔 도리가 없었겠죠. 생각해보세요. 부검을 하면 사인이 밝혀질 텐데 그걸 막으려면 시체가 발견되어서는 안 되죠. 사고를 숨기려면 그 여덟 명은 마을을 떠나야만 하고요. 마을에서 사람들이 죽었다는 소문이라도 나면 이곳 평판에 흠집이 날 게 분명하니까요. 그래서 그 사람들이 마을을 떠난 것처럼 꾸미고 시신은 못 찾도록 없애야만 했을 거예요. 오유다니 역에 도착하면 거기 사람들이 얼굴을 알아볼 테니까 역장한테 들켜버리게 되고요. 그러면 이 방법밖에 없어요. 아마 대차를 사용하자는 생각은 역장이나 차장이 했을 거예요."

"그렇군. 모든 일이 계획대로 순조롭게 흘러가던 차에 그 여종업원 한 명만 문제였군."

"맞아요. 그래서 우에무라 미와를 죽인 거겠죠. 죽인 사람은 고지마 씨고요."

"내 생각도 그래."

"여덟 명의 시체는 그날 밤에 여기로 옮겨 와서 묻어버렸어요. 다음 날 아침 고지마 씨는 일부러 여종업원을 심부름 보내고 죽은 여덟 명의 옷을 입은 이장과 하이쿠 모임 사람들을 직접 배웅했어요. 이른 아침이어도 마을 사람들 눈에 띄지 않을 거라는 보장은 없으니까 얼굴이 안 보이게 조심해서 역으로 갔을 거예요."

나는 크게 한숨을 쉬었다. 그녀의 이야기는 어디 한구석도 의심할 곳이 없었다.

"방금 전 그 남자들은 누구였어?"

"고지마 씨, 그리고 이장이었어요. 다른 사람들이 그렇게 부르더라고요. 나머지는 모리 차장과 하이쿠 모임의 회원 세 명이었죠."

"어찌 이런 일이!"

나는 탄식했다.

채석장에서 마을로 서둘러 돌아오면서 유코에게 물었다.

"그래도 그렇지. 너는 어쩌자고 앞뒤 생각 안 하고 그렇게 막무가내로 행동한 거야?"

"옳지 않은 일인 줄 알면서도 역장이나 이장이 왜 그랬을까 생각해봤어요. 그랬더니 그 사람들 마음이 조금은 이해가 가고 동정심도 생겨 그들을 돕고 싶었어요. 자수를 권할 셈이었죠. 그 일에 동참한 사람 중에서 차장이 가장 바른 사람으로 보여서 그에게 편지를 보냈어요. 내가 모든 일을 알고 있으니까 채석장에서 이야기를 하자고요. 그런데 그렇게 여럿이 와버린 거예요."

"정말 위험한 짓이었어. 우에무라 미와처럼 살해당했을지도 모른다고."

"저를 어떻게 처리할지에 대해서 꽤나 옥신각신하던데요. 그 사람들이 저를 묶을 때 아예 기절한 척하고는 그들이 하는 이야기를 죄다 들었어요."

"너를 어떻게 할 셈이었대?"

"고지마 씨는 그 꼬마가 숨어 있었던 수로에 던져버리자고 했어요. 그러면 시신을 금방 못 찾을 거라나요. 그런데 다른 사람들은 망설였어요."

자신의 일을 마치 다른 사람 일인 양 태연하게 말하는 모습을 보고 나는 기가 차서 말문이 막힐 정도였다.

"무례한 제안을 한 사람도 있었어요."

그녀는 얼굴을 찌푸리며 말을 계속했다.

"하이쿠 모임 멤버였을 거예요. 갱도 안 깊숙한 데에 저를 집어넣

자고 했어요. 그리고 모두가 돌아가면서 저를 강간하자고요."

"뭣이!"

"그랬더니 한술 더 떠서 아예 여기에서 해치우자는 얘기까지 하더군요. 웃기고 있네. 나를 그리 만만하게 보다니! 내가 잠자코 당하고 있을 줄 아나. 속으로 발끈했어요."

"그래도 그렇지! 혹시라도…… 뭔가 나쁜 일을 당한 건 아니겠지?"

나는 당황해서 물었다.

"나쁜 일이라니요. 어휴, 생각만 해도 끔찍해요. 저는 무사하니 걱정 마세요. 나쁜 일이라면 어떤 아저씨가 목욕탕에서 제 몸을 훔쳐본 일 정도예요."

한 마디도 지지 않는 당돌한 여자애다. 나는 한참을 가만히 있다가 다시 입을 열었다.

"그럼 이제 이 마을은 더욱더 외면당하겠군."

"그럴까요? 꼭 그렇지만은 않을걸요."

8

무토 서장은 내 말을 믿기 어려워하는 눈치였다. 그렇지만 나가이 유코라는 증인도 있는데 인정하지 않을 도리가 없을 터였다. 믿었던 사람들이 범인이라니 받아들이기 어렵기야 하겠지.

늦은 밤 경찰들이 체포하러 막 나가려던 참에 나가오 이장이 자수하러 왔다. 이장의 진술은 유코가 말한 대로였다.

그날 밤 고지마 씨를 제외한 전원을 체포했다. 그중에는 자수한 자도 있었다. 고지마 씨는 혼자서 야반도주를 시도했지만 붙잡히는 건 시간문제다.

나는 새벽 세 시 가까이 되어서야 겨우 유케무리 여관에 돌아왔다. 그리고 야마오카를 깨워서 약속대로 제일 먼저 이 뉴스를 알려주었다. 야마오카가 잠이 덜 깬 목소리로 본사에 전화를 거는 모습을 뒤로 하고 방으로 돌아왔다. 옷을 입은 채로 이불에 쓰러졌다.

피곤하긴 했지만 흥분한 탓인지 쉽게 잠들지 못했다. 유코는 먼저 여관으로 돌아갔으니 지금쯤 잘도 자고 있겠지. 생각할수록 특이한 여자애다. 살해당할지도 모르는 순간에도 천연덕스럽게 구는 배짱, 날카로운 감, 거기에다 무서움을 모르는 용기, 베테랑 형사에 버금가는 관찰력까지. 정말이지 대단한 여자애다.

잠옷으로 갈아입고 불을 끄고 이불 속에 들어가는데 누군가가 불을 켰다. 쳐다보니 잠옷 차림을 한 유코였다.

"유코, 무슨 일이야?"

"사건 마무리는 잘 했어요?"

"그럭저럭. 아직 안 잤어?"

"네. 기다렸어요."

"뭘? 설마 나를?"

"네. 아저씨를요."

그러면서 그녀는 천천히 허리끈을 풀었다.

"어이, 왜 그래."

"아저씨가 내 엉덩이를 때려준다고 했잖아요."

미끄러지듯 잠옷이 떨어지고 유코의 새하얀 몸이 드러났다.

"엉덩이를 맞으러 왔어요."

그렇게 말하면서 내 잠자리로 거침없이 파고들었다.

날이 밝을 무렵에서야 잠들었는데도 일곱 시 반에 눈이 떠졌다. 숙면을 취했는지 잠깐 잤는데도 머리는 개운했다. 사실 머리만 개운하고 온몸이 성한 데가 없이 여기저기 쑤신다.

유코는 가버리고 없었다. 같이 잠들었다고 생각했는데 자기 방으로 돌아간 걸까, 아니면 벌써 일어나 밖에 나갔나.

세수를 하고 옷을 입으면서 그녀를 생각했다. 내가 첫 상대는 아니었겠지만 그래도 아직 학생이다. 불혹을 바라보는 남자, 그것도 경찰이 젊은 여자애가 원한다고 해서 그 애를 안아버렸다면 경솔했다는 비난을 면치 못하겠지. 부모님이 안 계신다고 했던가? 그래, 외로워서였을 거야. 강한 척하고 있지만 내 속에서 아버지의 모습을 찾았는지도 몰라.

그렇지만 아무리 머리를 굴려봐도 나는 그녀가 왜 그런 행동을 했는지 이해하기 어려웠다. 그녀의 마음을 직접 확인해봐야겠다고 생각했다. 그러다가 머리맡에 놓여 있는 편지를 발견했다. 어제처럼 접어둔 쪽지에는 시원시원한 글씨로 이렇게 쓰여 있었다.

―좋은 아침이에요, 경감님. 한발 먼저 도쿄로 돌아갑니다. 저는 학교엔 꼬박꼬박 나가니까요. 경감님께서 일어나실 즈음에는 이미 열차에 올라 있을 거예요. 꼭 경시청에 놀러 가겠습니다. 그때 다시 만나요. 그럼 그날까지. 어젯밤은 정말 멋졌어요. 유코.

유령 열차 사건의 해결은 엄청난 파장을 불러일으켰다. 고지마 씨는 얼마 지나지 않아 체포되었고 우에무라 미와 살해는 단독 범행이었다고 진술했다. 나가오 이장, 오타니 역장 등 나머지 관련자들에게는 사체 유기로 징역형이 선고되긴 했지만 그 형이 가벼워 집행유예로 풀려났다.

유코가 예언했듯이 이와유다니 마을은 그대로 끝나지 않았다. 외면받기는커녕 호기심이 많은 관광객들이 마을에 흘러넘쳤다. 유케무리 여관은 2년 후까지 예약이 다 차버렸다. 여관의 새로운 경영자는 기뻐서 어쩔 줄 몰라 했다. 채석장도 엄청나게 유명한 관광 명소가 되었다.

사건 해결의 공은 이와유다니 경찰서의 무토 서장에게 돌아갔다. 무토 서장은 이를 순순히 받아들였지만 말은 아꼈다. 실제로 사건을 해결한 사람이 스물한 살짜리 여대생이었다는 사실은 나 말고는 아는 사람이 없었다.

나는 어떤가. 나야 낮에는 관사에서 널브러져 자거나 밤에는 긴자를 어슬렁거리면서 남은 휴가를 보냈다. 복잡한 거리를 걸어 다니다가 젊은 여자들의 웃음소리가 들려오면 나도 모르게 유코가 머릿속에 떠올랐다.

직업이 경찰이니 그녀의 주소를 찾는 일은 식은 죽 먹기지만 그렇게 하지 않았다.

나는 그녀가 준 편지를 정기권 지갑 속에 항상 넣고 다녔다. 그녀가 편지에 썼듯이 유코는 어느 날 불쑥 나를 찾아오겠지. 무언가 기묘한 사건이 일어나면 시건방진 미소를 띤 채 나타나리라. 나도 모르게 그런 믿음이 생겼다.

제2장

유괴범의 배신

유령 열차

1

"제 소개가 늦었습니다. 저는 오카모토 요시코입니다. 네. 닛타 씨를 모신 지 15년 정도 되었지요. 나이는 올해로 마흔 다섯입니다. 이곳 주인어른의 부인이 돌아가시고 반년 후부터 가정부로 일해왔습니다. 네, 가정부라고 해주세요. 저는 요즘 사람들이 말하는 가사 도우미라는 표현을 좋아하지 않습니다. 그 '가사 도우미'들은 저녁 여덟 시를 넘기면 밥그릇 하나도 씻으려 하지 않아요. 걸레질도 제대로 못하면서 입만 살아서 나불댄다니까요. 어이쿠! 이야기가 딴 길로 샜네요. 오늘 일어난 사건에 대해 말씀드리겠습니다. 그나저나 우리 아가씨가 부디 무사해야 할 텐데요. 어쩌다 이런 끔찍한 일이. 아이고, 아이고."

"오후 네 시가 조금 지났을 때였습니다. 제가 장을 보고 돌아와

보니 거실 안쪽 방문이 약간 열려 있더라고요. 문틈으로 안을 들여다보았더니 주인어른께서 소파에 앉아 편지를 읽고 계셨어요. 좀처럼 이른 시간에 귀가하는 분이 아니시라 어디 편찮기라도 하신지 여쭈려고 거실 안으로 들어갔습니다. 주인어른께서는 편지를 읽는 데에 집중하셔서 제가 다가가는 것을 전혀 눈치채지 못하셨습니다. 제가 주인어른, 하고 부르자 무척이나 놀라셔서는 편지를 허겁지겁 숨기셨습니다. 매사에 침착하고 냉정을 잃지 않는 분이시라 그렇게 당황하시는 모습을 보고 오히려 제가 더 놀랐습니다. 뭔가 심상치 않은 일이 일어났다는 걸 직감했지요. 제가 주인어른께 무슨 편지냐고 여쭤보니 주인어른께서는 아무것도 아니라면서 손에 쥔 편지를 구겨버리셨습니다. 주인어른의 창백한 안색을 미루어보건대 결코 예사로운 일은 아닌 듯했고 무언가 큰일이 일어난 게 틀림없다고 생각했습니다. 저는 제게 편지를 보여주십사 청했습니다. 제가 몇 번이나 부탁드린 끝에 주인어른께서는 그제야 깊은 한숨을 내쉬시며 편지를 건네주셨습니다. 그 편지가 지금 형사님께서 가지고 계신 겁니다. 네. 맞습니다. 범상치 않은 편지라는 건 한눈에 알아봤습니다. 보세요. 신문에서 글자를 오려 붙여서 만든 편지잖아요. 그런 편지가 제대로 된 것일 리 없죠.

— 당신 딸은 내가 데리고 있다. 그 물건을 준비해라. 다시 연락하겠다.

저는 숨이 멎을 만큼 놀랐습니다. '아가씨가! 마사코가!' 저도 모르게 소리쳤습니다. 주인어른께 이 편지를 언제 받으셨는지 물어보았더니 '아까 돌아오면서 보니 우편함에 들어 있었다'라고 대답하셨지요. 주인어른은 그사이 침착함을 다시 되찾으셨습니다. 저한테 아가씨 방을 보고 오라고 말씀하시더군요. 방에 가보았지만 역시 아가씨는 없었어요. 하하……. 보통 세 시 반이면 학교에서 돌아오는데 말이죠."

"저는 주인어른께 아가씨가 돌아오지 않았다고 말씀드렸습니다. 주인어른께서는 학교에 가봐야겠다며 차를 몰고 나가셨습니다. 아가씨가 다니는 중학교는 집에서 그다지 멀지 않습니다. 아가씨는 항상 자전거로 통학했지요. 주인어른을 배웅하고 얼마 지나지 않아서 아가씨의 가정교사가 왔습니다. 요즘 젊은 사람 같지 않게 책임감도 있고 사람 됨됨이도 좋아서 아가씨와 주인어른께서 모두 마음에 들어 하시는 분이죠. 선생님께 지금 벌어진 상황을 설명하는 사이에 주인어른께서 돌아오셨습니다. 주인어른이 학교에 알아보니 아가씨는 한참 전에 집으로 돌아갔다더군요. 게다가 돌아오시는 길에 길가 도랑에서 아가씨가 타던 자전거가 버려져 있는 것을 보셨다고 했어요. 저희들은 유괴가 확실하다고 판단하고 모두 비탄에 빠졌습니다. 선생님께서 경찰에 신고부터 해야 한다고 하셨습니다. 주인어른께서는 얼마간 망설이시더니 결국 선생님 말씀에 따르기로 결정하셨습니다. 형사님께서 아시다시피 우리 주인어른은 경시총감 우메미야 씨와 잘 아는 사이시죠. 그래서 직접 우메미야 씨께 전화를 걸어서 극비 수사를 부탁하셨습니다.

그러자 선생님께서 경시청에 근무하는 유능한 경감님 한 분을 알고 있다고 하시더군요. 주인어른께서는 우메미야 씨께 그 경감님을 보내주십사 전화로 요청하셨습니다. 주인어른께서는 선생님을 상당히 신뢰하시거든요."

"네, 맞습니다. 주인어른께 다른 자제분은 안 계십니다. 외동딸인 마사코 아가씨뿐이죠. 무척이나 사랑스럽고 귀여운 아가씨예요. 지금 어디서 떨고 있을 거라 생각하면……. 한시라도 빨리 우리 아가씨를 구해주세요."

2

"이야, 우노 선배님! 그동안 그리웠습니다."

곰처럼 큰 덩치를 조수석에 밀어 넣은 사람은 하라다 형사다.

"뭐야. 자네도 이번 수사에 합류하라는 명령을 받았나?"

"그렇게 됐습니다. 잘 부탁드립니다."

하라다 형사는 5년 전 내가 경위였던 시절에 함께 일했던 후배이다.

'곰돌이 긴'이라는 별명으로 불리던 하라다는 누구에게나 사랑받는 사람이었다. 곰처럼 덩치가 크고 긴타로모토미야 히로시의 만화 『샐러리맨 긴타로』의 주인공처럼 동안인 덕에 그런 별명을 얻었다.

"그럼 출발해볼까."

나는 차를 몰았다. 하라다 형사와 함께라고 생각하니 마음이 한결 가벼워졌다.

"대강은 들었지?"

"누가 유괴당했다고 들었습니다."

"닛타 마사유키의 외동딸이야."

"닛타 마사유키가 누굽니까?"

"아니, 그 사람을 모른다고? 무역 회사에 백화점, 스파 랜드를 소유한 대기업의 임원이야."

"요컨대 부자라는 말씀이시군요."

"거물이지. 이번 국회의원 선거에 나온다는 소문이 돌 정도니까."

"그런데 어째서 경감님과 제가 이번 수사를 맡게 된 겁니까?"

"경시총감이 내년에 정년이라는 건 알고 있지?"

"네. 그럼요."

"경시총감도 의원 배지를 달고 싶어 하거든. 닛타 씨는 경시총감의 친구라고. 그런 사람의 딸이 유괴당한 사건을 일반적인 유괴 사건처럼 다룰 수는 없었겠지. 그래서 실력까지는 장담 못 해도 입이 무거워서 신용할 만한 사람들을 여기저기서 뽑아 특별 수사팀을 꾸린 모양이야."

"팀장은 경감님께서 맡으신 거죠?"

"그런가 봐."

"그분들 사정이야 상관없습니다. 저는 그저 다시 경감님 밑에서 일하게 되어서 기쁠 뿐입니다."

나는 하라다와 미소를 주고받았다. 하라다는 마치 어제까지 산중에서 살다 나온 사람처럼 솔직하고 순수했다. 이 녀석은 하나도 변한 게 없군.

경시총감이 직접 호출해서 명령을 내렸던 시간은 네 시가 조금 지나서였다. 지금은 오후 여섯 시 반이다. 낮에는 햇살이 따사롭지만 아직 3월 중순이라 해가 지면 겨울처럼 쌀쌀하다. 밖에는 이미 짙은 어둠이 깔렸다. 차는 무사시노의 가로수 길을 지나갔다.

"우노 경감님."

하라다가 심각한 표정으로 나를 불렀다.

"왜 그러나?"

"저녁밥은 드셨습니까?"

"아직 못 먹었네."

"닛타 씨 댁에서 저녁을 줄까요?"

"아마도 그렇겠지."

"다행입니다. 부자니까 주겠지요. 분명……."

마른 사람이 오히려 대식가라는 말도 있지만 하라다에게는 통하지 않는 말이다. 그가 가진 식욕은 몸 크기 제곱에 비례한다. 부자라는 사실에 만족했는지 하라다는 카 시트에 묵직한 몸을 편히 기대고 언제나 해왔던 그 짓을 시작했다. 아, 이제 시작인가? 이건 정말 옛날부터 끔찍했다. 이 짓만 안 한다면 나는 하라다를 양자로 호적에 올려서 가족으로 삼고 싶을 정도다.

상상해보시라. 서른다섯이나 먹은 남자가 '뭐 뭐 형제'부터 '무슨 무슨 히로미'까지 옛날 가수들의 흘러간 가요 히트곡을 불러대는 모습을. 음정 박자는 안중에도 없다. 나는 그 끔찍한 모습을 무시하려고 필사적으로 전방에만 시야를 집중했다.

닛타 씨의 저택은 고가네이를 벗어나 고다이라 시로 조금 들어간 지점에 있었다. 무성하게 우거진 숲 사이로 이제 막 새로 지은 고급 주택이 눈에 확 띄었다. 닛타 씨의 저택에는 일곱 시 조금 지나서야 도착했다. 문기둥에 형사 한 명이 기대 있었다. 나를 보더니 손으로 잠시 기다리라는 신호를 보내고 기둥에 붙어 있는 인터폰으로 안에 연락을 취했다. 이윽고 격자로 된 철문이 열렸고 나는 멈췄던 차를 다시 출발시켰다.

닛타 씨 댁은 모던한 분위기를 풍기는 근대식 저택이다. 직선과 곡선을 기하학적으로 구성해서 만든 희고 커다란 콘크리트 블록처럼 생겼다.

현관문 정중앙에는 청동 사자가 앞을 노려보며 자리를 지키고 있었다. 사자가 입에 물고 있는 고리를 당기자 두꺼운 문 저편으로 소리가 울렸다. 돼지 멱따는 소리 같은 관사의 초인종과는 차원이 다르다. 마치 유럽의 교회에서 나는 종소리처럼 깊은 울림이 퍼져나가는 소리였다.

"좋은 소리군."

"정말 그렇습니다."

하라다가 고개를 끄덕였다.

"제 아파트에 설치하고 싶을 정도입니다."

"이런 소리는 울려 퍼질 공간이 있어야 아름답게 들려. 네 아파트처럼 좁은 공동주택에는 어울리지 않아."

문이 열리자 가정부로 보이는 여성이 우리를 맞이했다. 하마터면 수녀님으로 착각할 뻔했다.

"안녕하십니까. 경시청에서 나왔습니다."

"네, 안녕하세요. 저는 가정부인 오카모토 요시코입니다."

"저는 수사 1과의 우노 경감이고 이쪽은 하라다 형사입니다."

"들어오시지요."

시원시원한 동작 때문인지 곧게 등을 편 자세 때문인지, 아니면 틈 없이 꽉 다문 입매 때문인지 모르겠지만 그녀는 여학교의 생활지도 담당 교사처럼 보였다.

우리는 두꺼운 양탄자를 밟으며 거실로 들어섰다.

"여기 거실만 해도 우리 집의 세 배는 되겠습니다."

하라다는 눈이 휘둥그레져서는 호화로운 실내를 여기저기 둘러보며 감탄했다.

먼저 도착한 형사들이 전화기에 도청을 위한 장치를 설치하는 중이었다. 거실 중앙에 놓인 전화기와 동시에 사용할 전화를 한 대 연결하고 녹음용 테이프 레코더도 달았다.

"왔구먼, 우노 경감. 15분 정도 있으면 설치 완료야."

안면이 있는 형사가 내가 온 걸 보고 말을 걸었다.

"아, 수고가 많군."

"저녁밥은 주시던가요?"

하라다가 설치 작업을 하고 있는 형사에게 다가가 물었다.

그때 닛타 마사유키 씨가 거실로 나왔다.

내가 상상했던 사업가의 이미지와는 딴판이었다. 오히려 이 사람이야말로 요즘 사업가의 모습일지도 모르겠다. 실제로는 50대 후반이지만 마른 체형에 적당히 그을려 건강해 보이는 얼굴 때문인지 열 살은 젊어 보였다. 믿음직스럽고 의지가 강해 보이는 얼굴은 누구에게나 호감을 줄 만하다. 이렇게 매력적인 사람이라니. 선거에 나가면 당선은 따놓은 당상이다.

나는 소파 한쪽에 앉아서 닛타 씨에게 협박 편지를 발견한 경위에 대해 들었다.

"3시 40분경 댁에 돌아오셨더니 우편함에 협박 편지가 들어 있었다는 말씀이시군요."

"그렇습니다."

닛타 씨의 목소리는 낮지만 힘이 있었다. 속으로는 크게 동요하고 있을지 모르지만 겉으로 드러난 얼굴이나 목소리에는 전혀 그런 기색이 보이지 않았다.

"편지 봉투는요?"

"봉투에 들어 있지 않았습니다."

"편지만 덩그러니 있었다는 겁니까?"

"네. 접힌 흔적도 없었습니다."

"그렇습니까? 이상하군요."

때마침 감식반의 하야카와가 거실로 들어왔다. 감식 경력 20년 차 베테랑으로 40대 중반이다. 상사가 몇 번이나 그를 승진시키려 했지만 그때마다 번번이 거절한 별종이다. 경시총감조차도 '어린 친구'라 부르는 그는 나에게 이런 이야기를 해준 적이 있다.

"알겠나, 어린 친구. 감식을 하는 인간은 코를 못 쓰는 순간 끝이 야. 모든 걸 감별할 줄 아는 코 말일세. 나는 매일 후각을 단련하기 위해 현장을 발로 뛰지. 따끈따끈한 시신이나 누군가 남긴 흔적을 찾고 싶어 안달하지 않고서야 못 할 일이야."

그는 언뜻 공원 벤치에서 낮잠을 자는 부랑자로 오해할 만한 구깃 구깃한 옷차림새를 하고는 한 손에 협박 편지를 들고 살펴보았다.

"오랜만이군, 하야카와."

"뭐야, 자네였어? 이제 이건 자네한테 넘기지."

그는 들고 있던 협박 편지를 내게 넘겼다.

"뭔가 나왔나?"

"편지에는 닛타 씨와 저 가정부의 지문뿐이야. 다른 정밀한 감식 은 서에 가져가 해봐야겠지만."

"편지를 만들 때 사용한 신문은 뭔가?"

"대부분은 A 신문이고 세 군데 정도는 M 신문도 썼더군."

"고생했네."

"그럼 나는 밖에 우편함을 살펴보고 오지. 별거 없을 듯하지만."

나는 협박 편지를 자세히 살폈다. 어디서나 쉽게 구할 만한 고급 종이에 신문에서 오린 글자를 이어 붙여서 문장을 만든 것이다. 닛타 씨가 편지를 한 번 구긴 탓에 오려 붙인 글자 몇 개는 접히기도 하고 반쯤 떨어져 있기도 했다. 그래도 아예 떨어져 나간 건 없어 보인다. 나는 닛타 씨에게 질문을 시작했다.

"닛타 씨, 저분한테, 그러니까 오카모토 요시코 씨한테 왜 이 일을 숨기려고 하셨습니까?"

"저도 제가 왜 그랬는지 모르겠습니다. 요시코 씨는 벌써 15년 동안 우리 집 살림을 돌봐왔으니 알리는 게 당연했겠지만 제가 경황이 없던 터라."

이해는 간다. 이런 편지에 당황하지 않을 사람이 어디 있겠나.

"범인은 여기에 '그 물건을 준비해라'라고 썼습니다. 그 물건이라니, 뭐 짐작 가시는 게 있습니까?"

"돈 말고는 특별히 생각나는 게 없습니다."

닛타 씨는 갈피를 잡지 못하겠다는 듯이 고개를 내저었다.

"범인으로부터 연락이 오면 알게 되겠지요. 지금 다른 팀 형사들이 학교 주변에서 목격자를 수소문하는 중입니다."

"감사합니다."

"아닙니다. 상심이 크시겠지만 그래도 마음을 다잡으셔야 합니다. 그래야만 따님께서 무사히 돌아오실 때까지 견뎌내십니다."

"전 괜찮습니다. 마사코가 지금 어디에서 어떻게 있는지도 모르면서 아비인 제가 어떻게 마음 편히 있겠습니까?"

닛타 씨의 단호한 말투가 오히려 이상하게 느껴졌다.

"따님은 몇 살이신가요?"

"올해로 열네 살입니다."

"사진이 있습니까? 최근에 찍은 사진일수록 좋습니다."

"위층 딸아이 방에 있을 겁니다. 책상 위 액자에 남자 친구와 찍은 사진이 있습니다."

"살펴봐도 되겠습니까?"

"네. 올라가서 보시지요."

닛타 씨가 알려준 대로 하라다와 함께 2층으로 올라가 맨 앞쪽 방문을 열었다.

"저기, 우노 선배님. 저녁밥은……."

"그만 좀 하게. 기다리다 보면 나오겠지."

방에 불을 켜자마자 정면의 벽이 눈길을 사로잡았다.

"우와, 굉장하군요."

하라다는 감탄을 연발했다. 벽에 붙박이로 만들어진 선반 위에는 각양각색의 인형이 진열되어 있었다. 개, 고양이, 너구리, 곰, 판다 등 족히 마흔 개는 넘어 보였다. 백화점 인형 진열대를 보는 기분이었다.

"우노 선배님, 이거 하나에 얼마일까요? 이야, 정말 굉장합니다. 엄청나군요."

감탄은 하라다에게 맡겨두고 나는 방을 둘러보았다. 전형적인 10대 소녀의 방이다. 컬러풀하면서도 아기자기하게 꾸며져 있었다. 그러면서 낭만적인 분위기도 풍긴다. 닛타 씨가 말한 대로 책상 위에는 사진 액자가 놓여 있었다. 사진 속에서 머리카락을 어깨까지 길게 드리운 소녀가 웃고 있었다. 곁에는 소녀 못지않게 긴 머리카락을 지닌 굉장히 키가 큰 소년이 있다.

나는 액자에서 사진을 꺼내 주머니에 넣고는 책상 서랍을 열어 보았다. 독자들 중에는 사생활 침해라고 비난할 사람도 있겠다만 이건 어디까지나 수사를 위해서다. 뭔가 단서가 될 만한 것이 나올지도 모르니.

서랍에는 일기장이 있었다. 순간 망설였지만 그래도 살펴보기로 했다. 가장 최근에 쓴 페이지를 찾아 펼쳤다. 그저께 쓴 일기였다.

X월 X일 (화)

오늘은 아빠가 모처럼 일찍 들어오셨다. 학교에서 만든 원피스를 보여드리려고 했지만 아빠는 바쁘다고 나를 방에서 쫓아내셨다.

정말 섭섭하다. 요시코 씨도 언제나 아빠 편만 들고. 새로 온 가사 도우미도 퉁명스럽다. 내 편은 아무도 없다. 아빠는 나를 싫어한다. 나는 어떻게 해야 좋을까? 누군가 내게 어떻게 해야 할지 알려줬으면 좋겠다.

나는 일기장을 원래대로 돌려놓았다. 열네 살 소녀가 이런 일기를 쓰다니, 무언가 있다. 무언가……. 화사하던 방의 분위기가 이제는 돌연 살풍경으로 느껴졌다.

"정말이지 대단합니다."

하라다는 여전히 연신 감탄사를 터트리고 있다.

"이만 나가지."

"네, 그런데 경감님."

"무슨 일인가?"

"저녁밥은 아직일까요?"

계단을 내려와 거실로 향하려던 순간 큰 쟁반을 든 아가씨와 부딪칠 뻔했다. 그 바람에 몸의 중심을 거의 잃을 뻔하다가 가까스로 다시 섰다.

"어이쿠!"

"아! 죄송합니다."

"실…….."

한마디 덧붙이자면 지금 말한 '실'이라는 말 다음에는 '례'가 붙어야 한다. '례'를 붙이지 않으면 그야말로 예의礼를 잃고失 만다.

"아니, 너는!"

세상에, 나와 부딪칠 뻔한 사람은 나가이 유코였다. 그녀가 나를 향해 방긋 웃는 모습을 보고 깜짝 놀랐다.

"오랜만이네요, 아저씨!"

3

유령 열차 사건이 있은 지도 벌써 반년이 다 되어간다. 세대 차이 탓인지 요즘 여대생은 무슨 생각을 하는지 도통 모르겠다. 그래서 '언젠가 경시청으로 찾아갈게요'라고 쓴 그녀의 편지를 곧이곧대로 믿지는 않았다. 그래도 편지를 정기권 지갑에 넣어 소중히 간직하고 다녔다. 특별한 이유는 없었다. 그냥 그렇게 하고 싶었다. 그 여대생을 이런 곳에서 다시 만날 줄이야.

"유코! 너 여기서 뭐 하고 있는 거야?"

"오랜만에 만난 연인한테 한다는 인사가 고작 그거예요? 좀 더 반가운 얼굴로 맞아주면 어디 덧나요?"

당황해서 몸 둘 바를 모르고 있는데 순간 하라다가 눈을 반짝이며 나를 쳐다보았다.

"하라다, 먼저 내려가 있게."

"저기, 경감님……."

"개인적인 일이야."

"알겠습니다. 다만……."

"안 내려가고 뭐 하나?"

"저 쟁반에 놓인 쿠키 한 개 먹어도 되겠습니까?"

"가져가! 다 가지고 냉큼 내려가!"

하라다가 쿠키를 가지고 사라지고서야 겨우 유코와 둘만 남았다.

"자, 그럼 왜 여기에 있는지 얘기를 들어볼까? 가사 도우미 아르

바이트라도 하고 있는 건가?"

"그 말씀은 듣기 거북하네요. 저는 마사코의 가정교사거든요."

"그래? 가정교사라. 어쨌든 이거 참 우연이군."

"그렇지만도 않아요."

"그렇지 않다니, 또 뭔가 있나?"

나는 계단에 걸터앉아서 유코의 설명을 듣다가 발끈했다.

"난 또……. 내가 우수해서 경시총감이 나를 선택한 줄 알았잖아."

"어머! 그게 그거 아닌가요? 제가 우수하다고 인정했잖아요."

"뭐, 그게 그건가. 그건 그렇고 너한테 묻고 싶은 게 있었는데 마침 잘됐어."

나는 일어섰다.

유코는 내 얼굴을 지그시 바라봤다.

"급하기도 하셔라. 맞아요. 저 아직 솔로예요."

"뭐라고?"

"아저씨, 그걸 묻고 싶던 거 아니었어요?"

나는 헛기침을 했다.

"그건 뭐 아무튼……."

그때 가정부 오카모토 요시코 씨가 다가왔다.

"경감님도 선생님도 여기 계셨군요. 저녁 식사 준비가 끝났으니 식당으로 가시지요."

"제가 도와드릴게요."

"아이고. 선생님, 고맙습니다. 오늘 마침 마치코 씨가 쉬는 날이라 일손이 부족했는데 도와주시면 한결 수월하죠."

유코는 식당으로 갔고 오카모토 요시코 씨는 거실로 향했다.

"주인어른, 식당으로 오시지요."

"저녁 준비가 끝났나 보군요. 여러분, 변변치 않지만 저녁 식사를 준비했으니 함께 가시죠."

닛타 씨가 거실에 있는 형사들에게 식사를 권했다.

소파에서 가장 먼저 일어난 사람은 말할 것도 없이 하라다 형사였다.

범인으로부터 전화가 올지도 모르니 닛타 씨와 형사 한 명은 거실에 남아 식사를 하기로 했다. 나는 유코와 나란히 식탁에 앉았다.

닛타 씨가 말한 '변변치 않은' 저녁 식사는 거대하기로 유명한 하라다의 위장을 충분히 만족시켰다.

식사가 끝난 후 모두가 다시 거실로 돌아갔다. 나는 유코와 둘이 남아 후식으로 나온 커피를 일부러 천천히 음미하면서 마셨다. 주위에 아무도 없는 틈을 타서 나는 마사코가 쓴 일기에 대해 유코에게 이야기했다.

"어째서 닛타 씨는 자기 딸한테 애정이 없는 걸까?"

"아마 마사코가 닛타 씨의 부인이 낳은 자식이 아니라서 그럴 거예요."

뒤통수를 한 대 맞은 기분이다. 아, 그런 거였군.

"닛타 씨의 부인은 15년 전에 세상을 떠났잖아요. 마사코는 열네 살이고요."

"그랬군. 난 전혀 눈치 못 챘어."

"마사코는 닛타 씨가 호스티스한테서 얻은 아이예요. 5년 전에 마사코의 엄마가 사고로 죽는 바람에 닛타 씨가 마사코를 집으로 데려왔어요. 하지만 닛타 씨는 체면 때문인지 마사코를 그리 달가워하지는 않았어요. 아버지로서 학교도 보내주고 용돈도 충분히 주었지만 그게 전부였죠. 아버지와 딸이 서로 마음을 터놓고 진심으로 이야기를 하는 일은 한 번도 없었어요. 마사코는 그 때문에 무척 힘들어했고요."

"유괴 사건이 있고서 닛타 씨는 많이 힘들어하던데."

"생명이 걸린 일인데 당연하죠. 마사코가 무사히 돌아와서 이 일로 두 사람 사이가 좋아지길 바랄 뿐이에요."

"그렇게 됐으면 좋겠군. 왜 이런 사실을 경시총감은 미리 말해주지 않았을까?"

"원래 이런 가정사는 비밀이기 마련이죠. 알고 있는 사람이 많지 않을 거예요. 저도 마사코가 말해주어서 알게 된 거고요."

나는 고개를 끄덕였다. 아까 본 일기에 유코의 이야기까지 더해지자 머릿속에 고독한 소녀의 모습이 절로 그려졌다.

"그런데 아저씨는 그동안 별일 없었어요?"

거실로 돌아가면서 유코가 물었다.

"그냥 그랬어. 너는 어떻게 지냈어?"

"학교 다녔어요. 어쨌든 내년에는 꼭 졸업할 거예요. 그 밖에는 저도 특별한 일은 없었어요."

"탐정 일은 또 안 했어?"

"그쪽 일도 불경기네요."

유코는 미소 짓더니 덧붙였다.

"재미있는 사건이 없어요."

"사건이 자주 일어나는 게 더 문제야."

커피를 다 마신 후 거실에 들어가자마자 전화벨이 울렸다. 기막힌 타이밍이다.

나는 설치해둔 전화에 재빨리 다가섰다.

"닛타 씨, 제가 하나, 둘, 셋 하면 수화기를 들어주시죠."

"알겠습니다."

닛타 씨는 침착해 보였지만 얼굴은 약간 창백했다.

그 장소에 있는 형사들 모두 영화에서나 볼 법한 스톱모션을 흉내라도 내는 듯 숨죽이고 가만히 있었다. 닛타 씨와 내가 나란히 서서 두 수화기에 손을 댔다. 내가 숫자를 셌다.

"하나, 둘, 셋."

수화기 두 대가 동시에 들렸다. 테이프 레코더가 자동적으로 돌아갔다.

"여보세요. 닛타입니다."

"닛타! 내 전화를 기다리고 있었겠지."

나는 송화구를 막고 상대방의 목소리에 귀를 기울였다. 유괴범은 의도적으로 목소리의 강약고저를 없애고 말했다. 목소리가 상당히 둔탁하게 들리는 걸 보면 손수건 같은 걸로 송화구를 막은 채로 말하고 있으리라. 이래서는 목소리 판별이 쉽지 않다.

"당신 누구요?"

닛타 씨가 물었다.

"내가 누구인지는 그리 중요한 문제가 아니야."

잠깐 뜸을 들인 뒤 유괴범이 대답했다.

"딱 한 번만 말하지. 딸은 무사하다. 내일까지 2천만 엔을 준비해라. 내일 같은 시간에 다시 전화 걸지. 돈은 구권 지폐로 5천 엔권과 천 엔권으로만. 만 엔권은 안 돼. 꼭 사용했던 지폐로 준비하도록 해. 신권은 안 된다는 말이야. 일련번호가 이어지게 넣지도 말고."

"그럼 딸은……."

전화가 뚝 끊겼다.

닛타 씨는 크게 한숨을 쉬고 수화기를 내려놓았다. 나는 즉시 녹음된 테이프를 재생했다.

"묘한 목소리입니다."

하라다였다.

"실마리가 될 법한 건 딱히 없군. 목소리를 떨지도 않았고."

"이번 사건이 계획적인 범행이라는 반증이겠군요."

"그래도 테이프 감식은 해보기로 하지. 닛타 씨, 이제 어떻게 하시겠습니까?"

"돈이라면 얼마든지 있습니다. 곧 준비하겠습니다."

"내일까지 가능하시겠습니까?"

"가능할 겁니다. 아는 은행 간부한테 부탁해보겠습니다."

"그럼 저도 함께 가겠습니다. 사정을 설명하고 극비로 처리하려면 경찰인 제가 동행하는 편이 낫겠지요."

"감사합니다. 그럼 부탁드립니다."

유코는 거실 구석에서 무언가 골똘히 생각하고 있었다.

"뭘 그렇게 생각해?"

"저 테이프의 목소리……."

"뭔가 마음에 걸리나 보지?"

"조금 찜찜한 부분이 있어서요. 별로 대단한 건 아니지만요."

"어떤 부분이?"

"신경 쓰지 마세요. 별거 아니에요. 그저 제 생각이 지나친 걸 거예요."

형사들은 한 명만 남고 모두 돌아갔다. 나도 닛타 씨 댁에서 묵기로 했다. 앞으로 할 일을 지시를 하는 중에 감식반인 하야카와가 들어왔다.

"별다른 기대를 하지는 않았지만 역시 우편함에서는 아무것도 안 나왔어."

"수고했네. 이건 범인의 목소리를 녹음한 테이프야. 분석을 부탁하네."

"알겠어. 그럼 일단 돌아가겠네."

"고생하게나."

"그럼……."

인사를 하고 돌아가던 하야카와가 갑자기 뒤돌아서서는 테이블 위에 신문 두 부를 휙 던졌다.

"아 참, 우편함에 신문이 들어 있었어. 여기 두고 가지."

난데없기는. 누가 괴짜 아니랄까 봐.

"유코, 너도 이제 그만 돌아가 봐."

"아저씨는요?"

"난 오늘 밤은 여기 머물 거야."

"그래요. 그럼 내일 봐요."

"내일?"

"신경이 쓰여서요. 내일 밤에 다시 올게요. 그리고 아저씨도 나를 보고 싶어 할 테고요."

나는 당황하며 얼른 주위를 둘러보았다. 그녀는 짓궂게 웃다가 일순 진지한 표정을 지으며 중얼거렸다.

"마사코가 제발 무사했으면 좋겠어요. 아저씨, 그럼 내일 봐요."

"그래. 조심해서 들어가."

유코는 현관으로 가다가 테이블 앞에서 갑자기 멈춰 섰다. 거기에는 방금 전 하야카와가 두고 간 신문이 그대로 있었다. 유코는 선 채로 신문을 한동안 응시하다가 한 부씩 자세히 살펴보기 시작했다.

"집에 안 가고 뭘 하는 거야?"

나는 유코에게 다가갔다.

유코는 내 말이 들리지도 않는지 뚫어져라 신문만 들여다보았다.

"뭔가 특이한 거라도 있어?"

"여기 보세요. 이 신문, 조간이에요."

"그렇네. 조간이군."

"하나는 석간, 하나는 조간이에요. 이상하잖아요."

나는 어리둥절한 표정으로 유코를 바라보았다.

"닛타 씨."

유코는 거실 안쪽에 있는 닛타 씨에게 말을 걸었다.

"무슨 일이시죠?"

닛타 씨는 의아한 표정으로 나와 유코를 쳐다봤다.

"닛타 씨."

유코는 흥분을 가라앉히며 다시 닛타 씨를 불렀다.

"우편함에서 협박 편지를 발견했을 때 신문도 거기에 들어 있었 나요?"

"아니요. 협박 편지 말고는 아무것도 없었습니다만……."

"협박 편지가 가장 밑바닥에 있었다는 말씀이시군요. 우편함 가 장 밑이요."

"그렇습니다만 그게 무슨 문제라도?"

"잠깐만요."

유코는 갑자기 내 손을 잡아끌었다. 나는 유코를 따라 엉겁결에 닛타 씨의 방에서 나왔다.

"갑자기 왜 이래?"

"일단 조용히 따라와요."

유코는 이렇다 저렇다 말도 없이 무작정 식당으로 나를 끌고 갔다. 오카모토 요시코 씨가 저녁 식사 뒷정리를 하고 있었다.

"요시코 씨."

"아, 선생님. 무슨 일이세요?"

"한 가지 여쭤보고 싶어서요."

"말씀하세요."

"누가 아침에 신문을 꺼내 오죠?"

"오늘은 휴가지만 새로 들어온 가정부, 아니, 가사 도우미인 마치코 씨가 해요."

"그럼 오늘은 요시코 씨께서 직접 가져오셨나요?"

"아니요. 조간은 마치코 씨가 나가기 전에 가져다 놓았을 텐데요."

"확실한가요?"

"아마도요. 오늘 아침 여덟 시쯤 정원에 나갔을 때 우편함을 확인했어요. 그때 아무것도 없었거든요. 마치코 씨가 신문을 챙겼을 거라고 생각했어요."

유코는 내 쪽을 보고 말했다.

"아저씨, 우편함에는 조간과 석간이 함께 들어 있었어요."

"그럼 오늘은 아침에 신문이 안 오고 나중에 온 걸까?"

"그럴지도 모르죠. 저기, 요시코 씨. 신문 보급소 전화번호가 몇 번이에요?"

유코는 요시코 씨에게 전화번호를 듣고 바로 거실로 가서 전화를 걸었다. 옆에 있는 나는 안중에도 없다. 닛타 씨는 무슨 일이냐는 듯이 나를 바라봤다. 혼자 남아 있던 형사도 '대체 이 아가씨 무얼 하는 거지' 하는 눈치다. 나도 영문을 모르기는 마찬가지다. 통화를 하던 그녀가 무언가를 알아챈 듯하다.

"확실한 거죠? 알겠습니다. 감사합니다."

그녀는 전화를 끊고 나를 향해 돌아섰다.

"조간은 여섯 시 반에, 석간은 오후 다섯 시 반경에 배달했다고 하네요."

"그게 어쨌다는 거야?"

"모르겠어요? 조간을 제시간에 넣었다고 하는데 요시코 씨는 여덟 시에 우편함에 아무것도 없었다고 하셨잖아요. 그리고 조간신문이 석간과 함께 있었어요. 그렇다는 건……."

"그렇다는 건?"

"조간이 우편함 입구에 끼어서 우편함 바닥에 떨어지지 않았다는 거죠."

"그게 무슨 말이야?"

"모르겠어요? 협박 편지는 아침 여덟 시에 요시코 씨가 우편함을 살펴봤을 때에는 없었어요. 그리고 오후 네 시경에 닛타 씨는 우편함에서 협박 편지만 봤다고 하셨고요. 그럼 그때까지도 조간은 우편함 안으로 떨어지지 않았다는 말이 돼요. 그래야 조간과 석간이 같이 들어 있을 수 있으니까요. 정리해서 말하자면 범인이 협박 편지를 넣을 때 조간은 우편함 입구에 끼어 있었다는 거예요."

"말도 안 돼."

믿기 어려운 말이었다.

"사실 저도 뭐가 뭔지 모르겠어요."

유코도 혼란스러운 눈치다.

"그럼 어떻게 된 일이지?"

닛타 씨가 입을 열었다.

"협박 편지는 우편함에 확실히 들어 있었습니다."

"그렇다면 어찌 된 일일까요?"

순간 거실 안은 원인 모를 침묵에 빠졌다. 당장이라도 뭔가가 일어날 듯한 정적이었다.

"제 생각은 이래요."

유코가 입을 뗐다.

"안에서 여는 입구로 협박 편지를 우편함에 넣은 거예요. 집 안에서 넣은 거죠."

"다들 놀란 눈치야."

"제 미모 때문이라면 좋겠는데요."

"다들 네가 어떤 사람인지 궁금해해. 설명을 잘해야겠어."

"이왕이면 21세기의 셜록 홈스라고 소개해주세요."

닛타 씨 집에서 가장 가까운 역까지는 걸어서 20분이나 걸렸다. 밤길이라서 나는 차로 유코를 바래다주기로 했다.

"너는 범인 혹은 공범이 그 집 사람이거나 거기를 오가는 사람이라고 말한 셈이야."

"넘겨짚은 거 아니에요. 틀림없어요."

그녀가 목소리를 높였다.

차는 어두운 숲길을 뚫고 달렸다. 멀리서 깜빡깜빡하고 노란 불빛이 나타났다 사라지길 반복한다.

"저기가 역이군."

"요시코 씨는 닛타 씨가 자기한테 협박 편지를 보여주기를 망설였다고 했어요."

"그랬지. 정신이 없어서 무의적으로 그랬던 거 같은데."

"그럴지도 모르겠지만요……."

"그렇지 않다는 거야?"

"만약 그게 아니라면요?"

"음, 그게 아니라면……. 그 협박 편지를 보낸 게 내부 사람의 소행이고 닛타 씨가 그 사람이 누구인지 알고 있다는 건가."

"그래서 감추려 했고요."

"그럴듯하군."

유코는 한숨을 내쉬었다. 조수석에 몸을 파묻는가 싶더니 또 불쑥 말을 꺼냈다.

"유괴라니 끔찍한 사건이에요."

나는 역에 조금 못 미치는 지점에 차를 세웠다.

"역 앞까지 가면 유턴이 불가능해. 여기 세워도 될까?"

"네. 태워주셔서 고마워요."

그녀는 문을 열고 문밖에 발을 내디뎠다가 문득 잊은 게 생각났다는 듯이 나를 돌아봤다. 그러고는 다시 자리로 돌아와 내게 바짝 다가왔다. '무슨 일이야?' 하고 물을 틈도 없이 그녀의 입술이 내 입술에 닿았다.

부드러운 감촉에 그녀를 품에 안았던 순간이 떠올랐다. 고작 하룻밤뿐이었지만 이 팔로 안았던 그녀의 몸이 마치 어제 일처럼 또렷하게 눈앞에 떠올랐다. 젊고 보드라웠던 몸.

팔을 뻗어 그녀의 어깨를 안으려 하자 그녀는 슬쩍 몸을 뒤로 뺐다.

"이런 점도 바뀌지 않았네요. 그럼 내일 봐요."

그러면서 방긋 웃고는 가버렸다.

밤길을 빠르게 걸어가는 뒷모습을 바라보며 나는 뺨을 붉혔다. 뭐야. 사춘기 소년도 아니고 마흔 살이나 먹어서는. 이런!

그래도 유코에게 키스를 받으니 기분이 엄청 좋다. 갈 때와는 다르게 들뜬 마음으로 차를 몰고 저택으로 돌아왔다.

4

초인종을 누르니 50대 초반으로 보이는 얼굴색이 붉은 남자가 나왔다. 나는 그에게 경찰이라고 밝혔다. 그는 의아하다는 눈빛으로 쳐다보면서 나를 안으로 안내했다. 이 남자는 분명 다른 사람을 깔보거나 쉽게 바보 취급을 하는 인물이다. 지금 이렇게 문 앞에서 잠깐 그를 살핀 게 전부이긴 해도 형사의 눈으로 보건대 틀림없다.

응접실에 들어서자 각종 살림살이가 뒤엉켜 있어 몹시 비좁아 보였다. 그 남자가 위스키를 권했지만 근무 중이라 정중히 사양하고 소파에 앉았다.

"니시오 신지 씨가 맞습니까?"

"그렇습니다만 무슨 일이십니까?"

"이 앞에 사는 닛타 씨를 알고 계십니까?"

"물론입니다. 가끔 그분께 신세를 집니다. 친해지고 싶은 이웃이기도 하고요."

"어제 닛타 씨 따님이 유괴당했습니다. 비공개 수사 중이니 발설하지는 말아주십시오."

"뭐라고요? 유괴라니요? 그게 무슨 말씀이십니까?"

니시오 씨는 놀라서 눈이 휘둥그레졌다.

"범인은요? 잡혔습니까?"

"아직 밝혀지지 않았습니다."

"그럼 따님의 소재 파악도 못 하신 겁니까?"

"안타깝지만 그렇습니다."

"큰일 났군요. 어떻게 그런 일이! 유괴한 목적은 뭡니까? 돈인가요?"

"아마도 그렇겠지요."

"그런데 왜 저를 찾아오셨습니까?"

"네. 어제 니시오 씨께서 닛타 씨 댁에 들르셨다고 들었습니다. 그래서 몇 가지 여쭤보려고 합니다. 그때 평소와 다른 점이 있었습니까? 혹시라도 낯선 사람과 마주치지는 않으셨습니까?"

"그러셨군요. 글쎄요. 평상시와 달랐던 점은……."

니시오 씨는 미간을 찡그리며 생각에 잠겼다.

"특별히 없군요. 도움이 되지 못해 죄송합니다."

나는 어젯밤 오카모토 요시코 씨에게 방문객이 있었는지 물었던 상황을 떠올렸다. '그게 말입니다'라고 그녀가 말을 시작했다. '점심때가 지나서 니시오 씨가 찾아오셨지요. 네. 여기서 5분 거리에 살고 계신데 주인어른과는 군대 시절부터 알고 지내는 사이라고 들었습니다' 그녀의 말투가 퉁명스러워서 나는 '요시코 씨는 니시오 씨를 별로 좋아하지 않으시나 봅니다?' 하고 물었다. 그녀는 조금 놀란 표정을 지었지만 이내 무표정으로 돌아왔다. 그러더니 '그분은 주인어른의 손님이시니까요'라고 내 질문에 엉뚱한 대답을 했다.

"몇 가지 질문을 더 하겠습니다. 닛타 씨 댁에 가셨던 시간은 몇 시쯤이었습니까?"

"가만 보자, 그러니까."

니시오 씨는 잠시 천장을 쳐다보다가 대답했다.

"한 시던가? 자세한 시간은 기억나지 않지만 두 시 전인 건 확실합니다."

"무슨 일로 가셨습니까?"

"책을 빌리러 갔습니다. 닛타 씨 댁에는 책이 엄청나게 많거든요. 닛타 씨는 당신이 안 계실 때에도 언제든지 와서 책을 빌려 가도 좋다고 하셨습니다."

그건 오카모토 요시코 씨도 진술한 내용이다. 그렇지만 그녀는 몇 마디를 덧붙였다. 할 말이 있는 듯 망설이기에 더 할 말이 없냐고 묻자 그녀는 어깨를 으쓱하고는 대답했다. '책을 빌리러 오는 건 좋지만 그 사람은 읽지도 않으면서 빌리러 와요. 신간이든 아니든 읽지도 않고 돌려준다니까요. 심지어 빌려 간 책을 펼쳐보지도 않고 돌려준 적도 있지요'

나는 오카모토 요시코 씨의 말을 떠올리면서 물었다.

"책을 좋아하시나 보군요?"

"달리 즐길 만한 게 없으니까요. 일을 안 하니까 시간이 많습니다."

"참으로 부러운 말씀입니다."

"연금이랑 주식배당으로 그냥저냥 살 뿐입니다. 물론 넉넉하지는 않습니다만."

"그렇습니까."

나는 고개를 끄덕였다.

"니시오 씨와 닛타 씨는 군대 시절부터 알고 지낸 사이라고 들었습니다만."

"네. 맞습니다. 저희 모두 육군에 있었습니다. 몇 번이나 함께 사선을 넘었지요. 저건 그때의 기념품입니다."

니시오 씨가 가리킨 곳을 바라봤다. 벽에는 그 시절 육군이 사용하던 남부식 권총이 걸려 있었다.

"혹시 실탄이 장전된 상태입니까?"

"그럴 리가요. 당연히 총알이 들어 있지 않습니다."

"그렇군요. 실례했습니다. 직업이 경찰이다 보니 하나하나 다 신경이 쓰입니다."

나는 억지웃음을 지어 보였다.

"실례가 많았습니다. 혹시 기억나는 게 있으시면 연락 주십시오."

"알겠습니다."

나는 자리에서 일어났다. 그때 응접실 안쪽에서 문이 쾅 닫히더니 은은한 향수 냄새가 풍겨왔다.

나는 의뭉스러운 미소를 지었다. 젊은 아가씨라. 이 아저씨 보기와는 다르게 꽤나 왕성한데. '연세도 있으시니 혈압 조심하세요'라고 말하고 싶었지만 입 밖으로 내지는 못하고 밖으로 나왔다. 시간은 이미 두 시를 조금 지난 무렵이었다.

오늘은 아침 아홉 시부터 움직였다. 아침에는 닛타 씨와 둘이서 은행에 가서 범인이 요구한 몸값을 마련했다. 정오에는 경시청으로 돌아가서 닛타 마사코 유괴 사건의 탐문 조사 결과 보고를 들었다. 유괴 현장 부근과 학교 주변에서 아무런 단서를 찾지 못했다고 한다. 보고를 듣고 난 뒤에 다시 닛타 씨의 집으로 향했다.

아직 점심 식사를 하지 못했다. 만약 하라다였다면 배고프다고 데굴데굴 굴렀겠지.

나는 닛타 씨의 저택으로 서둘러 발걸음을 옮겼다. 한 가지 마음에 걸리는 점이 있었다. 물론 점심 식사에 관한 건 아니다. 저 니시오라는 남자는 대체 뭘로 먹고 사는 걸까? 연금이나 주식배당으로 저 정도 생활수준을 유지하는 게 가능할까? 거기에다 여자도 있다. 오카모토 요시코 씨는 니시오 씨가 혼자 산다고 했다. 아무래도 저 남자가 마음에 걸린다. 마치 낚싯바늘에 뭐가 걸린 것처럼.

"어라, 벌써 와 있었어?"

닛타 씨 댁 식당으로 가니 유코가 샌드위치를 한입 베어 물고 있었다.

"영 신경이 쓰여서 가만히 있을 수가 있어야 말이지요. 하나 드셔 볼래요?"

"고마워. 배가 등가죽에 붙을 지경이야. 이야기는 먹으면서 하지."

"결식아동이네요."

그녀는 제멋대로 말하고는 자기 말이 재미있는지 웃었다.

오카모토 요시코 씨가 샌드위치를 잔뜩 만들어놓은 모양이다. 큰 쟁반 위에 산처럼 쌓여 있다. 나는 샌드위치 하나를 집어 먹으면서 범인이 요구한 몸값은 저녁에 도착할 예정이고 수사에서는 별다른 진전이 없다고 말했다. 거기에 덧붙여 니시오 씨에 대해서도 이야기했다.

"어제 이 집을 방문한 외부인은 니시오 씨뿐이었어. 미심쩍은 부분이 있는 사람이야. 계속 지켜봐야겠어."

"요시코 씨가 알려줬어요?"

"응. 왜? 무슨 문제라도 있어?"

"아니요. 요시코 씨도 내부 사람이니까요."

"설마하니 그녀가……."

"그녀를 의심하는 건 아니에요. 있을 법한 모든 가능성은 생각해봐야 한다는 거죠. 우리가 알지 못하는 사정이 있을지도 모르니까요."

"그건 그렇지."

"그리고 어제 휴가였다는 가사 도우미, 이름이 뭐더라…… 맞다. 마치코 씨였지. 저도 몇 번 본 적이 없어요. 제가 올 때마다 마치코 씨는 자기 방에 들어가 버리고는 했거든요. 서로 엇갈렸어요. 그 사람도 의심하려면 못 할 것도 없는 사람이지요."

나도 모르게 웃음이 나왔다.

"너한테 걸리면 모두가 용의자구나."

"명탐정의 기본 상식이에요."

유코는 진지한 얼굴이다.

"그리고 저는 이 집에 항상 드나들었잖아요. 그래서인지 이 사건은 더 구미가 당겨요."

나는 자아도취에 빠진 명탐정을 남겨두고 거실로 나왔다. 벌써 2시 45분이다.

거실에서 재떨이를 정리하던 젊은 여성이 고개를 들어 나를 쳐다봤다. 유코와 비슷한 또래로 보였다. 살집이 좋고 거무스름한 피부에 튼튼해 보이는 아가씨였다. 이 여자가 마치코인가 보다.

"당신은 누굽니까?"

"저는 여기서 일하는 사람이에요."

그러더니 그녀는 재빨리 덧붙였다.

"어제는 휴가여서 전 아무것도 몰라요."

"당신이 마치코 씨 맞습니까?"

"네. 제가 마치코예요."

"성은 뭡니까?"

"아, 성은…… 이노우에입니다."

"나는 우노 경감입니다. 경시청에서 나왔습니다."

"네. 그러시군요."

이노우에 마치코라는 이 여자는 꽤나 긴장한 듯 보였다. 그렇지. 일반 사람들이 경찰과 이야기할 때 경직되는 건 흔한 일이지.

"오늘 몇 시에 출근했습니까?"

"조금 전에 왔어요."

"어제 일어난 사건에 대해서는 요시코 씨한테 들었습니까?"

"네. 들었어요."

"어제는 휴가였다고 했습니까?"

"네. 어제 저녁에는 집에 있었어요."

"그렇군요. 어제는 몇 시경에 여기서 나갔습니까?"

"아마 일곱 시 반쯤이었을 거예요."

"저택을 나설 때 수상한 사람이나 못 보던 차를 발견하진 못했습니까?"

"네. 아무것도 못 봤어요."

대답이 너무 빠르다는 생각이 들었다.

"마치코 씨의 방은 어디죠?"

"아, 저 1층 안쪽입니다. 뒤뜰로 나가는 문 옆이에요."

"여기서 일은 할 만합니까?"

"무, 무척 좋아요."

"여기는 소개를 받아서 왔습니까?"

"아니요. 직업소개소에서 알게 됐어요. 그게 무슨 문제가 있나요?"

"아니. 그냥 물어본 겁니다. 그리고 이 사건은 아직 비공개 수사 중이니 마치코 씨도 협조해주면 좋겠습니다."

"네! 그럴게요."

마치코는 힘차게 고개를 끄덕였다.

"더 여쭤보실 건 없나요?"

"없습니다. 고마워요."

지저분한 재떨이를 손에 들고 이노우에 마치코는 도망치듯 내 옆을 지나갔다. 나는 그 뒷모습을 눈으로 쫓았다. 어라, 얘 좀 봐라. 이거 점점 재밌어지겠는데. 호화로운 소파에 온몸을 파묻다시피 하고서 깊이 생각에 빠졌다. 얼마 안 있어 유코가 다가왔다.

"유코, 꽤나 흥미로운 점을 하나 발견했어."

"뭔데요?"

"아까 니시오 씨 댁에 갔을 때 향수 냄새가 났다고 했던 말 기억해?"

"네, 기억나요."

"방금 이노우에 마치코 씨와 이야기를 했는데 그녀한테서 난 향수 냄새가 니시오 씨 댁에서 맡았던 것과 같은 향이야."

"이제 여덟 시군요."

형사 한 명이 입을 열었다. 범인이 전화를 걸겠다고 한 시간은 여덟 시 반이었다. 기다리는 사람에게 30분은 끔찍하게 길다.

"닛타 씨는요?"

유코가 물었다.

"아까 나가던데."

"정원에 계십니다."

오카모토 요시코 씨가 내 말에 이어 대답했다.

"어쩌고 계시려나? 아저씨, 우리 가봐요."

"그러지."

유코와 나는 복도를 가로질러 정원으로 나갔다. 옛 가스등 모양을 본떠 디자인한 수은등 몇 개가 빛을 내며 잘 다듬어진 넓은 잔디밭을 푸르스름하게 비추고 있다. 정원 한구석에는 벽돌로 된 소각로가 있었다. 닛타 씨는 그 앞에 서 있었다. 서류를 태우고 있는 모양이다. 노란 불꽃이 날름거리며 닛타 씨의 얼굴을 비췄다.

우리가 가까이 다가서자 닛타 씨가 고개를 들었다.

"아, 경감님."

"무엇을 하고 계신가요?"

"아무것도 하지 않고 마냥 기다리려니 견디지 못하겠어요. 쓸모없는 서류를 태우던 중입니다."

"그러셨군요."

"이런 거라도 하고 있지 않으면……. 지금 몇 시쯤 됐나요? 아, 아닙니다. 됐어요. 이미 알고 있습니다. 아까부터 몇 번이나 손목시계를 봤으니까요. 시계를 본 지 5분도 안 됐는데 또 보고 그럽니다."

닛타 씨는 긴 한숨을 내뱉었다. 어깨가 축 늘어졌다. 매우 지친 기색이었다.

"분명 무사히 돌아올 거예요."

유코가 말했다. 그 말에 닛타 씨는 미소를 지었다. 사건 이후 처음으로 그의 미소를 보았다.

"경감님께서는 이미 알고 계실지 모르지만 마사코는 저와 죽은 아내 사이에서 태어난 아이가 아니랍니다."

닛타 씨는 중얼거리는 듯이 목소리를 낮춰 말했다.

"저는 마사코가 있다는 것만 알고 있었습니다. 마사코의 얼굴도 모른 채 계속 생활비만 보내주었지요. 그러다가 5년 전 그 아이의 엄마가 죽기 직전에 마사코를 제게 맡겼고 저는 마사코를 데려왔습니다. 그때 마사코는 이미 아홉 살이었습니다. 아무것도 모르는 코흘리개 어린아이가 아니었습니다. 저한테 좀처럼 살갑게 굴지 않았습니다. 저도 일이 바쁘다는 핑계로 따로 시간을 내서 마사코와 대화를 나누려고 하지 않았고요. 그러다 보니 어느새 5년이 흘렀더군요. 학교를 보내주고 좋은 옷, 비싼 자전거를 사주면 그것으로 아버지가 할 도리를 다했다고 생각했습니다. 하지만 그건 어디까지나 제 착각이었죠. 마사코를 찾으러 가서 도랑에 빠져 있는 자전거를 발견했을 때 그제야 깨달았습니다. 제가 사준 물건들이 마사코한테 도대체 무슨 의미가 있던 걸까? 옷도, 자전거도 마사코를 지켜주지 못했습니다. 학교까지는 여기에서 얼마 되지도 않는 거리입니다. 아버지인 제가 마중을 나갔다면 이런 일은 없었을 겁니다. 후회해도 이미 늦었다는 것은 잘 압니다. 가슴이 미어집니다. 지금 저는 그 아이가 필요합니다. 마사코가 돌아오기만 한다면 둘도 없는 다정한 아버지가 될 자신이 있습니다."

소각로에 남은 불꽃이 일순 화르르 타오르더니 닛타 씨의 얼굴을 비추고 사라졌다.

전화가 울렸다. 여덟 시 반을 조금 넘긴 시간이었다.

"준비되셨죠?"

나는 닛타 씨와 나란히 서서 수화기에 손을 가져다 댔다.

"하나, 둘, 셋."

"닛타! 돈은 준비하셨나?"

유괴범의 목소리였다.

"준비했습니다."

"좋아."

약간의 틈을 두고 나서 유괴범은 말을 이어갔다.

"돈은 종이봉투에 넣어 한 시까지 북쪽에 있는 연못 공원으로 가지고 와. 공원 중앙의 연못 부근에 벤치가 있어. 벤치 사이에 있는 쓰레기통에 돈 봉투를 넣고 가. 그 일을 실행할 사람은 단 한 명뿐이야. 경찰 그림자만 보여도 따님의 생명은 없다고 생각해."

"알겠습니다. 저 혼자 가겠습니다."

"잠시만. 돈을 가지고 올 사람은 당신이 아니야. 딸한테 가정교사가 있지? 그 여자가 돈 봉투를 가지고 와야 해."

나는 숨을 삼켰다.

"아니, 잠깐만."

닛타 씨가 황급하게 말했다.

"그분은……."

전화가 끊어졌다.

닛타 씨와 나는 서로를 바라보았다.

"뭐라고 합니까?"

형사 한 명이 물었다.

"으음, 오늘 밤 한 시에 북쪽 연못 공원으로……."

"공원이라면 바로 이 근처입니다. 걸어서는 20분 정도 걸릴 겁니다."

닛타 씨가 말했다. 그러자 말을 건 형사가 나섰다.

"그럼 제가 다녀오겠습니다. 얼핏 봤을 때 닛타 씨와 저는 체형이 비슷하니까요."

"안 됩니다."

"네?"

닛타 씨는 소파에 앉아서 우리를 줄곧 쳐다보고 있던 유코에게 다가갔다.

"범인이 돈 봉투를 가지고 갈 사람으로 당신을 지명했습니다."

5

오전 0시 반.

나와 유코는 돈을 넣은 종이봉투를 손에 들고 닛타 씨의 저택에서 나왔다. 유괴범이 시킨 대로 북쪽 연못 공원으로 향했다. 안개가 자욱한 싸늘한 밤이었다.

"춥지 않아?"

그녀는 내 질문에 답하지 않고 고개만 저었다.

범인이 유코를 지명한 후부터 나는 그녀와 입씨름을 했다. 걱정이 되어 크게 숨을 쉬며 말했다.

"절대 가면 안 돼!"

감정적으로 나서는 나와는 달리 유코는 냉정을 잃지 않고 말했다.

"돈을 두고 오는 것뿐인걸요. 위험한 일이 아니잖아요. 게다가 여성 경관을 대역으로 보낼 수도 없어요. 범인이 나를 지목했다는 건 내 얼굴을 알고 있다는 거니까요. 협박 편지는 집 내부에서 우편함에 넣었다는 사실을 명심해야 해요."

30분 동안 이어진 실랑이 끝에 결국 내가 두 손을 들었다. 그리고 지금 유코를 혼자 약속 장소로 보내야 한다.

"괜찮겠어?"

"당연하죠. 내 걱정 따위는 붙들어 매두세요."

"어떻게 걱정을 안 하겠어?"

"너무 그렇게 화내지 마요. 화내는 모습도 귀엽지만 말이에요."

"농담할 때가 아니야."

"미안해요. 그런데 정말로 괜찮은걸요. 그렇게 위험한 일이 아니잖아요."

"늦은 밤의 공원은 위험한 곳이야."

나는 하나 마나인 말을 했다.

"나를 유괴해봤자 범인은 땡전 한 푼 못 받을걸요. 그러니까 괜찮아요."

"그래도 귀여운 여성을 보고 돌변할지도……."

"그렇게 되면 때려눕혀야죠, 뭐."

방긋 웃으며 이렇게 말을 덧붙였다.

"만약 그렇게 된다면……."

"무슨 소릴 하는 거야?"

"제가 범인을 때려눕히지 못하고 당하게 되면 사랑하는 당신을 향한 절개를 지키기 위해 물속에 몸을 던지겠어요. 마침 공원에는 연못도 있으니까요."

"그런 말은 하는 게 아니야!"

공원까지 가는 길은 가로등이 드문드문 있어 어두웠다. 이윽고 목적지인 공원이 어둠 속에서 환한 조명을 받으며 모습을 드러냈다.

"다 왔네요. 이제 봉투는 내가 들게요."

나는 몸값이 든 봉투를 유코에게 건넸다.

"여기서부터는 혼자 갈게요."

"좀 더 앞까지 같이 갈게."

"안 돼요. 여기부터는 혼자 갈래요. 괜찮다니까요. 걱정 말고 기다리고 계세요. 지금 0시 45분이지요?"

"응."

"그럼 다녀올게요."

그녀는 마치 학교에 다녀오겠다고 인사하듯 가볍게 말하고는 총총걸음으로 가버렸다. 그녀의 뒷모습이 점점 작아져 공원 속으로 사라지는 모습을 한동안 지켜보았다. 나는 이런 일을 나에게 맡긴 경시총감을 저주했다. 그가 듣게 되면 내일까지 살아 있을 수 있을까 의문이 들 정도로 온갖 종류의 저주를 퍼부어댔다.

물론 실제로는 지금까지도 멀쩡히 살아 있다. 나중에 들으니 내가 마구 저주를 퍼부었던 그날 경시총감은 감기에 걸렸다고 했다.

그녀의 그림자도 보이지 않게 되자 공원까지 가고픈 충동에 휩싸였다. 그녀가 어떤 위험에 맞닥뜨렸다면 지금 달려가야 하지 않을까? 그녀가 비명을 지르면 여기까지 들릴까? 사람의 소리가 몇 미터까지 닿을 수 있는지 알려주는 방송 광고를 본 적이 있는데, 그게 몇 미터였더라. 혹여 덤불 속에 숨은 범인이 불시에 튀어나와 등 뒤에서 입을 막는다면 비명을 지를 틈도 없겠지. 이런 생각을 하는 동안에도 굵은 손가락이 그녀의 목을 조르고 있을지도 모른다. 어쩌면 남자 몇 명이 그녀를 묶어서 운반하고 있을지도 몰라. 온갖 해괴한 상상이 머릿속에 떠오르자 나는 미칠 지경이 되었다.

그래! 마침내 결심을 하고 나는 공원으로 걸음을 옮겼다. 한편 내 안에 있는 냉정하면서도 침착한 경찰관이 '가면 안 돼!'라고 하면서 눈살을 찌푸리는 게 느껴졌다. 네가 형사라는 걸 범인이 눈치채면 어떻게 되겠어? 유괴당한 소녀가 위험에 빠질 거야. 너는 우수한 경찰관이야. 개인적인 감정으로 움직여서는 안 된다는 걸 누구보다 잘 알고 있을 텐데?

설교하려거든 닥쳐! 또 다른 내가 되받아친다. 나는 우수한 경찰이 아니야. 만약 유코에게 무슨 일이라도 생긴다면 나는 평생 내 자신을 용서하지 못할 거야. 내게 그녀는 소중한 사람이야. 누구보다도 소중한 사람이라고.

마음속으로 1인 2역의 명연기를 열정적으로 펼치는 사이 어느덧 공원 입구에 이르렀다. 좁은 길을 지나치니 금세 작은 연못이 나왔고 연못 옆에 산책로가 보였다. 범인이 말한 대로 연못을 끼고 건너편에 벤치가 있었다. 느긋하게 구경하고 있을 틈은 없었다. 연못이 보이는 곳까지 갔을 때 나는 순간 그 자리에서 얼어버렸다.

유코가 남자에게 쫓겨 달리고 있었다. 걱정한 대로였다. 사람 그림자 두 개는 가로등 역광 때문에 실루엣만 보였다. 그 둘은 내 쪽으로 달려왔다. 그녀를 구해야 한다! 막 나서려는 찰나 내가 착각하고 있다는 것을 깨달았다. 쫓기는 건 그녀가 아니라 그 남자였다!

나는 달려오는 남자 앞을 양팔을 벌리며 막아섰다.

"멈춰!"

건장한 체격을 한 남자는 나 정도는 상대도 안 된다는 듯이 내게 곧장 달려들어 부딪쳤다. 나는 마치 소나 말에 채인 것처럼 옆으로 튕겨져 나가 연못으로 풍덩 떨어졌다.

"괜찮아요?"

겨우 연못 밖으로 빠져나오니 유코가 걱정스런 말투로 물었다.

"아, 괜찮아."

사실 몹시 아팠지만 내색할 수는 없다.

"그놈은?"

"도망쳤어요."

"얼굴은 봤어?"

"역광이라 못 봤어요."

"나도 마찬가지야. 그런데 어째서 네가 쫓고 있던 거야?"

"그게 나도 잘 모르겠어요."

유코는 고개를 모로 꼬았다.

"돈 봉투를 쓰레기통에 넣고 돌아서는데 뒤쪽 수풀에서 부스럭하는 소리가 났어요. 놀라서 꺅! 하고 비명을 지르니까 갑자기 그 남자가 뛰쳐나와 도망을 가지 않겠어요? 그래서 나도 엉겁결에 쫓아 달리기 시작했던 거예요."

"심약한 범인이구먼."

"정말로 범인이었을까요?"

"범인이 아니면?"

"단순한 부랑자였을지도요."

"그럴지도. 그럴 확률이 더 높겠어. 에취!"

얼어 죽겠다. 당연하다. 온몸이 완전히 젖었으니.

"어서 돌아가자. 이렇게 소란을 피웠는데 범인도 오지 않겠지."

"그렇겠네요."

그래도 혹시 범인이 나타날지도 모르니까 1시 20분까지 기다렸다가 봉투를 회수해서 닛타 씨의 저택으로 돌아가기로 했다.

"아저씨, 감기 걸린 거 아니에요?"

"뭘 이 정도로."

"대체 왜 왔어요?"

'그게 말이야, 네가 걱정돼서'라고 말하려다가 그냥 얼버무렸다.

"아니 뭐, 그냥."

그녀는 미소 지었다.

"감기를 낫게 해주는 주문을 걸어줄게요."

유코는 멈춰 서서 내 어깨에 양팔을 올리고 입을 맞췄다.

"네 옷도 젖어."

"괜찮아요."

나는 자그마한 그녀를 안았다. 내 품속의 그녀는 부드러웠다. 차

갑게 젖은 옷을 통해 그녀의 생기발랄함과 따스한 온기가 전해져
왔다.

"저기요."

키스 후 그녀가 운을 뗐다.

"왜?"

"다음에 뛰어들 때는 보험이라도 들어두세요."

그때 우리는 같은 시간 다른 곳에서 비극이 벌어지고 있을 줄은
꿈에도 생각하지 못했다.

"우노 경감님!"

심상치 않은 목소리였다. 나를 부르는 소리를 듣는 순간 젖은 옷
도, 걸을 때마다 조금씩 물이 새어 나오는 구두도 완전히 잊었다.

"무슨 일이야?"

닛타 씨의 저택 앞에서 기다리고 있던 형사가 내 모습을 보자마
자 달려왔다.

"큰일입니다."

무척이나 허둥댔다.

"도대체 무슨 일인가?"

"아, 그게 유괴당한 마사코 양한테서 전화가……."

"마사코 양이?"

유코가 흠칫했다.

"범인을 따돌리고 전화했다고요. 지금 산장에 붙잡혀 있다는데요."

"산장이라고?"

나는 되물었다.

"무슨 영문이지?"

"그런데 말이죠……."

형사는 우물거리며 말을 이었다.

"그 말을 듣자마자 닛타 씨가 곧바로 혼자 뛰쳐나가 버리셨습니다."

"혼자서 말인가? 왜 막지 않았지?"

"멈춰 세울 틈도 없이 순식간에 뛰쳐나갔습니다. 서둘러 뒤를 쫓았습니다만 뒷문으로 나가서는 바로 숲 속으로 들어가 버렸습니다. 어두워서 어디로 갔는지도 모르고 놓쳤습니다."

"자네들이 그러고도 형사인가!"

나는 크게 화냈다.

"면목 없습니다."

"언제 일어난 일이야?"

"10분 전쯤 일입니다."

"10분."

"지금 다른 팀에서 수색하고 있습니다."

"닛타 씨도 정말…… 혼자 가다니. 따님이 붙잡혀 있는 산장이 어디인 줄 알고 있는 건가?"

"글쎄요. 오카모토 요시코 씨는 모르신다고 했습니다."

"황급히 뛰어간 걸로 미뤄볼 때 장소를 알고 있는 게 틀림없어.

지금쯤 범인과 격투를 벌이고 있을지도······."

"잠깐만요!"

유코가 날카롭게 소리쳤다.

"산장이요? 마사코한테 들은 적이 있어요."

"어딘지 알고 있어?"

"확실치는 않지만······."

유코는 이마에 주먹을 대고 생각에 집중했다.

"확실히 아까 지나온 집이······."

그러다 퍼뜩 무언가를 떠올리고는 외쳤다.

"니시오 씨예요! 닛타 씨랑 아신다는 분 말이에요."

"니시오?"

나는 그제야 생각났다.

"그래! 니시오 씨 집은 산장처럼 생긴 집이었어!"

"그 집일 거예요. 분명해요. 마사코가 산장으로 착각할 만하고요."

"서두르자!"

유코와 나는 형사 한 사람과 함께 미친 듯이 밤길을 달렸다. 얼마 안 가 산장으로 보이는 니시오 씨 집이 시야에 들어왔다.

50미터쯤 남았을 때 총소리가 어둠을 뚫고 울려 퍼졌다.

"이런, 늦었어."

이어진 총성. 또 한 발이 더 이어졌다.

마지막 한 발의 총소리가 울려 퍼지기 직전에서야 우리는 현관에 도착했다. 그러나 문이 잠겨 있었다.

"비켜! 문을 부숴야겠어."

나와 형사는 어깨로 힘껏 문을 들이받았다. 어깨뼈가 부러져라 부딪쳤는데도 문은 꿈쩍도 하지 않았다.

"창문으로 가자."

우리는 집 뒤편의 빛이 새어 나오는 테라스로 향했다.

테라스의 창은 열려 있었다. 거실로 들어섰을 때 불빛이 너무 밝아 눈이 부셔서 순간적으로 그 자리에 멈칫했다. 그러나 눈이 빛에 어느 정도 적응됐을 때도 우리는 그 자리에서 한 발자국도 움직일 수 없었다.

믿기 힘든 광경이었다. 테라스의 창문 가까이에 니시오 씨가 쓰러져 있었다. 복부에서는 피가 흘렀고 풀린 동공은 천장을 향했다. 한눈에 봐도 그는 이미 숨을 거둔 듯했다. 곁에는 권총이 떨어져 있었다. 전에 이 집에서 보았던 그 남부식 권총이다. 방 한가운데에는 닛타 씨가 웅크리고 앉아서 왼쪽 팔의 상처를 부여잡고 어깨까지 들썩이면서 거칠게 숨 쉬고 있었다. 그 눈빛은 니시오 씨의 눈빛보다 더욱 공허해 보였다. 그는 우리가 온 것도 알아차리지 못했다.

당연한 일이다. 닛타 씨의 품 안에는 사진에서 봤던 소녀가 안겨 있었다. 긴 머리칼과 양팔을 마루에 늘어뜨린 채로. 그 소녀는 창백한 얼굴을 하고 눈을 감고 있었다. 밝은색 블라우스의 가슴 부위는 피로 물들어 있었다. 닛타 씨의 딸은 죽었다.

"이 무슨……."

나는 탄식했다.

"아! 하느님……."

무신론자인 유코가 신을 찾을 정도였다.

"전쟁이 끝나고 혼란스러운 시대였습니다. 어느 날 저는 술에 취해 길에서 부딪친 남자와 시비가 붙었습니다. 다투던 중 그만 그를 죽였습니다. 니시오가 그 일을 목격했지요. 그는 당시 저와 같은 부대에 있었고 교활한 성격 때문에 부대원 모두가 꺼려하는 인간이었습니다. 니시오는 저한테 도망치기를 권했습니다. 경찰에 높은 사람과 선이 닿아 있으니 사건은 자신이 알아서 완벽하게 처리하겠다고 했습니다. 망연자실한 저는 그 말을 완전히 믿었습니다. 니시오는 혹시 자신이 의심받을지도 모른다고 했습니다. 만일 그렇게 되면 자기는 가정이 있는 몸이니 털어놓을 수밖에 없다고 덧붙였습니다. 그래서 살인을 저지른 사람이 저라는 것을 증명할 문서를 작성해달라고 했습니다. 얼떨결에 저는 니시오가 말한 대로 문서를 써주었습니다. 지장까지 찍어서 말이지요. 니시오는 최악의 상황이 아니고서야 이 문서는 내놓지 않겠다고 약속했습니다. 그러고서 저희 둘은 헤어졌습니다. 그 후 사건은 그 당시 흔했던 폭행 치사 사건으로 끝났습니다. 어찌 된 영문인지는 저도 모릅니다. 수사도 제대로 진행되지 않았죠. 저도 그 사건을 까맣게 잊고 지냈습니다. 그 후 20년도 더 지난 어느 날 갑자기 니시오가 제가 근무하는 회사로 찾아왔습니다. 그는 취직 자리를 부탁하며 제가 써주었던 문서를 들이밀었습니다. 공갈 협박임을 곧 깨달았습니다. 이미 살인에 대한 공소시효가 지났을 때라 법적인 책임에서는 자유로웠기 때문에 무시하고 그냥 돌려보냈으면 될 일이었습니다. 하지만 그 당시 저는 저를 물러나게 하려는 간부와 극심하게 대립하던 중이었고 정계에 진출하려는 야망도 있었지요. 정치인에게 살인을 저질렀다는 과거는 치명적입니다. 니시오가 저의 야망을 알고 있는 이상 저는 그에게 돈을 건넬 수밖에 없었습니다. 매번 마지막이라 하며 돈을 쥐여주는 일이 10년째 이어져 온 겁니다."

닛타 씨는 진술을 멈췄다. 응접실과 접해 있는 이 방은 내가 니시오 씨와 대화를 나누던 때와 다를 바가 없었다. 딱 두 가지, 주인인 니시오 씨와 벽에 걸려 있던 남부식 권총만 빼고.

닛타 씨는 왼팔에 붕대를 감았다. 얼굴은 창백했다. 옆 거실에는 딸인 마사코와 니시오의 시신이 있다.

"그럼 이 집도 당신이?"

닛타 씨는 방을 둘러보며 답했다.

"네, 제가 사준 집입니다."

"매달 책 사이에 돈을 끼워 전달했군요?"

"그랬습니다. 그는 증거를 남기지 않기 위해 수표는 일절 받지 않았어요. 한 달에 세 번 제가 니시오한테 책 제목을 알려주면 그는 제가 집을 비웠을 때 책을 빌리러 왔습니다. 저는 겉표지에 커버를 한 장 더 덧씌워 그 사이에 돈을 끼워 전달했습니다."

나는 그제야 오카모토 요시코 씨의 말이 이해가 갔다. 그 남자는 책을 빌리러 온 게 아니라 돈을 받으러 온 것이었다. 응접실에는 나와 닛타 씨 말고도 유코가 있었다. 우리와 떨어져 앉은 유코의 얼굴에는 고뇌가 가득 차 있었다.

"유괴범이 니시오 씨라는 걸 처음부터 알고 계셨던 겁니까?"

닛타 씨는 힘없이 고개를 끄덕였다.

"이런 사정을 처음부터 말씀해주셨으면 수사에 도움이 됐을 텐데요. 이제 와 이야기해봤자 소용없는 일입니다만."

나는 안타까움을 금치 못했다.

"면목 없습니다. 니시오가 마사코를 유괴해서 자기 집에 숨겼을 거라고는 전혀 생각하지 못했습니다. 마사코한테 무슨 일이 생길 줄은 정말 꿈에도 상상 못 했습니다."

설령 무슨 일이 일어난다 해도 이보다 끔찍하지는 않으리라.

"최근 불황 때문에 사업이 부진했습니다. 그 때문에 한번은 니시오한테 지불을 사흘만 늦춰달라고 했습니다. 아마도 니시오는 제가 무슨 일을 꾸미고 있다고 여긴 모양입니다. 이번에야말로 한몫 챙겨 모습을 감추려고 생각한 것 같습니다."

"하지만 언제든 돈이 필요하면 다시 찾아와 협박을 했을 겁니다."

"그랬겠지요. 하지만 돈 따윈 전혀 아깝지 않습니다."

닛타 씨는 양손으로 머리를 감싸 쥐었다.

"크흑, 2천만 엔 따위 마사코의 목숨에 비하면 아무것도 아닌 돈인데 나 때문에 마사코가 죽다니……."

나는 잠자코 있었다. 메모를 하던 손도 멈췄다.

"살려달라는 마사코의 비명을 듣는 순간 내 아이를 구해야 한다는 생각에 앞뒤 잴 겨를도 없이 집 뒤 숲길을 달렸습니다. 정신을 차려보니 어느새 니시오의 집 테라스였습니다. 니시오는 살의에 가득 찬 얼굴로 마사코한테 총을 겨누고 있었어요. 마사코가 몰래 전화한 사실이 발각되어서였겠죠. 저는 급히 안으로 뛰어들었고 그는 다가오는 저를 향해 총을 쐈습니다. 총알은 다행히 왼팔을 스쳤습니다. 니시오가 가진 총을 빼앗으려고 격렬한 몸싸움을 벌였습니다. 그 와중에 총구가 다시 불을 뿜었지만 몸싸움을 멈출 수는 없었어요. 그러다가 제가 니시오의 복부를 향해 방아쇠를 당겼습니다. 그 직후 니시오는 풀썩 주저앉았습니다. 저는 이제 다 끝났다고 외쳤습니다. 이제 안심해도 된다고 말하면서 뒤를 돌아보니 마사코가 쓰러져 있었습니다. 가슴에는 피가 점점 번져가고 있었습니다. 두 번째로 발사된 총탄에 맞은 모양이었습니다. 믿기 어려웠습니다. 지금도 믿기지 않습니다."

피를 토하는 듯 애끓는 어조였다.

나는 유코와 밖으로 나왔다. 구급차가 세워져 있었고 곧 시신이 옮겨져 나왔다.

들것 위에 하얀 시트가 덮여져 있었다. 유코가 먼저 나온 들것으로 다가가 천을 들춰보았다. 닛타 마사코의 얼굴은 너무도 처연해 보였다.

―정말 섭섭하다. 아빠는 나를 싫어한다.

마사코가 쓴 일기 속 구절이 가슴에 와 박혔다. 유코는 시트를 원래대로 덮었다.

"너무 자책하지 마."

나는 유코를 위로했다.

"아저씨라면 괜찮겠어요?"

"네 마음은 충분히 이해해. 하지만 이번 사건의 책임은 나한테 있어. 전적으로 내 책임이야."

그녀가 무언가 말하려 할 때 또 다른 들것이 집에서 나와 우리 앞을 지나갔다. 그때 한 여성이 우리 옆을 지나쳐 들것으로 달려가 시트를 들춰보고는 울부짖었다.

"아아악! 아빠! 아빠!"

그녀는 까무러쳤다. 우리는 급히 그녀에게 다가섰다. 정신을 잃어 축 늘어진 그녀는 닛타 씨 댁에서 일하는 이노우에 마치코였다.

"지금 분명 아빠라고 했지요?"

"이런. 그럼 그녀는 니시오의 딸인가. 이 집에서 그녀의 향수 냄새가 났던 건 당연한 일이었군. 이번 사건의 공범이라는 건가?"

구급대원이 마치코를 니시오의 집 안으로 부축해 데리고 들어갔다.

"넌 어떻게 생각해?"

나는 고개를 돌려 유코에게 물었지만 유코는 이미 그 자리에 없었다.

저 멀리 닛타 씨의 저택 쪽으로 가고 있는 그녀의 뒷모습이 보였다. 뭘 하려는 거지? 나는 고개를 갸웃했다.

닛타 씨의 저택은 신문기자와 카메라맨으로 북새통을 이루었다. 닛타 씨는 참담한 심정을 억누르며 기자들 앞에 섰다.

나는 닛타 씨를 염려해 기자회견은 나중에 하기를 권했다.

"아닙니다."

닛타 씨는 고개를 저었다.

"지금 확실한 입장 표명을 하는 게 옳은 일일 겁니다. 제 과거의 모든 일도요."

닛타 씨는 과거에 자신이 저지른 살인에서부터 이 비극이 잉태되었다는 이야기를 담담하고 차분하게 이어나갔다. 듣고 있던 기자들도 같은 모습이었다.

이야기를 마치고 닛타 씨는 어깨를 축 늘어뜨린 채 자택 안으로 들어갔다. 이번에는 내가 기자들의 질문 공세에 시달릴 차례였다. 나는 경찰 측 대응이 소홀했다는 점을 바로 인정했다. 그리고 닛타 씨가 저지른 살인에 대해서는 재조사를 할 테지만 시효가 이미 지났으므로 법적 책임을 묻지는 않을 것임을 밝혔다. 이번 유괴 사건에 대해서는 정당방위인지 과잉방위인지 이 자리에서 분명하게 밝히기 어렵다는 말도 덧붙였다.

사건의 경과를 상세하게 설명하느라 시간이 제법 걸려서 기자회견은 새벽녘이 되어서야 끝이 났다.

경찰이 실패한 사항에는 한 가지 더 추가할 것이 있다. 니시오의 딸이자 실신한 가정부 이노우에 마치코가 니시오 씨의 집에서 모습을 감춰버렸다. 그녀는 유괴 사건의 공범일 터이다.

다음 날 신문과 TV에 많은 기사가 쏟아졌다. 당연히 여론은 하나 같이 닛타 씨에게 동정적이었다. 그리고 경찰에게는 질책과 비난 여론이 쏟아졌다. 이 또한 당연하다.

어떻게 대처해야 할지 생각해둬야겠다. 나는 무거운 마음으로 닛타 씨의 저택을 나섰다. 죽은 소녀의 쓸쓸한 표정이 가슴에 박혀 떠나질 않았다.

6

해는 이미 저물었다. 빽빽이 서 있는 나무들이 새까만 그림자 하나로 녹아들었다. 또 다른 그림자 하나가 발소리를 죽인 채 그 사이를 조용히 걸어갔다. 가지를 스치는 바람 소리가 날 때마다 사각사각 낙엽을 밟는 소리도 함께 들렸다. 그 형체는 숲을 가로질러 산장처럼 생긴 집 정원으로 들어섰다. 불을 하나도 밝히지 않아서 사람이 있어도 보이지 않을 정도로 어두웠다. 형체는 조심조심 신중한 발걸음으로 테라스를 향했다. 테라스에서 안으로 들어가는 창문은 열려 있었다. 조금 망설이다가 그림자는 안으로 들어갔다.

실내는 불빛 하나 없이 어두컴컴했다. 그 그림자는 어둠 속에서 어떡해야 좋을지 궁리하는 듯했다.

갑자기 실내가 환해졌다.

"오셨군요."

스위치 근처에서 유코가 그림자를 맞이했다.

"설마 이리 오라고 편지를 쓴 사람이 당신이오?"

"맞아요. 제가 보냈어요, 닛타 씨."

"이게 무슨 짓이지?"

닛타 씨는 눈썹을 찌푸렸다.

"꽤나 공을 들여 썼더군. 수수께끼 같은 편지였어. '모든 걸 알고 있다'는 게 무슨 말이야?"

"말 그대로예요. 저는 이번 사건의 진상을 전부 알고 있다는 말이 죠. 이런 말씀 드리기는 뭣하지만 제가 충고 하나 드릴까요? 종이를 완전히 태우려면 돌돌 말면 안 됩니다. 돌돌 말아놓으면 제일 안쪽이 타지 않고 남기도 하거든요."

"대체 무슨 말을 하는 거지?"

"당신이 저와 우노 경감이 보는 앞에서 소각로에 던져 넣었던 서류, 그 가장 밑에 둥글게 만 신문지가 있었죠. 대부분이 타버렸지만 극히 일부분이 남았어요. 물론 그것으로도 충분했어요. 문자를 오려낸 흔적이 남아 있는 부분이었거든요."

닛타 씨는 얼굴이 굳어진 채 아무 말이 없었다. 유코가 커다란 봉투를 들이밀었다.

"어젯밤 당신이 기자회견을 하는 동안 저는 소각로를 살펴보다가 이걸 발견했어요. 처음에는 경찰에 알리려고 했지만 마사코가 아빠를 얼마나 사랑했는지 생각하고 나니 그러지 못하겠더라고요.

그래서 당신한테 자수할 기회를 주려고 불렀어요."

닛타 씨가 급히 상의 주머니에 손을 넣었다. 유코는 위험을 직감했다. 그녀는 소파에서 스프링 인형처럼 몸을 튕겨 마루에 엎드렸다. 그 순간 총소리와 함께 닛타 씨의 손에서 일어난 불꽃이 소파 등받이에 구멍을 냈다. 관통당한 소파의 안쪽에서 내용물이 비어져 나왔다.

"총을 버려!"

그때 날카로운 목소리가 날아들었다.

닛타 씨는 흠칫 놀라며 주위를 둘러보았다. 형사 넷이 자신에게 총을 겨누고 포위하고 있었다. 닛타 씨는 그제야 크게 한숨을 내쉬며 남부식 권총을 손에서 내려놓았다. 그러고는 유코를 매서운 눈으로 노려보며 한마디 했다.

"네가 이겼다."

"저는 장님이나 마찬가지였습니다."

유코가 설명을 시작했다.

"저는 마사코를 구하지 못한 일로 평생 자신을 책망하겠죠. 일단 그 일은 차치하고 지금은 제가 진상을 알아차린 과정을 알려드리겠습니다."

닛타 씨 저택의 거실에 나와 형사들, 그리고 우메미야 경시총감이 모였다. 니시오 씨의 집에서 닛타 씨를 체포한 지 다섯 시간이 지난 후였다. 밖에서는 이미 여명이 밝아오고 있었다. 거실에는 움직이기도 어려울 만큼의 긴장감이 가득했다. 유코는 팽팽하게 당겨진 긴장이라는 현을 타고 악기를 연주하듯이 말을 이어갔다.

"저는 앞서 문제의 협박 편지가 우편함 밖에서 들어왔을 리 없다는 정황을 설명한 적이 있습니다. 협박 편지는 내부에서 넣었다고 결론을 내렸죠. 그것이 큰 착각이었습니다. 한 가지 가설을 잊고 있던 겁니다. 바로 협박 편지가 처음부터 우편함에 들어 있지 않았다는 것이지요.

자, 닛타 씨는 협박 편지가 봉투에도 들어 있지도 접히지도 않은 채로 우편함에 있었다고 했습니다. 하지만 그것이 가능할까요? 범인이 누구든지 간에 접지도 않은 협박 편지를 그대로 들고 다니는 위험을 무릅쓸 사람이 어디 있겠습니까? 더군다나 신문을 오려 붙여 만들었으니 훨씬 더 눈에 띄었을 텐데요. 게다가 협박 편지에는 닛타 씨와 요시코 씨의 지문만 나왔습니다. 그렇다면 편지를 우편함에 넣은 사람이 장갑이라도 꼈던 걸까요? 여러 가지를 고려해보면 애당초 협박 편지는 우편함에 들어 있지 않았다고 보입니다. 그럼 어찌 된 일일까요?

실제로는 이랬겠지요. 닛타 씨가 협박 편지를 보는 모습을 요시코 씨가 봐버린 거죠. 요시코 씨는 닛타 씨가 협박 편지를 받은 모습을 본 게 아니었습니다. 만약 우리가 접히지도 않은 편지를 읽는 사람을 본다면 어떻게 생각할까요? 그렇죠. 그 사람이 자기가 쓴 편지를 다시 한 번 검토하고 있다고 생각할 것입니다. 이 경우에도 마찬가지입니다. 닛타 씨는 자신이 쓴 협박 편지를 살펴보던 중이

었습니다. 그런데 편지를 본 요시코 씨는 그것을 닛타 씨가 받은 것
이라 오해한 거고요."

"그래서?"

경시총감이 입을 열었다.

"닛타가 자신의 딸을 유괴하려 했다는 건가?"

유코는 테이블 위에 두었던 증거품인 협박 편지를 들고 우리를
쳐다봤다.

"보세요. 이 편지에는 이름이 하나도 들어 있지 않습니다. '딸을 데
리고 있다'고 할 뿐이지요. 그 어디에도 마사코의 이름은 없습니다."

"하지만……."

경시총감이 끼어들었다.

"이 사건 관련자 중에는 딸을 데리고 있는 사람이 한 명 더 있었
습니다."

"바로 니시오입니다."

내가 거들자 유코는 고개를 끄덕이고 설명을 계속했다.

"그렇습니다. 닛타 씨는 지금까지 10년 동안 니시오 씨한테 협박
받아 왔습니다. 그것은 이미 닛타 씨가 고백한 사실입니다. 최근 불
황 때문에 돈을 지불하기가 어려워진 닛타 씨는 이참에 일을 꾸며
그와의 관계를 정리하려고 결심한 게 틀림없습니다. 닛타 씨의 그
런 행동을 수상하게 여긴 니시오 씨는 자신의 친딸인 마치코를 가
사 도우미로 잠입시켰습니다. 마치코가 니시오의 친딸임을 닛타 씨
는 물론 전혀 모르는 상태였지요. 닛타 씨는 어떤 계기로 그 사실을

알고 마치코를 유괴해 니시오 씨로부터 자신이 살인을 저질렀다는 증서를 되찾으려 했던 거죠. 마치코를 유괴하기는 식은 죽 먹기였을 겁니다. 우선 협박 편지를 만들고 마치코가 휴가에서 돌아오면 그녀를 유괴한 다음 그 협박 편지를 니시오 씨한테 보낼 생각이었을 겁니다.

여기 협박 편지의 이 부분을 보십시오. '그 물건을 준비해라'라고 쓰여 있지만 정작 전화를 건 범인은 돈을 요구해 왔습니다. 그렇다면 왜 처음부터 '돈'이라고 쓰지 않은 걸까요? 신문에서 '돈'이라는 글자는 흔합니다. 그런데도 굳이 '그 물건'이라고 쓴 이유는 뭘까요. 그렇지만 진상을 알고 나면 쉽게 이해가 갑니다. 닛타 씨가 원했던 건 돈이 아니라 그 증서였거든요.

닛타 씨가 세운 계획은 요시코 씨가 협박 편지를 보는 순간 엉망이 되었지요. 그때 닛타 씨는 요시코 씨한테 무슨 말을 해야 할지 어쩔 줄 몰랐을 겁니다. 그런데 당황한 요시코 씨는 마사코가 유괴당했다고 착각해버렸습니다. 그 순간 닛타 씨의 머리에는 이전에 세운 계획과 전혀 다른 계획이 떠올랐습니다. 위험하지만 대담한 생각이었습니다. 우노 경감님, 닛타 씨가 자백한 내용을 말해주세요."

나는 목소리를 한 번 가다듬고 말을 시작했다.

"닛타 씨는 학교로 가보겠다고 말한 후 집을 나섰습니다. 그러고는 하굣길의 마사코를 만나 자신의 계획을 털어놨습니다."

"털어놨다고?"

우메미야 경시총감이 놀란 듯 물었다.

"닛타 씨는 아마 마사코한테 솔직하게 자신의 과거를 털어놨을 겁니다. 그리고 자신을 협박해온 니시오한테 복수하고 싶다며 거짓으로 유괴 사건을 꾸며 그 혐의를 니시오한테 씌우자고 했겠죠. 증서도 되찾을 수 있다며 마사코한테 도움을 청했을 겁니다. 그 말을 들은 마사코는 무척 기뻐했을 게 틀림없습니다. 언제나 자신에게 차갑게만 대해온 아버지가 과거에 저지른 잘못을 털어놓고 자신의 힘이 필요하다고 부탁해 오니 그 사실이 무엇보다 기뻤을 테죠. 어린 나이이다 보니 스릴 넘치는 사건에 대한 기대도 있었을 겁니다. 닛타 씨는 마사코를 별장으로 데리고 갔습니다. 사업가에게는 가끔 모습을 감추거나 비밀회의를 열 때 이용하는 곳이 있는 법이지요. 닛타 씨도 후추에 소재한 별장의 위치를 마사코한테 알려주고 혼자 가라고 했습니다. 그러고 나서 닛타 씨는 자전거를 길가 옆 도랑에 버리고 유괴극을 시작했습니다."

내 말에 이어 유코가 덧붙였다.

"그런데 유괴에는 몸값에 대한 요구가 있어야 했죠."

"그렇지."

경시총감이 고개를 끄덕였다.

"그 범인한테서 걸려온 전화는 어떻게 된 건가? 대체 누가 건 전화였나?"

"그 전화는 닛타 씨의 지시대로 마사코가 건 것이었습니다."

"하지만 분명 남자 목소리였는데……."

"그것은 닛타 씨 자신의 목소리였습니다."

유코의 말에 모두들 당혹감을 감추지 못했다. 유코는 말을 이어 갔다.

"그 전화의 통화 내용을 듣고 저는 어딘가 부자연스러운 구석이 있다고 생각했습니다. 주고받은 내용에는 이상한 점이 없었습니다만 말을 서로 주고받을 때 생기는 틈, 그러니까 타이밍이 어색했습니다. 그게 무슨 이유 때문인 건지 저는 궁금해서 죽을 지경이었습니다. 그리고 알아챘습니다. 그건 테이프에 녹음된 목소리였다는 것을요. 닛타 씨는 자신의 목소리, 즉 범인의 목소리를 녹음한 테이프를 마사코한테 건넸습니다. 그리고 정해진 시간에 전화를 걸어 그 테이프를 재생하게 한 겁니다. 자신이 녹음한 내용이라 대화 내용도 자연스러웠습니다. 단지 주고받는 타이밍이 부자연스러운 것만은 어쩌지 못한 거죠."

"하지만 닛타 씨가 언제 그 테이프를 마사코 양한테 주었을까요?" 듣고 있던 한 형사가 문제를 제기했다.

"닛타 씨는 방에 들어가 있겠다고 말한 후 꽤 오랫동안 모습을 드러내지 않은 적이 있었습니다. 그때였을 거라고 생각해요. 뒷문으로 나가서 미리 근처에 와 있던 마사코한테 녹음테이프를 건넨 거죠. 그렇게 나갔다면 아무한테도 들키지 않았을 겁니다.

닛타 씨가 세운 계획은 여기에서 첫 번째 위기에 봉착합니다. 닛타 씨한테는 니시오의 집이 산장풍의 외관이라는 것을 알고 있는 저와 우노 경감이 방해거리였습니다. 그래서 돈을 운반하는 역할을 제가 하게 하고 우노 경감이 호위로 따라가도록 꾸민 거죠. 그러고 나서 마사코한테 미리 정해진 시간에 도움을 요청하는 전화를 걸게 했습니다.

마사코는 별장을 나와 이 부근까지 와 있었을 겁니다. 공중전화로 도움을 청하는 전화를 걸고 곧장 니시오 씨 집으로 갔겠지요. 니시오 씨는 마사코를 보고 놀랐겠지만 마사코는 붙잡혀 있던 장소에서 탈출해 왔다고 적당히 둘러댔을 겁니다. 니시오 씨는 마사코를 일단 안으로 들였을 거고요. 마사코를 보호하고 있으면 또 닛타 씨한테 돈을 뜯을 구실이 되겠다고 생각했을지도 모를 일입니다. 그래서 거실로 마사코를 데리고 왔는데 거기에 닛타 씨가 나타난 거죠."

유코는 여기서 일단 길게 이어가던 말을 멈췄다. 지친 듯 크게 숨을 쉬더니 다시 이야기를 시작했다.

"닛타 씨는 틀림없이 이 계획을 세웠을 때부터 니시오 씨를 죽일 작정이었을 겁니다. 흉기로 쓴 권총은 니시오 씨 집 응접실에 있던 것이 아닙니다. 닛타 씨도 군대 시절의 기념으로 같은 총을 가지고 있었지요. 그것을 미리 준비해 갔습니다. 니시오 씨의 집에 걸린 총이 아직 쓸 만한 상태인지 아닌지도 모르고 실탄이 들어 있을 리도 없었을 테니까요. 니시오 씨를 죽인 후 닛타 씨는 벽에 걸린 총을 정원에 숨겼습니다. 그 총이 바로 오늘 저를 노린 총이고요."

총감이 고개를 끄덕였다.

"하지만 닛타도 자신이 세운 계획 때문에 소중한 딸을 잃었구먼. 니시오 씨와 다투는 와중에 딸이 총에 맞다니……."

"그렇게 생각하십니까? 그렇지 않습니다."

유코는 씁쓸한 표정으로 총감을 쳐다봤다.

"계획이 어긋나서 마사코가 죽은 게 아닙니다."

그녀는 고개를 가로저었다.

"절대 아닙니다. 모든 일은 계획대로 이루어졌습니다."

모두들 어안이 벙벙했다.

"아시겠습니까? 마사코가 아무리 아버지를 사랑한다고 해도 눈앞에서 살인을 저지르는 일까지 받아들일 수 있었을까요? 마사코를 조금이라도 아는 사람이라면 답은 명백합니다."

"그러면 자네는 닛타가 자신의 딸을……."

총감이 괴로워하며 말을 어물거렸다.

"믿기 힘든 일이지요. 믿고 싶지도 않은 일입니다. 하지만 닛타씨는 니시오 씨를 사살하고 마사코를 쏜 뒤 자기 왼쪽 팔에 총알을 발사했습니다."

유코는 좌중을 천천히 둘러봤다.

"생각해보십시오. 닛타 씨는 니시오 씨를 죽일 결심을 했을 때 자신이 과거에 저지른 일도, 니시오 씨한테 갈취당한 일도 모두 밝혀질 거라 예상했을 겁니다. 그럼 결국 정계 진출은 포기해야만 했겠지요. 니시오 씨를 죽인 일을 정당방위로 보이게 하고 정계 진출에 대한 꿈도 이룰 수 있는 길은 한 가지뿐이었습니다. 비극의 주인공이 되어 세간의 동정을 받는 것입니다."

긴 침묵이 이어졌다.

"바보 같은 소리!"

총감이 벌떡 일어섰다.

"이런 말도 안 되는 이야기는 더 이상 못 듣겠군!"

총감은 흥분한 데다 분노가 잔뜩 치밀었는지 얼굴이 붉으락푸르락하더니 창백해지는 지경에 이르렀다.

"우노 경감! 자네가 하도 부탁하기에 이런 어린 계집아이가 하는 말을 들으러 여기까지 왔네만 이런 말도 안 되는 이야기를 듣게 될 줄이야! 난 돌아가겠어!"

경시총감은 꽉 쥐었던 주먹을 바르르 떨며 나갔다. 이 일로 자신에게 불똥이 튈까 초조해하던 사람들은 경시총감이 자리를 뜨자 안도의 한숨을 돌렸다.

"너는 언제 진상을 안 거야?"

나는 유코에게 물었다.

"마치코가 니시오 씨의 딸이라는 걸 알았을 때 확신했어요. 계속 무언가 이상하다고 생각했는데 확실한 게 아무것도 없었거든요. 그랬는데 협박 편지의 '딸'이 마치코를 지칭할지도 모른다고 생각을 하니 모든 것이 딱 들어맞았어요."

"닛타 씨가 무슨 생각이었는지 잘 모르겠지만 말이야. 뭐, 실제로 닛타 씨는 학교에서 돌아오던 마사코와 만나기는 했지만 만약 만나지 못했다면 어쩔 심산이었을까?"

"그럴 때는 단순한 장난 편지라고 하면 될 일이었어요. 계획은 물거품이 됐겠지만 자신이 의심받을 일은 전혀 없었을 테니까요."

잠시 침묵이 흘렀다.

"그건 그렇고 글씨를 오린 흔적이 남은 신문이 타지 않고 남아 있던 건 행운이었군요. 절대 부인하지 못할 증거였으니까요."

하라다 형사가 말했다.

나와 유코는 얼굴을 마주 보았다. 그녀는 빙긋이 웃고는 가만히 있었다.

결국 내가 나섰다.

"하라다, 너 소각로 내부가 몇 도인지는 알고 말하는 거야? 종이 따위는 흔적도 없이 타고 만다고."

하라다가 입을 쩍 벌리고는 멍한 표정으로 물었다.

"네? 그럼 그 신문 뭉치는요?"

유코가 가지고 있던 큰 봉투를 거꾸로 들며 보여줬다. 먼지 하나 떨어지지 않았다.

"그래서 그런 위험한 연극을 했던 거야."

"그래도."

하라다 형사는 아직 믿기 어렵다는 얼굴로 유코를 보다가 곧 크게 숨을 내쉬었다.

"정말로 당신은 대단한 사람이군요."

아침에 유코를 차에 태워 역까지 데려다 주려고 길을 나섰다. 유코는 슬픈 눈으로 줄곧 앞만 바라보았다.

"아, 맞다. 유코, 물으려다 깜빡했는데 연못 공원의 남자는 부랑자였을까?"

"그랬을 거예요."

"쳇. 누군지 알아내서 연못에 빠뜨린 복수를 하려 했는데."

유코는 한숨을 푹 내쉬었다.

"닛타 씨의 집은 어떻게 될까요?"

"글쎄……. 친척이든 누구든 맡겠지."

"요시코 씨한테는 안 된 일이겠구나."

"그래도 그 사람이라면 계속 관리를 맡을 만하지."

"둔하기는요."

유코는 나를 바보 취급했다.

"그 사람은 닛타 씨를 사랑했어요."

"그랬구나. 후처라도 되려고 했던 걸까?"

"꿈꿨겠지요. 그랬었는데…… 이렇게 된 마당에 분명 요시코 씨도 그곳에 머물지 않겠지요."

실제로 오카모토 요시코 씨는 사건 직후 그 저택을 떠났다고 한다.

"어쨌든 이번에 네가 큰일을 했어. 총에 맞았다면 운이 좋다 해도 가벼운 부상으로 끝나진 않았을 텐데."

"저한테 무슨 일이 일어난다고 하더라도 닛타 씨가 죗값을 치르게 하고 싶었어요. 마사코를 위해서요."

"네 직감이 맞아서 다행이다."

"정말 다행이었어요."

유코가 미소 지었다.

"물론 닛타 씨가 신문지를 소각로에 태우지 않았다면 협박은 전혀 통하지 않았겠지만요."

"나쁜 일은 아무리 감추고 덮으려 해도 언젠가 드러나."

"햄릿에 나오는 대사네요."

"이래 봬도 학창 시절에 연극부였으니까."

"햄릿을요?"

"나는 창을 들고 서 있는 병사였지만 말이야."

나는 역에 조금 못 미쳐 차를 멈췄다.

"너무 자책하지 마. 네 잘못이 아니야."

"네, 알고 있어요. 그렇지만 마사코가 너무 가여워요."

"그렇지."

"이제야 아버지가 자기한테 마음을 열었다고 생각했을 텐데 그 아버지가 자신을 향해 총을 겨누다니. 그때 마사코는 무섭다기보다는 슬펐겠지요."

"그랬겠지. 표정이 너무 허망해 보였어."

유코는 차에서 내렸다.

"그럼 아저씨, 전 이만 가볼게요."

그러고는 빠른 걸음으로 사라졌다. 닛타 씨의 저택으로 돌아오는 길에 이번에도 그녀의 주소를 묻지 않았다는 사실이 퍼뜩 떠올랐다.

닛타 씨는 모든 죄를 인정했다. 유코의 추리는 전부 사실로 드러났다. 우메미야 경시총감은 내 저주 때문이었는지 지독한 감기에 걸려 한동안 집에서 쉬었다.

나는 무척 분주하게 열흘을 보냈다. 그 후 어느 날 점심시간에 유코에게서 전화가 왔다. 나는 근처에 있는 카페에서 그녀를 만났다. 밝은 오렌지색 원피스를 입은 생기 넘치는 이 여대생을 누가 명탐정으로 보겠는가.

내가 사건 처리에 대해서 이야기하려 할 때 하라다 형사가 카페로 들어왔다.

"우노 경감님께서 여기 계시다고 들었습니다."

"무슨 일인가?"

"그게, 저어, 드릴 말씀이……."

하라다는 이번에는 쿠키가 아니고 뭘 노리는지 쉽게 말을 꺼내지 못하고 옆에서 우물쭈물했다.

"할 말 있으면 빨리해."

"하아, 실은 우노 경감님께 용서를 구할 일이 있습니다."

"용서? 뭘?"

"아!"

목소리를 높인 건 유코였다.

"그건 당신이었군요! 지금 가까이에서 보니 알겠어요."

"그렇습니다. 그래서 용서를 구하려고요."

"대체 무슨 말이야?"

"이 사람이 공원에 있던 부랑자예요."

"뭐?"

나는 커다란 덩치의 하라다를 봤다.

"그게 자네였다고?"

"면목 없습니다."

"내가 그때 자네는 저택에 남으라고 했을 텐데."

"분명 그렇게 말씀하셨지만 경감님과 이 여성분이 걱정되어서 한발 앞서 저택을 빠져나가서⋯⋯."

"그런데 거기서 저를 만나셨군요."

"제가 그 자리에 있다는 사실을 들키면 안 된다고 생각해서 도망쳤습니다. 지금 생각해보면 굳이 도망가지 않아도 될 일이었지만요."

"그래서 내친김에 나를 연못에 빠뜨린 거였군?"

"절대로 아닙니다. 그게⋯⋯."

"그만 용서해줘요, 아저씨. 폐렴에 걸린 것도 아니잖아요."

"그런 문제가 아니야! 문제는 내 명령을 어긴 일이야. 알아듣겠어? 경찰이 최우선으로 지켜야 하는 건⋯⋯."

유코가 '에헴' 헛기침을 했다. 나는 더 이상 말을 잇지 못했다. 나도 그녀가 걱정되어서 공원까지 갔으니. 하라다에게 경찰의 규율에 대해 왈가왈부할 입장은 못 된다.

"뭐, 됐어. 이런 것으로 화내진 않겠지만 앞으로는 주의하게."

"네, 알겠습니다! 앞으로는 주의하겠습니다."

하라다는 용서를 받아 후련해졌는지 씩씩한 발걸음으로 가게를 나섰다. 마치 길에 도장이라도 찍을 듯이 쿵쿵 걸어가는 뒷모습을 보면서 나는 가게가 흔들릴 것만 같아 서둘러 커피 잔을 잡았다.

"유코, 오늘 저녁을 같이했으면 하는데."

"좋아요, 친절하신 신사님. 하지만 한 가지 조건이 있어요."

"내가 초대하는 저녁인데 조건까지 붙나?"

"T 호텔의 풀코스 디너로 사는 거예요."

순간 위장이, 정확히는 지갑을 넣어둔 쪽이 뜨끔했다. 뭐, 가끔은
괜찮겠지.

"괜찮지요? 오늘 월급날이기도 하잖아요."

그녀는 득의양양하게 미소 지었다.

"명탐정은 모든 걸 알고 있다고요!"

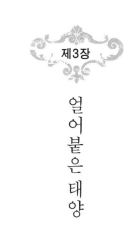

제3장

얼어붙은 태양

유령 열차

1

휴가란 바로 이런 것이다.

머리 위에서 이글거리는 태양과 소록소록 잠을 권하는 파도의 합창, 숨을 들이쉴 때마다 가슴을 가득 채우는 바다 내음, 그리고 옆에는 갈색으로 그을린 피부를 드러낸 비키니 차림의 미인.

독자 중에 그런 꿈같은 일이 실제로 이루어질 성싶더냐 하고 비웃을 분이 계실지도 모르겠지만 나에게는 이미 현실이다.

뜨거운 여름에 일주일짜리 휴가라! 내가 경시청에 근무한 이래 처음으로 찾아온 행운이다. 특히 경감으로 진급하고 나서는 매해 여름 휴가철만 되면 큰 사건을 떠맡아서 휴일도 반납하며 사건에 매달려야 했다. 그렇게 일만 하다 보니 모처럼 휴가를 받고도 무엇을 해야 할지 당최 막막하기만 했다. 그래서 나는 나가이 유코의 제

안을 받아들여 미나미이즈의 바다가 눈앞에 펼쳐진 이즈 시사이드 호텔 테라스에서 호사를 부리고 있다. 긴 의자에 드러누워 볼품없는 40대의 육체를 강렬한 태양에 쬐는 중이다.

한창 햇빛이 뜨겁게 쏟아지는 한낮에 해안을 따라 죽 늘어선 호텔 2층 테라스에는 나와 유코 외에도 투숙객 몇 명이 일광욕을 즐기고 있었다. 아래쪽 모래사장에서는 아이들이 신나게 놀고 있다. 밀려오는 파도가 술래인 양 피해 뛰어노느라 정신이 없다. 그 앞에는 진한 에메랄드빛 바다가 펼쳐져 있다. 여기는 바다가 뭍으로 파고 들어온 곳이다. 바위가 주변을 둘러싸고 있어서 마치 호텔 전용 해변 같다. 사람들로 북적이지도 않아서 근사한 개인 별장에 온 기분이다.

"정말 좋다. 이 정도는 되어야 휴가랄 만하지."

나는 감탄을 금치 못했다.

"여기에 오기를 잘했지?"

유코는 득의양양한 표정으로 내게 말했다. 그녀는 밝은색 비키니 차림을 하고 피부도 보기 좋게 갈색으로 태웠다.

젊음 그 자체인 스물두 살 여대생과 배가 볼록하게 나온 마흔 살 아저씨. 다른 사람들 눈에는 우리가 어떻게 비칠지 궁금해졌다. 설마 부녀 사이로 보지는 않겠지. 남매로 보기에는 아무래도 터울이 크고. 돈만 많은 중년과 젊은 내연녀로 보려나. 말도 안 돼!

어찌 생각하든 아무도 우리가 명탐정과 경찰관이라는 사실을 알아채진 못할 터이다. 다정한 연인이라는 것도. 이제는 이렇게 여행도 함께 하는 허물없는 사이가 되었다.

"일광욕을 하는 게 몇 년 만인지!"

"볕만 쬐지 말고 수영도 좀 하는 게 어때? 그러면 아저씨의 남산만 한 배가 조금은 작아질 텐데."

"그렇게 콕 집어서 말씀해주시다니 망극하나이다."

나는 배를 팡 하고 쳤다.

"내가 배 나온 너구리랑 여행을 오다니!"

유코는 계속 나를 놀려댔다.

그때 뒤쪽에서 '와!' 하는 아이들의 함성 소리가 들려왔다.

"장난꾸러기들이 행차했네."

유코의 말에 몸을 일으켜 뒤를 돌아봤다. 순간 나는 '찌익!' 하는 소리와 함께 얼굴에 물세례를 받았다. 한 악동이 물총을 쏜 것이다.

"그러면 못써!"

당황하며 아이를 말린 사람은 다케나카 아야코였다. 30대 중반의 그녀는 하얀 피부에 몸매가 호리호리한 여성이었다. 며칠 전부터 세 아이와 이 호텔에 머물면서 남편을 기다리고 있었다. 남편은 일 때문에 늦는다고 했다.

"죄송해요. 이치로가 무례한 짓을 했습니다."

"아닙니다. 괜찮습니다. 볕이 좋아서 금방 마를 겁니다."

나는 옆에 둔 수건으로 얼굴을 닦았다.

"정말 죄송합니다."

미안해서 어쩔 줄 모르는 다케나카 부인 뒤에서 개구쟁이 삼총사는 또 장난칠 거리가 없는지 주변을 두리번거렸다. 다케나카 부인은 차분한 인상에 단아한 외모를 지닌 전형적인 일본 미인이다. 부산스럽게 구는 사람도 아니어서 같이 있는지 없는지 모를 정도다. 개구쟁이 세 녀석을 보노라면 대체 엄마의 어느 구석을 닮은 건지 의아하다.

"아저씨, 미안해요."

조금도 미안한 구석이 없어 보이는 얼굴로 아홉 살인 장남 이치로가 내게 사과를 했다.

"오빠, 이 바보야!"

바보라고 말한 사람은 빨간색 투피스 수영복을 입은 여동생 여덟 살 유미다.

"그럴 때는 '형아, 미안해요'라고 해야지. 그러면 자기가 어려 보이는 줄 알고 좋아하느라 화난 걸 잊어버릴 테니까."

"누나야말로 바보야. 그런 건 안 들리는 데에서 말해야지."

높은 톤의 목소리로 여섯 살배기 막내 지로도 끼어들었다.

이렇게 귀여운 세 아이를 혼낼 사람이 어디 있겠는가.

"미안해요."

이치로가 거듭 사과를 했다.

"두 번씩이나 사과하지 않아도 괜찮아."

"그거 말고 다음 거 말이에요."

"다음 거?"

내가 그렇게 말을 한 순간 이치로가 내민 손에서 고무 개구리가 불쑥 튀어 올라 내 얼굴에 철퍼덕! 하고 달라붙었다.

"와하하!"

세 명은 깔깔대며 건물 안으로 도망쳤다. 다케나카 부인은 쥐구 멍에라도 숨고 싶다는 얼굴이다.

"저, 정말 죄, 죄송합니다."

"괜찮습니다. 사랑스러운 아이들이지 않습니까."

나는 애써 웃으며 말했다.

"남편이 오면 알아듣게 혼내겠습……."

갑자기 다케나카 부인이 하던 말을 멈추었다. 나는 부인의 이상한 태도에 놀라서 대놓고 빤히 쳐다보다가 옆에 있는 유코에게 고개를 돌렸다. 다케나카 부인의 하얀 얼굴이 더 하얘져서 마치 죽은 사람 처럼 창백해졌던 것이다. 눈도 커지고 무언가에 매우 놀란 표정을 지었다. 그녀는 그 자리에 얼어붙은 채 테라스로 드나드는 유리문 에서 시선을 떼지 못했다. 그쪽을 보니 유리문 너머에 처음 보는 남 자가 서 있었다. 화려한 알로하셔츠에 선글라스, 짧은 머리. 한마디 로 품위 없어 보이는 야쿠자 느낌의 중년 남성이었다. 형사의 감으 로 저 남자는 건실한 직업을 가진 자는 아니라는 확신이 든다.

"부인, 괜찮으세요?"

유코가 걱정스런 목소리로 물었다. 다케나카 부인은 깜짝 놀라며 정신을 차리는가 싶더니 이내 당황한 표정을 지으며 고개를 저었다.

"아닙니다. 아무 일도 아니에요. 괜찮아요."

하지만 부인의 시선은 여전히 유리문 너머에 어슬렁거리는 알로

하셔츠 차림의 남자에게 머물러 있었다. 남자는 아직 다케나카 부인을 알아보지 못한 듯하다.

"저는 이만 실례할게요. 아이들한테 가봐야겠어요."

다케나카 부인은 도망치듯 테라스를 떠났다. 알로하셔츠의 남자는 잠시 바다를 바라보다가 호텔 안으로 들어갔다.

"유코, 아무래도 다케나카 부인한테 무슨 일이 있는 것 같지?"

"저기 서 있던 남자, 왠지 느낌이 좋지 않아. 평화로운 날만 이어지는 것은 아닌가 봐."

유코가 고개를 저었다.

"우리와는 상관없는 일이야."

"그렇다면 괜찮지만……."

유코는 말끝을 흐리더니 몸을 뻗고 눈을 감았다. 아래쪽 해안에서 개구쟁이 삼총사가 내는 활기찬 목소리가 날아들었다.

"저는 기승전결이 확실한 이야기가 좋더라고요."

젊은 사람답지 않게 전위예술에 비판적인 모리야마가 말했다.

"고다르도 그렇다고 한 적이 있지요. 하지만 꼭 그 순서를 따를 필요는 없지 않을까요?"

유코가 대꾸하자 모리야마가 항복했다는 듯이 어깨를 움츠렸다. 이 엘리트 은행원에게 정해진 질서를 '적당히' 바꾼다는 발상은 불가능에 가깝다.

저녁 시간의 호텔 레스토랑은 빈자리가 거의 없을 정도로 북적거렸다. 우리가 앉은 테이블에는 모리야마 말고도 백발이 성성한 오다 기누 여사가 자리를 함께했다. 이 품위 있는 노부인은 영국에서 활동하던 영국 고전문학의 권위자로 꽤 유명한 인물인데 지금은 은퇴하여 유유자적한 여생을 보내는 미망인이다. 실제 나이보다 훨씬 젊어 보이는 데다 지성미까지 갖추고 있어 '인간이란 이분처럼 늙어야 한다'라는 생각이 절로 들게 하는 사람이다. 그렇다고 결코 격식에 치우치기만 하는 노인은 아니다. 개구쟁이 삼총사마저도 만난 지 얼마 안 되어서 노부인을 '할머니'라고 부르며 친손자처럼 따랐다.

우리가 식사를 마칠 무렵 다케나카 부인이 삼총사를 데리고 왔다.

"할머니. 오늘요, 오빠가요."

"아니에요. 유미가 바보야. 진짜예요, 할머니."

아이 세 명이 오다 여사 앞에 우르르 몰려와 두서도 없는 말을 각자 떠들어댔다. 오다 여사는 그 셋이 늘어놓는 말 하나하나에 미소로 답하며 고개를 끄덕였다. 흔히 보이는 자상한 할머니의 모습이다.

나는 다케나카 부인을 슬쩍 살펴보았다. 언제나처럼 온화하게 미소 지을 뿐 별다른 점은 없어 보였다.

"얘들아, 너희도 저녁 먹어야지. 이제 엄마한테 가렴."

오다 여사가 삼총사를 다케나카 부인에게 보냈다.

"너희들, 뭐 먹을래?"

"새우는 별로던데……."

다케나카 부인이 아이들에게 메뉴를 묻자 유코가 불쑥 끼어들어 불평했다.

"새우는 지금 제철이 아니어서 요즘 나오는 건 전부 냉동식품이니까요."

오다 여사가 탐탁지 않다는 표정으로 한마디 거들었다.

"엄마, 냉동이 뭐예요? 유령이랑 관계있어요?"

이치로가 물었다.

"냉동이란 아주 차갑게 만들어서 얼리는 걸 말하는 거란다."

다케나카 부인은 메뉴판에서 눈을 떼지 않은 채 답했다.

"얼리면 어떻게 되는데요?"

"그럼 오랫동안 상하지 않아."

"얼리면 차갑잖아요. 차가워지면 어떻게 먹어요?"

"데워서 먹는 거지. 그럼 원래대로 돌아와."

"우아, 신기하다. 썩지도 않고요?"

"응. 안 썩어. 꽤 긴 시간 동안."

"100년이 지나도요?"

"그 정도까지는 아니고. 이제 밥 먹자. 뭐 먹을래?"

"이 호텔의 요리 대부분이 냉동이라던데요. 주방에 무지막지하게 큰 냉장고가 있더군요."

모리야마가 끼어들었다.

"그렇겠군요. 냉동이 아니고서야 이렇게 매일 똑같은 맛이 나는 요리를 내지 못하겠죠."

오다 여사가 고개를 끄덕이며 말했다.

"효율을 생각하면 그 수밖에 없을 거예요. 음식 수준만 괜찮다면 소수에게 소량의 고급 음식을 공급하는 것보다 다수에게 대량의 음식을 제공하는 것도 괜찮겠죠."

과연 은행원다운 생각이다. 모리야마의 의견에 오다 여사도 한마디 하려는데 이치로가 끼어들었다.

"그런데요, 공급이 뭐예요?"

"남편분은 언제 오세요?"

유코가 아이의 질문을 무시하고 화제를 돌려 다케나카 부인에게 물었다.

"글쎄요. 모레나 되어야 올 듯해요. 워낙 바쁜 양반이니까요."

사업가라는 다케나카 부인의 남편은 세계 여기저기를 돌아다니는 중이다. 지금도 유럽에 있다는데 정확히 어느 나라에 있는지는 부인도 모른다고 했다.

나와 유코는 먼저 자리에서 일어났다.

"유코, 한잔하러 갈까?"

"좋지. 나는 화장실에 들렀다 갈 테니까 먼저 가 있어."

나는 레스토랑 안쪽 문을 지나서 바에 들어갔다. 카운터에서 위스키 원액에 물을 넣어 희석한 칵테일을 주문하고 편안하게 앉아서 유코를 기다렸다.

"우노 경감님 아니십니까?"

귀에 익은 목소리였다. 돌아보니 50대 안팎으로 보이는 몸집이 작은 백발의 남자가 서 있었다.

"혹시 저를 기억하십니까?"

"기억 못 할 리가 있나. 목소리만 듣고 바로 알았네."

"그렇게 말씀해주시니 기분 좋은데요. 그나저나 이게 얼마만입니까."

"이런 곳에 있는 걸 보니 열심히 살고 있나 보군."

"경감님 덕분입니다."

그는 내 옆에 걸터앉았다.

"만나 뵙게 되면 꼭 감사 인사를 드리고 싶었습니다. 그간 경감님께서 저를 믿어주신 것을 생각하면 고마워서 몸 둘 바를 모르겠습니다. 예전에 한 호텔에서 오래전부터 알고 지낸 형사를 만났는데 그 사람은 절 의심했어요. 제가 예전 버릇을 못 고친 줄 알고 호텔 측에 제 전과를 다 말해버리는 바람에 결국 호텔에서 쫓겨났습니다. 한데 경감님은 제가 마음을 다잡고 난 후부터 한 번도 저를 의심한 적이 없으셨지요. 그 점 정말 감사드립니다."

이 남자의 이름은 다쓰미 겐키치. 일명 '다쓰'라고 불리는 자로 한때 전설적인 소매치기였다. 신출내기 형사 시절 이 남자를 3개월 동안 끈질기게 쫓아서 체포에 성공했는데 그 일을 계기로 안면을 트게 되었다. 범죄자였는데도 다쓰한테서는 장인의 기품이 느껴졌다. 부자나 악한 자들만을 소매치기 대상으로 삼는 반골 기질도 있었기에 관심을 갖고 그를 지켜보았다. 그 후 몇 년 동안 다쓰는 소매치기 생활을 청산하고 갱생에 힘을 쏟았다. 그는 뛰어난 손재주를 살려 금세공 장인으로 거듭났다.

"자네가 기분이 좋건 말건 내 알 바 아니네만."

나는 무덤덤하게 대답했다.

"집사람 장례식에 화환을 보내줘서 고맙다고 언젠가 꼭 인사를 해야겠다고 생각했어."

"제가 보낸 줄 아셨습니까?"

"꽃을 보낸 사람의 이름이 없는 걸 보고 한 번에 알았어."

"사모님께서 항상 마음 써주셨으니까요. 장례식에 가고 싶었지만 전과범이 가면 경감님께 폐만 끼칠 거 같았습니다."

"그리 신경을 써주다니 고맙네. 부인과 겐지 군은 잘 지내고?"

"네. 겐지는 이제 저보다도 키가 커요."

다쓰는 흐뭇한 미소를 머금은 눈으로 말을 이어갔다.

"그러다 보니 아이와 서서 대화하기가 편하지 않습니다. 아버지의 위엄도 안 서고요. 그래서 가능하면 앉아서 얘기하려고 합니다."

"벌써 그렇게 컸군."

"경감님께서는 여기에 일 때문에 오셨습니까?"

"아니, 휴가차 왔네."

"그렇습니까? 전 공갈 협박범을 쫓아오신 줄 알았습니다. 하하하."

"공갈 협박범이라니?"

"카운터 제일 안쪽에 앉은 남자 말이죠."

흘끗 곁눈질해보니 그곳에는 아까 낮에 테라스에서 본 알로하셔 츠의 남자가 있었다. 지금은 흰 셔츠를 입었지만 선글라스는 그대로다.

"다쓰, 아는 사람인가?"

"네, 어찌어찌하다 알게 된 사이입니다. 이로누마라는 남자인데 아주 질이 나쁜 녀석입니다. 공갈 갈취 전문이라 주부들을 여럿 울렸습니다. 용서 못 합니다."

다쓰는 화가 났는지 위스키를 단숨에 들이켰다.

"경감님은 혼자 오셨습니까?

"응? 뭐, 그렇지."

"그렇군요. 음, 괜한 참견일지도 모르겠습니다. 경감님께서는 아직 괴로우신가 보군요. 경감님은 아직 젊으신데 새로운 사람도 좀 만나보시죠. 제 마누라도 항상 안타까워합니다. 여생을 혼자 살기에는 아깝다고요."

"마음은 고맙게 받겠네."

"나쁜 일은 아니니까요. 경감님, 한번 생각해보세요."

"어머, 손님이세요?"

때마침 화장실에서 돌아온 유코가 나와 다쓰를 보고 말을 걸었다. 다쓰는 어리둥절해했다. 갑자기 나타난 괴수라도 본 듯한 표정으로 밝은색 폴로셔츠에 통이 넓은 반바지를 입은 유코를 뚫어져라 쳐다봤다.

"아, 유코, 인사드려. 이분은 오래된 지인 다쓰미 씨라고 해. 다쓰, 이 아가씨는, 그러니까……."

"처음 뵙겠습니다."

내가 어물거리는 사이 유코가 상냥하게 인사를 했다.

"저는 우노 씨의 여자 친구 나가이 유코예요."

"아……"

다쓰는 멍한 표정을 지으며 나와 유코를 번갈아 보더니 픽 하고 웃음을 터뜨렸다.

"경감님! 이렇게 아리따운 애인을 두고서 숨기시다니 성격 한번 고약하십니다. 능력 있으신데요. 전 이만 물러가야겠습니다."

다쓰의 뒷모습을 보며 유코가 물었다.

"나 눈치 없게 군 거 아니지?"

"아니야, 딱히……"

나는 헛기침을 한 번 하고 "뭐 마실래?" 하고 물었다.

2

"돈을 뜯어내는 공갈범이란 말이지."

유코는 진피즈가 든 유리잔을 좌우로 천천히 기울이며 고개를 끄덕였다. 얼음이 컵에 부딪히며 맑은 소리를 냈다.

"다케나카 부인이 돈을 뜯긴 걸까?"

"그렇지 않을까. 낮에 봤을 때부터 이상하다 생각했어. 아저씨는 안 그랬어?"

"넌 뭐가 이상한데?"

"이로누마라고 했던가? 하여간 그 사기꾼이 테라스에서 다케나카 부인을 쳐다보려고도 하지 않았잖아. 아는 사이고 우연히 마주친 거라면 당연히 인사라도 나눴을 텐데 말이야. 설령 부인을 몰랐다고 해도 이로누마가 부인을 쳐다보지 않았을 리가 없어."

"꽤 미인인데 말이지."

"그러니까 말이야. 아니면 나 때문에 못 본 건가? 내가 워낙 미인이라 부인이 눈에 안 띄었을지도 모르겠네."

"그런가?"

"이의 있습니까?"

"아니야, 이의는 무슨……."

나는 당황하며 고개를 저었다.

"아저씨, 아무튼 이로누마는 다케나카 부인을 보고도 일부러 못 본 척했다는 말이잖아. 아하, 그런 식으로 나타나 무언의 협박을 하나 보네."

"그런데 다케나카 부인은 유명한 사업가의 사모님이야. 그런 사람을 이로누마 같은 사기꾼이 대체 무슨 일로 협박하는 거지?"

"누구에게나 과거는 있는 법이지."

유코는 자못 진지한 표정을 짓고 연극에나 나올 법한 대사를 낭독하듯이 말했다.

"너도 있어?"

"나도 엄청 많지."

"어떤 과거인데?"

유코는 갑자기 목소리를 낮추고 말했다.

"나 말이야, 사실은 우주인이야."

유코와 시시껄렁한 농담을 주고받고 있는데 이로누마가 카운터에서 일어나 우리 뒤를 지나갔다.

"아저씨, 우리 저 사람 뒤를 밟아보자."

"왜?"

"지금 몇 시야?"

나는 손목시계를 봤다.

"딱 여덟 시야."

"아저씨, 생각해봐. 여덟 시 정각에 바를 나가는 건 좀 수상하지 않아? 어지간히 보고 싶은 TV 프로그램이라도 있는 게 아니고서야."

"아니면 어디서 누군가를 만난다든지."

"정답!"

유코는 진피즈를 쭉 들이켰다.

레스토랑에 돌아오니 아니나 다를까 다케나카 부인이 자리에서 일어나는 참이었다. 세 아이들은 오다 여사가 들려주는 이야기에 귀를 쫑긋하고 집중하고 있었다. 우리는 다케나카 부인이 어떻게 행동하는지 지켜봤다. 그녀는 화장실 쪽으로 걸어가는 척하더니 중간에 빠르게 발걸음을 돌려 출구로 모습을 감췄다.

다케나카 부인을 따라 매점과 물품 보관소가 있는 로비로 나왔다. 그녀가 해안을 향하는 계단으로 서둘러 가는 모습이 보였다. 우리도 뒤를 쫓아 로비를 가로질러 계단을 내려갔다. 짧은 통로를 지나니 바로 모래사장이 나왔다. 파도가 철썩이는 소리가 들리고 비릿한 바다 냄새가 코를 찔렀다. 부인의 모습이 보이지 않는다. 놓쳤나 보다.

여덟 시가 훨씬 넘어 달이 환하게 밝았다. 모래가 희끄무레하게 빛났고 물마루에 달이 부서졌다. 어떤 커플은 팔짱을 끼고 또 다른 이들은 손을 맞잡거나 서로의 어깨를 감싸고는 저마다의 산책을 즐기고 있었다. 우리도 팔짱을 끼고 해변을 거닐면서 다케나카 부인을 찾았다. 해변에 달이 환하게 떴지만 얼굴을 분간할 정도로 밝진 않았다. 한참을 걷다가 결국 찾기를 포기했다.

"돌아갈까?"

"그래. 그게 낫겠어. 아저씨, 로비에서 부인을 기다려보자."

로비 소파에 앉아 기다린 지 5분 정도 지났을까. 이로누마가 계단을 올라와 빠른 걸음으로 엘리베이터 앞으로 갔다. 곧 문이 열리고 그의 모습은 사라져버렸다. 다케나카 부인이 올라온 것은 그로부터 5분 후였는데 낮과 마찬가지로 얼굴이 새파랗게 질려 있었다. 그녀는 우리도 알아보지 못하고 로비를 가로질러 갔다.

"저 둘이 만난 게 틀림없어."

"맞아. 아저씨, 우리가 도울 일이 있을까?"

"공갈 협박을 한 게 확실하다면야 무슨 조치를 취할 텐데."

"그러게……."

유코가 미간을 좁히며 생각에 빠졌다.

"있잖아, 아까 바에서 만난 그 사람."

"다쓰 말인가?"

"응. 그 사람은 어떤 사람이야?"

"어떤 사람이냐니. 지인이라고 했잖아. 오래전부터 알던 사이야."

"에이, 그냥 아는 사람으로는 안 보였는데."

나는 난처한 웃음을 지었다.

"너는 분명 어릴 때부터 과자를 어디다 숨겨놨는지 다 찾아내는 천재였을 거야."

내가 다쓰에 대해 이야기하니 유코는 눈을 반짝였다.

"굉장해! 나를 제자로 받아줄까?"

"금세공을 배우겠다고?"

"바보. 그게 아니라 소매치기!"

나와 유코는 명탐정에게 소매치기 기술이 필요한지 아닌지에 대해 한참을 이야기했다. 결론이 나지 않아 그 얘기는 나중에 다시 하기로 하고 다시 다케나카 부인 건으로 돌아왔다.

"그 사람의 힘을 빌리는 건 어때? 이로누마 같은 사람을 다루는 데에는 능숙할 거 아니야."

"그렇군. 내가 부탁하면 아마 들어줄 거야. 내일 얘기해볼게."

"저 개구쟁이 삼총사 일당을 위해서라도."

유코가 환한 미소를 지으며 말했다.

"자, 그럼 어떻게 할지는 정했으니까 다시 모래사장을 걸을까?"

「빨간 두건」 이야기를 모르는 사람은 드물 것이다. 샤를 페로의 「빨간 두건」에서는 빨간 두건을 쓴 소녀가 늑대에게 잡아먹히는 반면, 그림 형제나 월트 디즈니 판 「빨간 두건」에서는 사냥꾼이 등장해 순식간에 늑대를 해치운다. 샤를 페로 판은 결국 침대 속의 늑대를 어서 눈치채라는 지극히 현실적인 교훈을 준다. 그에 비해 그림 형제나 월트 디즈니 판은 기회주의의 극치를 보여준다.

나는 해변에서 유코를 안고 입을 맞췄다. 이제야 술기운이 도는 건가. 평소의 나라면 어림도 없는 일이다. 유코는 얌전히 받아들였다. 이곳에서 우리는 방을 따로 썼기 때문에 매일 밤 복도에서 인사를 하고 헤어졌다. 오늘 밤만은 같은 열차를 타고 뜨거운 밤을 보낼 듯하다.

나는 엘리베이터를 타고 6층으로 올라가 내 방문을 열고 자연스럽게 유코를 안으로 들여보냈다. 좀 전에 말한 「빨간 두건」 이야기로 치면 우리 중 누가 늑대이고 누가 빨간 두건일까. 누가 누구이건 중요치 않다.

유코는 양팔을 내 목에 감고 장난기 가득한 눈으로 나를 바라봤다.

"남자는 다 늑대야."

"난 늑대가 아니라 불쌍한 어린 양이야."

"거짓말쟁이. 온천에서는 그렇지도 않았잖아."

"그랬었나?"

"하여간 엉큼하다니까."

뜨거운 입술이 내 입술을 덮쳤다. 내 팔 안에서 부드러운 젊은 몸이 숨 가쁜 듯이 호흡했다.

"침대까지 안고 가줘."

유코가 속삭였다. 나는 기세 좋게 그녀를 안아 들었다. 그러나 내가 연출한 장면은 외국 영화에서 봐온 모습과는 영 딴판이었다. 한 발 한 발 힘겹게 발걸음을 옮겨 가까스로 유코를 침대에 내려놓았다.

"영 미덥지 않네."

"아냐. 준비운동을 안 해서 그래."

나는 숨을 헐떡이면서 잘나지도 않은 자존심을 내세웠다.

영화라면 이 시점에서 페이드아웃으로 넘어가겠지. 영화 같은 장면을 연출하려 했는데 감독의 무정한 '컷!' 소리가 우리 사이를 비집고 들어왔다. 누군가 노크를 한 것이다. 대꾸하지 않으면 그냥 가겠거니 했는데 노크하는 사람도 멈출까 보냐 시위하듯 집요하게 두드렸다.

"나가봐, 아저씨. 손님이 왔나 본데."

"누구지? 올 사람이 없는데."

"다른 여자랑 데이트 약속이라도 한 거 아니야?"

유코가 짓궂게 놀려댔다.

나는 마지못해 문을 열었다.

"아저씨, 안녕하세요."

개구쟁이 삼총사 중 유미와 지로가 서 있었다.

"오, 얘들아. 이 밤중에 무슨 일이야?"

"우리 게임하면서 놀아요!"

지로가 졸랐다.

"엄마는 나가고 없단 말이에요."

유미가 덧붙였다.

"음, 아저씨가 지금 좀 바쁜데."

"앗! 누나도 있다!"

지로가 유코를 발견하고는 반가워하며 방으로 뛰어들었다. 이러면 어쩔 도리가 없다.

"이치로는 어디 있어?"

유코가 물었다.

"게임 센터에 있어요."

"엄마는 어디 가셨니?"

"몰라요."

나와 유코는 눈빛을 교환하고는 고개를 끄덕였다. 다케나카 부인은 이로누마를 만나고 있는 게 틀림없다.

"자, 우리도 게임하러 갈까!"

유코가 지로의 손을 잡고 일어섰다.

게임 센터는 1층에 있다. 좁은 공간에 총 쏘기 게임과 축구 게임, 미니 볼링 따위의 기계들이 늘어서 있다. 여기서 삼총사와 한 시간을 보냈다. 이미 어마어마한 액수의 동전을 다 써버렸다. 슬슬 지쳐갈 즈음 다케나카 부인이 세 아이를 찾으러 왔다. 나와 유코에게 몇 번이고 고개 숙여 감사를 표하고 아이들을 데려갔다. 다케나카 부인의 눈은 빨갛게 충혈된 채였고 뺨에는 눈물 자국이 역력했다.

"또 그 남자한테 불려 갔던 걸까."

"아마 그렇겠지."

유코가 낮은 목소리로 말했다.

"그자랑 뭔가 있어."

"무슨 일? 설마……."

"부인이 머리를 묶은 리본, 아까 저녁에 봤을 때랑 매듭이 달랐어."

그 말을 듣자 울컥하고 화가 치밀었다.

"무슨 조치를 취해야겠어."

유코는 무언가를 곰곰이 생각하는 모습이었다. 우리는 6층으로 돌아왔다.

"어떻게 할래?"

방 앞에서 내가 물었다.

"오늘은 내 방에서 잘래."

"알았어."

"아저씨, 잘 자. 미안해."

"괜찮아, 잘 자."

유코는 자기 입술에 댔던 손가락을 내 이마에 가볍게 대고는 자기 방으로 들어갔다. 마치 어린 학생 커플 같다. 나는 아무도 없는 복도에서 괜히 멋쩍어서는 서둘러 내 방으로 들어갔다.

3

다음 날도 눈이 부실 정도로 햇살이 강했다. 1층 라운지에서 햄에그와 토스트, 오렌지주스를 아침으로 먹었다. 식사 후 유코는 수영복으로 갈아입겠다며 방으로 올라갔다. 나는 혼자 모래사장으로 나왔다. 조금 전에 다쓰가 나가는 걸 우연히 봤기 때문이다.

아홉 시가 조금 지났을 뿐인데 벌써 땀이 흐를 정도로 햇볕이 뜨거웠다. 아직 달궈지지 않은 모래가 발을 시원하게 감싸자 기분이 좋아졌다. 아직 해변은 한적하다. 휴양의 여유란 게 이런 걸까. 다들 밤늦게까지 실컷 노느라 아침에는 이렇듯 늘어지게 늦잠을 잔다.

나는 파도가 치는 모래사장에서 다쓰의 모습을 발견하고 깜짝 놀랐다. 다쓰와 개구쟁이 삼총사가 함께 놀고 있는 게 아닌가!

"어, 경감님. 안녕하세요."

다쓰가 나를 발견하고 인사했다. 스포츠 셔츠를 입고 맨발에다 양복바지라니. 바지는 무릎까지 접어 올렸다. 참으로 어울리지 않는 차림새인지라 나도 모르게 웃음이 터졌다.

"좋은 아침이군."

"아저씨, 안녕하세요."

이치로가 나를 알아보고 인사했다.

"우노 아저씨, 이 아저씨 엄청난 마술사예요."

"뭐? 마술 아니야. 봐봐, 이런 거야."

다쓰가 웃으며 손바닥을 내밀었다. 거기에는 작은 연분홍색 조개 껍데기가 얹어져 있었다. 다쓰는 눈이 쫓아가지 못할 빠른 속도로 손가락을 움직였다. 조개껍데기는 눈 깜짝할 사이에 나타났다가 사라졌다. 손가락 사이를 빠져나가서 손등 위를 달리는가 싶더니 순식간에 다시 손바닥에 돌아왔다. 소매치기로 이름을 날릴 때에 하늘이 내렸다고 일컬어지던 손재주다. 나도 모르게 침을 삼켰다.

"훌륭한 솜씨군. 다쓰, 잠시 할 말이 있는데."

"저하고요? 알겠습니다. 얘들아, 이만 엄마한테 가봐라."

삼총사는 파도를 발로 차면서 달려갔다.

"일찍 일어나셨군요, 경감님"

다쓰는 능글맞게 웃으며 말했다.

"왜? 일찍 일어나면 안 되나?"

"아닙니다. 그런 혈기 넘치는 아가씨가 상대라면 아침에는 하품만 나올 텐데요."

"그만하지. 그런 거 아냐."

"뭐, 그렇다 치죠."

"그보다 다쓰, 방금 그 애들 엄마를 알아?"

다쓰는 잠시 뜸을 들인 후 대답했다.

"아니요. 근데 그건 왜 물으십니까?"

"어제 자네가 말한 '돈 뜯는 나쁜 놈' 때문에 한 가지 부탁이 있는데 말이야."

"심각한 일인가 보군요. 말씀해보시지요."

다쓰는 진지한 표정을 지었다.

나는 다쓰와 모래사장에 나란히 앉아서 정황을 설명했다.

"이런 일이야. 어때? 이로누마라는 남자한테 한번 접근해보겠어?"

"좋습니다."

"너무 깊이 관여하지 않게 주의하고."

"걱정 붙들어 매십쇼. 저도 전직 소매치기 아닙니까. 끼리끼리는 말이 통하니까요. 요령껏 캐내보겠습니다."

다쓰는 그렇게 말하고는 자리에서 일어섰다.

"프런트에서 방 번호를 물어……"

내가 말을 끝내기도 전에 다쓰가 손을 저었다.

"경감님, 그런 녀석들이 있는 곳은 이 코가 금방 냄새를 맡습니다. 금세 알아낼 수 있습니다."

다쓰는 그 나이에 어울리지 않는 가벼운 발걸음으로 호텔로 돌아갔다.

다쓰와 바통 터치라도 하듯이 바로 유코가 왔다. 비키니 수영복에 큰 수건을 어깨에 걸쳤다.

"다쓰 씨는 찾아봤어?"

"이미 만나서 이야기까지 마쳤어."

"벌써? 그럼 우리는 수영하면서 기다리자. 얼른 수영복으로 갈아입고 와."

"아침부터 수영하자고?"

"당연하지, 배 나온 영감님."

유코는 수건을 내게 던지고는 몸을 앞뒤 좌우로 굽혔다 폈다 하면서 굳은 근육을 풀고 바다로 들어갔다. 아침 햇살을 받아 반짝거리는 바다로 유코의 몸이 미끄러지듯 빠져들었다. 그 순간 곱게 탄 유코의 어깨와 등이 탱탱함을 뽐내며 빛났다. 그 모습이 아찔할 정도로 에로틱하게 보여 새삼스럽게 어젯밤이 아쉬워졌다. 아, 다시 생각해도 안타깝다, 안타까워!

우리는 열 시 반까지 수영을 하고 방으로 돌아와 샤워를 했다. 열한 시에 카페에서 다시 다쓰를 만났다.

"방금 만나고 왔습니다."

다쓰가 대수로운 일도 아니라는 듯이 말했다.

"벌써요?"

유코의 눈이 휘둥그레졌다.

"어두운 세계 사람들끼리는 나름대로 통하는 게 있어서요. 게다가 그쪽도 저를 기억해서 이야기가 쉽게 끝났어요."

"그래서 알아보니 어떤 상황이었어?"

"네, 그게 말이죠. 제가 '그 여자 등쳐먹는 거 다 안다. 나도 같이 재미 좀 보자'고 했지요. 이로누마 녀석, 처음에는 머무적거리더니 결국 저도 끼워주기로 했습니다."

"역시 자네야. 굉장하군."

"치켜세우지 마세요. 그 녀석 말이 '그 여자는 상당히 괜찮은 돈줄이다. 그 여자만 잡으면 당분간은 걱정할 일이 없지'라더군요. 화가 났지만 꾹 눌러 참았습니다. 오늘 밤 여자가 돈을 건네주기로 했다기에 같이 가기로 했습니다."

"어디에서 만나기로 했나?"

"오늘 자정에 해변 구석의 바위 뒤쪽에서 보기로 했습니다. 경감님, 어떻게 하실 겁니까?"

나는 잠시 고민했다.

"어떻게 해야 할까. 다쓰, 그 녀석을 협박해볼까?"

다쓰는 히죽 웃었다.

"그게 좋을 겁니다. 한 꺼풀 벗기면 배짱이라곤 없는 소심한 악당이니까요. 경찰인 경감님께서 노려보시기만 해도 무서워서 벌벌 떨걸요."

"적어도 이 호텔에서는 도망가겠지. 나는 나대로 휴가가 끝나면 녀석을 철저하게 파헤쳐보겠어. 그 녀석을 잡아넣을 만한 단서가 나오겠지."

"좋은 계획이에요. 게다가 오늘 밤은 저도 있으니까 더할 나위 없습니다. 저는 벌벌 떠는 척하겠습니다. 경감님이 귀신도 잡는 경감이라면서 녀석한테 잔뜩 겁을 줄 겁니다."

"나처럼 부처님 같은 얼굴로도 그게 통할까?"

"지금 둘이서만 뭐 하는 거야? 날 잊어버린 거야? 나도 끼워줘."

유코가 끼어들었다.

"네? 아가씨도 오시려고요?"

다쓰가 놀란 눈으로 유코를 쳐다봤다.

"어머, 무슨 섭섭한 말씀이세요. 이 사람 나 없으면 아무것도 못한다고요. 그렇잖아?"

나는 못 들은 척하며 물을 들이켰다.

"그보다 다쓰 씨가 우리랑 같이 있는 모습을 이로누마가 보면 안 되잖아요."

유코가 라운지를 두리번거리며 말했다.

"안심하세요. 녀석은 어딘가로 구경 나간다고 했습니다."

"좋아. 그럼 구체적으로 계획을 짜보자고."

나는 자세를 고쳐 앉았다.

11시 40분. 오늘 밤 해변도 커플들의 실루엣으로 가득 찼다. 나와 유코는 다쓰가 일러준 바위가 있는 쪽을 향해 모래사장을 가로질러 갔다. 도착한 장소는 한쪽은 바다를 향해 바위가 뻗어 있고 다른 한쪽은 모래사장에서 언덕으로 이어진 경사면으로 되어 있다. 그 덕분에 완전히 폐쇄적인 공간이 만들어져 호텔 쪽에서는 물론이고 물가에서도 눈에 띄지 않는다.

"밀회 장소로는 안성맞춤이네."

유코가 흥미로워했다.

"어, 여깁니다. 경감님."

다쓰가 이미 와서 기다리고 있었다.

"이로누마 녀석은 아직 안 왔나?"

"네. 그런 녀석들은 꼭 늦게 나오기 마련이죠."

"왜요?"

유코가 궁금해했다.

"돈 뜯어낼 상대를 안절부절못하게 해서 심리적으로 불안하게 만드는 전략이 몸에 배었거든요."

"추잡하네요."

유코가 눈썹을 곤두세웠다.

"경찰이 잠복했는지 본능적으로 경계하는 게지요. 그럼 두 분은 이 바위 위에서 상황을 봐주십시오."

아무리 달빛이 환하다고 해도 밤은 어두운 법이다. 깜깜한 밤에 내 키의 두 배는 됨직한 바위에 오르느라 어지간히 애를 먹었다. 다 올라가서는 배를 깔고 엎드려서 아래쪽 상황을 살폈다.

"유코, 지금 몇 시지?"

"11시 55분."

"다케나카 부인은 벌써 온 거 아닐까?"

"쉿, 조용. 누가 왔어."

이쪽을 향해 모래사장을 가로지르는 사람 그림자가 보였다. 다케나카 부인으로 보기에는 몸집이 조금 작다고 생각하는 찰나 달빛이 그 얼굴을 비췄다.

"뭐야, 오다 씨잖아?"

유코가 목소리를 낮춰 말했다. 달밤에 큰맘 먹고 산책이라도 나온 건가. 오다 여사는 우리가 있는 쪽으로 천천히 다가왔다.

"어머, 이런 데서 만나네요."

여사는 중간에 다쓰를 발견하고는 먼저 인사를 건넸다.

"달빛이 참 멋지지요."

"네……."

다쓰는 당황해서 말을 얼버무리며 우리 쪽을 힐끗 올려다보았다.

"성함이 다쓰미셨죠?"

"네. 맞습니다."

"마술 솜씨가 굉장하다던데요. 그 아이들이 전해주더군요."

"별거 아닙니다."

"기회가 된다면 한번 보여주세요. 그나저나 산책 나오셨나 봐요?"

"아니요. 사람을 만나기로 약속해서요."

"아, 달밤의 로맨스. 멋지군요!"

오다 여사는 눈을 반짝였다.

"아닙니다. 그런 게 아닙니다."

다쓰가 당황했다.

"달에 맹세하지 마요. 날마다 모양을 바꾸는 지조 없는 달, 변덕 부리는 달처럼 당신의 사랑이 변하면 큰일인걸요."

"로미오와 줄리엣이야."

오다 여사가 읊조리는 것을 듣고 유코가 속삭였다.

"아직 젊으니 좋겠네요."

오다 여사는 다쓰의 어깨를 한 번 두드리고는 가버렸다. 다쓰는 오다 여사의 뒷모습을 망연히 바라봤다.

"'그 여자'가 오다 씨라면 이거 이야기가 달라지겠는데. 다쓰와 함께 세운 계획이 의미 없을지도 모르겠어."

"뭔가 이상해. 이미 오고도 남을 시간인데……."

유코가 목을 길게 빼고 내 손목시계를 들여다봤다.

자정을 넘어 10분, 15분이 지나도 다케나카 부인은 모습을 보이지 않았다. 더 이상한 건 사기꾼 이로누마도 모습을 드러내지 않았다는 점이다. 우리는 바위에서 모래사장으로 내려왔다.

"이상하네요. 내게 말도 안 하고 장소를 바꾸지는 않았을 텐데요."

다쓰가 고개를 갸우뚱했다.

"그 녀석의 방을 한번 살펴보자."

우리는 호텔로 돌아와 10층으로 올라갔다. 이로누마는 1012호실에 묵고 있다. 복도 가장 안쪽에서 우측에 있는 방으로 인적이 드문 곳이다. 노크를 했지만 반응이 없다. 손잡이를 돌려보니 문이 잠겨있다. 당연하다. 호텔 문들은 닫으면 자동으로 잠긴다.

"열어볼까요?"

다쓰가 내 대답을 기다렸다.

"음. 별도리가 없군. 열어보게."

나는 마지못해 수긍했다.

"그럼 아가씨, 머리핀 하나만 빌려줄래요?"

유코가 머리핀을 하나 빼서 건넸다. 다쓰는 양손을 몇 번 꺾어 풀고는 손잡이 앞에 앉았다. 간만에 솜씨를 발휘할 참이었다.

호텔 객실의 문을 여는 일 따위는 다쓰에게는 식은 죽 먹기다. 내가 누군가 오지 않을까 복도를 두세 번 둘러보는 동안 찰칵 소리를 내며 문이 열렸다.

"허울만 그럴 듯한 문이구먼, 이놈은."

다쓰는 허술한 잠금장치가 맘에 안 드는 눈치다.

방 안에는 불이 켜져 있었다. 이 호텔에서 가장 등급이 높은 곳으로 넓기도 하거니와 응접실까지 따로 있다. 오른쪽에는 욕실 문이 있고 정면에는 유리문에 작은 발코니가 딸렸다. 욕실 안까지 살펴봤지만 이로누마는 어디에도 없었다. 그때 유코가 떨리는 목소리로 우리를 불렀다.

"이리 좀 와보세요. 여기에 있어요."

유코는 유리문 앞에 서서 발코니를 보고 있었다. 나와 다쓰는 그리로 달려가 유코의 어깨 너머로 목을 내밀었다. 이로누마가 가운 차림으로 발코니 의자에 움츠린 채 앉아 있었다. 뭔가 이상했다. 나는 유리문을 열고 발코니에 나가서 꼼짝도 하지 않고 앉아 있는 이로누마를 살짝 밀어보았다. 그러고는 손목의 맥을 짚었다.

"죽었어?"

유코가 물었다.

"더 이상 이 녀석한테 압력을 가할 필요가 없겠어. 그리고 그 누군가도 이제 이 녀석한테 돈 뜯길 걱정을 하지 않아도 되겠군."

4

"경감님은 어떻게 생각하십니까?"

"내가 한마디 하지."

나는 한숨을 한 번 내쉬고 말을 이었다.

"나는 어디까지나 휴가로 여기에 온 걸세. 부탁이니 '경감님'이란 말은 삼가주지 않겠나?"

"알겠습니다, 경감님."

후카쿠사라는 이 지역 형사는 처음에는 건방지게 굴더니 내가 경시청 경감이라는 사실을 알고 나서부터는 등에 대나무 막대라도 넣은 듯 몸을 빳빳하게 세우고 격식을 차렸다.

이제 곧 동이 틀 시간이다. 이로누마의 시체를 발견하고 지배인이 경찰에 연락하기까지 몇 시간 동안은 전쟁터를 방불케 할 만큼 정신없었다.

경찰을 부르기 전에 먼저 한 가지 확실히 해둬야 했다. 우리가 아는 걸 어디까지 경찰에게 말할 것인가.

경찰로서 나는 수사를 위해서는 당연히 모든 정보를 제공해야 한다고 주장했다.

"안 돼. 절대 안 돼."

유코가 완강하게 반대했다.

"어째서 반대하는 거야?"

"모든 걸 다 말하면 다케나카 부인 얘기도 하려고? 그러면 경찰은 다짜고짜 다케나카 부인부터 데려갈걸."

"추리소설에 나오는 경찰과는 달라. 그렇게 단순하게 움직이지 않는다고."

"그래도 주요 참고인으로 불려 갈 게 뻔해. 그러면 부인이 돈을 뜯겼다는 과거까지 드러난다고. 어쩌면 부인이 난처한 상황에 놓이게 될지도 몰라."

"그럴지도 모르지만……."

"만약 부인이 범인이 아니라면 어쩔 건데. 수사에는 아무 도움도 없이 애먼 사람만 잡는 셈이잖아."

"알겠어. 그런데 만약 나중에 우리가 정황을 알면서도 모른 척했다는 사실이 알려지면 난 바로 해고야."

"나만 믿어. 내가 아저씨를 책임질게."

퍽이나 믿음직스러운 말씀이다. 그녀는 어디에도 고용되지 않았으니 해고당할 염려가 없다. 그러니 저리도 쉽게 말하는 것이겠지.

어쨌든 그렇게 말을 맞추고 나는 유코와 다쓰를 방으로 돌려보낸 후 프런트에 전화를 걸었다. 전과범이 사건에 얽히면 경찰은 곧장 그 사람부터 의심하기 마련이므로 다쓰가 눈에 띄는 것은 좋지 않다. 경감인 내가 아무리 그가 결백하다고 주장해도 이 지역 경찰에게는 통하지 않을 테니.

경찰이 우리에게 왜 이렇게 늦은 시간에 이로누마를 방문했는지 물으면 이로누마가 바에 두고 간 담배 케이스를 전해주러 왔다고 말할 참이다. 처음에는 늦은 시간에 그를 찾아갔다는 사실이 오히려 더 의심을 사지 않을까 걱정했다. 그러다 다시 생각해보니 호텔이라는 곳은 심야에도 사람들이 많이 오가기에 괜찮겠다 싶었다. 하물며 경시청 경감이 한 말인데 그들이 믿지 않고 배길 수 있으려나. 문은 살짝 열려 있었다고 할 생각이다. 닫히면 문이 잠겨서 밖에서는 열쇠 없이 열지 못하니까 열려 있던 셈 치기로 했다. 다쓰의 능숙한 솜씨를 보건대 열쇠 구멍에는 눈에 띨 정도의 흠은 남아 있지 않을 테니까.

신고하고 나서 15분 정도 후에 경찰과 감식반 팀이 도착해 나에게는 익숙한 순서로 사건을 처리해나갔다.

후카쿠사 형사는 30대 중반으로 작은 체구에 포동포동 살이 오른 혈색이 좋은 남자였다. 아직 잠에서 덜 깬 듯이 눈을 비비며 사건 현장을 돌다가 방 한쪽 구석에서 무뚝뚝한 말투로 나를 심문했다. 드라마 사이사이에 나오는 TV 광고도 아니고 심문하는 도중에 1분마다 크게 하품을 해대는 폼이 파리지옥이 잎을 쩍 벌리는 것 같다.

하지만 그런 모습도 내가 경감이라는 신분을 밝히기 전까지였을 뿐이다. 후카쿠사 형사는 반신반의한 눈초리로 내가 내민 신분증을 뚫어져라 보더니 벌떡 일어섰다.

"실례를 범했습니다, 경감님."

그러고는 허리를 90도로 꺾으며 머리를 조아렸다.

이대로 무릎을 꿇고 내 손등에 입까지 맞추는 것은 아닐까 순간 불안했다.

내가 이 호텔에 비밀 임무를 맡아 잠입한 게 아니라고 이 형사를 납득시키기까지 상당히 애를 먹었다. 후카쿠사 형사는 이곳이 아무리 휴양지라 해도 경시청 경감에 오른 사람이 그저 놀러 왔을 리가 없다고 생각하는 모양이다.

"이야, 마치 탐정소설 같습니다."

후카쿠사 형사는 들떠서 큰 소리로 떠들었다.

"휴가로 여행 중인 경감이 때마침 살인 사건에 맞닥뜨리다니, 탐정소설 그 자체이지 않습니까!"

후카쿠사 형사는 큰 소리로 웃었다. 어찌나 입을 쩍 벌리고 웃는지 하품하는 하마가 따로 없다.

"그래서 경감님이 보시기에 사인은 무엇일 것 같습니까?"

"글쎄. 해부 결과를 봐야 알겠지만 치명상이라 할 만한 상처는 안 보이니 약물이 아닐까 생각해. 그렇다 치더라도 괴로워한 흔적이 없는데……."

이로누마가 죽었다고 확인하고 나서야 우리는 이로누마의 얼굴을 가까이에서 봤다. 그렇게 자세히 본 건 처음이었다. 시체는 선글라스를 쓰고 있지 않았는데 왜 그가 선글라스를 고집하는지 이유를 알 만했다. 무서운 기색이라고는 눈 씻고 찾아봐도 없는 아이 같은 얼굴이었다. 이목구비가 오목조목해서 익살스럽기까지 하다. 선글라스라도 써야 공갈 협박이 가능했으리라. 이런 얼굴로 겁을 주려다간 되레 상대방에게 된통 당할 터이다.

이로누마의 죽은 얼굴은 깊은 잠에 빠진 듯 보였다. 괴로워한 기색도 겁에 질린 표정도 없다. 굳이 상처라고 말할 만한 게 있다면 어디에 부딪히기라도 했는지 발끝에 멍이 들고 발톱이 갈라진 점이랄까.

"자살일까요? 혹시 그가 자살할 만한 사정이라도 있었습니까?"

후카쿠사 형사가 고개를 갸우뚱했다.

"아니, 그런 건 없었어. 특별히 무슨 일이 있어 보이지는 않았거든."

"원한이라도 산 걸까요?"

"신원을 철저히 조사해보는 게 좋겠어. 내가 봤을 때 녹록한 상대는 아니야."

"네! 알겠습니다!"

후카쿠사 형사는 얼른 수첩에 메모했다.

"그리고 말이야, 없어진 게 두 가지 있어."

"네?"

"하나는 선글라스야. 항상 쓰고 다녔는데 방에서는 못 봤어. 또 다른 하나는 슬리퍼 한 짝이 없어졌어."

"그러고 보니 슬리퍼를 오른쪽만 신고 있었습니다."

후카쿠사 형사는 메모를 하며 끊임없이 말했다.

"와, 역시 경감님이십니다. 굉장히 예리한 눈을 가지셨습니다."

"후카쿠사 형사님."

젊은 형사 한 명이 우리에게 다가왔다.

"피해자 발밑에 이런 게 떨어져 있었습니다."

그가 내민 손 위에는 플라스틱으로 만들어진 작은 장미 장식이 놓여 있었다. 어디선가 떨어진 것이려니 했지만 어디서 본 적 있는 것 같기도 하고. 그러나 도무지 기억이 나지 않았다.

"이렇게 입 다물고 가만히 있으면 안 돼."

"괜찮아. 일단 사인이 확실히 밝혀질 때까지 기다려보자고."

유코가 말렸다.

"그래도……."

"아저씨, 나한테 다 생각이 있어. 믿어봐."

일이 이렇게 된 이상 어쩔 수 없다. 나는 유코를 설득하기를 관두고 밖으로 시선을 던졌다.

아침 열한 시. 나와 유코는 라운지에서 늦은 아침 식사를 했다. 새벽 네 시 반이 지나서야 후카쿠사 형사에게 해방되어 잠을 잘 수 있었기 때문이다.

"오늘은 수영할 생각이 안 드네."

"왜? 하루 사이에 벌써 질렸어?"

"아저씨도 참. 해수욕보다 살인 사건이 훨씬 더 흥미로운걸."

"그런 말 하는 거 아니야."

호텔은 온통 사건 이야기뿐이었다. 내가 경찰이라는 사실까지 알려졌는지 무슨 새로운 이야기라도 있지 않을까 하고 얼굴도 모르는 사람까지 내게 말을 걸 정도였다. 나는 일절 모르는 척하기로 작정했다.

"어머, 부인. 좋은 아침이에요."

유코가 다케나카 부인에게 상냥하게 말을 걸었다. 부인은 상당히 피곤해 보였다. 눈 밑에 다크서클이 진하게 진 얼굴로 힘겹게 웃으며 다가왔다. 지난밤 한숨도 못 잤나 보다.

"안녕하세요, 유코 씨."

"아이들은요?"

"어제 실컷 뛰놀더니 아직 꿈나라네요."

"거참, 그 녀석들치고는 별난 일입니다."

내가 웃으며 말했다.

"저⋯⋯. 어제, 무슨⋯⋯ 사건이 있었다는데⋯⋯."

부인이 머뭇거리며 말을 꺼냈다.

"네, 투숙객 한 명이 죽었어요."

"끔찍한 일이에요. 너무 무서워요."

유코가 미간을 좁히며 겁에 질린 표정을 지었다. 이런, 앙큼한 것 같으니!

"범인은 잡았나요?

"아뇨, 아직 못 잡았나 봅니다."

"저, 수사는 잘 진행되고 있을까요?"

"경찰들이 열심히 하고 있습니다. 사실 저는 관여하지 않아서 잘 모르겠습니다."

"아 참, 그렇죠."

다케나카 부인은 혼잣말을 하듯 중얼거리고는 잠시 생각에 빠졌다. 그러고는 고개를 들고 다시 무슨 말을 하려 했다.

"저기……."

"엄마!"

바로 그때 라운지에서 개구쟁이 삼총사의 목소리가 쩌렁쩌렁 울려 왔다. 삼총사가 행차하셨다.

"어머나, 너희 언제 일어났어?"

"방금요! 엄마가 없어져서 찾아다녔어요."

이치로가 뾰로통하게 말했다.

"미안해. 아침 먹으러 가자."

"엄마, 엄마. 제가 지로한테 옷 입혔어요."

유미는 자기가 자랑스러운 모양이다.

"어머, 그렇구나. 대단하네, 우리 딸. 자, 가자."

다케나카 부인이 세 아이를 데리고 가는 모습을 보면서 유코가 말했다.

"부인이 지금 뭔가 말하려고 했었는데……."

"맞아. 안타깝군."

"그런데 이상해."

"뭐가?"

"아니야, 아무것도. 그냥 조금."

유코는 얼버무리고는 아메리카노를 홀짝거리며 마셨다. 웨이트리스가 다가왔다.

"저, 우노 님이십니까?"

"네."

"후카쿠사 님한테서 전화가 왔습니다."

"고맙소."

나는 카운터로 가 2~3분가량 통화를 한 후 자리로 돌아왔다.

"뭐래?"

유코가 올려다보며 물었다.

"아직 특별한 일은 없나 봐. 그런데 이런 일이 가능하다니, 참으로 이상하군."

나는 쿵 소리를 내며 의자에 앉았다.

"무슨 말이야?"

"사인을 알아냈는데 말이야."

"알아냈는데?"

"뭐일 것 같아? 사인이 말이야. 글쎄, 추위 때문이래."

"뭐라고?"

"이 무더위에 말이야, 녀석이 동사했대. 얼어 죽었다고!"

한여름에 동사했다면 그 장소는 한 곳뿐이다.

나는 후카쿠사 형사가 지휘하는 감식반 일동과 함께 호텔 지하 냉동고로 향했다. 내 조카를 자칭하며 유코도 슬쩍 합류했다. 동행한 호텔 지배인은 몸집이 작았다. 그를 보고 있자니 박쥐가 생각났다. 사흘을 냉동고에 있다가 나온 양 창백한 얼굴이다. 그러면서 사우나라도 온 사람처럼 연신 땀을 흘리며 냉동고로 가는 내내 필사적으로 변명했다.

"아뇨, 관리에는 늘 만전을 기하고 있습니다. 결코 사람이 안에 갇힐 리가 없습니다."

"조용히 안내나 해!"

후카쿠사 형사가 호통쳤다.

일행은 엘리베이터를 타고 지하 2층에서 내렸다. 통로 천장에는 크고 작은 파이프가 복잡하게 엉켜 있었다. 콘크리트로 된 통로를 따라 안으로 들어가니 아래로 내려가는 계단이 나왔다. 계단 끝에는 상자 형태로 별도로 마련된 관리실이 있었다. 안에는 냉동고 온도를 제어하는 손잡이와 자동 계량기가 달린 배전판이 있고 그 앞에는 작업복을 입은 노인이 꾸벅꾸벅 졸고 있었다.

"지금 이게 만전을 기해 관리한다는 거야?"

후카쿠사 형사가 쏘아붙였다.

지배인이 툭툭 건드리자 노인은 그제야 잠에서 깼다. 그는 졸린 눈을 비비며 질문에 답했다.

"어젯밤요? 아무도 못 봤어요. 냉동고 문이요? 자물쇠는 있는데 일일이 열고 닫기 번거로워서 잠그진 않았어요. 지배인 양반도 괜찮다고 했고. 예? 뭐라고요? 누가 안에 들어갈 수 있냐고요? 누구라도 가능하지요. 그래도 누가 그 추운 데로 들어가려고 하겠어요. 열쇠는 이 입구 옆에 있어요. 아, 관리요? 그야 하루 종일 누군가 지켜야 하는 게 원칙이긴 하지만……."

"어젯밤은 어땠습니까? 이봐요, 할아버지, 여기 계속 계셨냐고요."

후카쿠사 형사가 다그쳤다.

"말도 안 되는 소리 말아요. 당연히 없었습니다. 내가 잠도 안 자고 일하는 줄 아시오?"

요컨대 교대가 없으므로 밤에는 이곳에 아무도 없었고 누구나 냉동고에 자유로이 출입이 가능하며 열쇠도 이 관리실에서 언제든지 가져갈 수 있다는 말이다. 후카쿠사 형사는 눈에 힘을 주고 지배인을 노려봤다. 원체 몸집이 작은 지배인이 더욱 작아 보였다. 저렇게 작아지다가 사라져버리는 게 아닐까 걱정이 될 정도였다.

"이봐요, 지배인! 업무상 과실의 책임은 피하지 못할 거요!"

후카쿠사 형사는 고래고래 소리 질렀고 지배인은 졸도하지 않은 게 다행일 정도로 큰 충격을 먹은 듯했다.

"저, 저기…… 그럼, 교, 교도소에 들어가야 합니까?"

"그야 과실치사로 판명나면 당연하지."

지배인은 벌써 이마를 닦는 데 몇 장의 손수건을 썼는지 모른다. 땀 흘리는 속도를 봐서는 더블베드용 시트라도 가져와야 할 판이다.

"아직 확정된 건 아니니 벌써부터 걱정하지 마세요."

유코가 위로의 말을 던졌다.

"아뇨. 이제 전 끝났어요."

지배인은 절망적인 소리를 늘어놨다.

"저는 지지리도 운이 없는 놈이에요. 농가에서 다섯째로 태어나 가족들은 성가셔 하기만 했고 중학교 시절에는 1점 차이로 라이벌한테 수석 자리를 빼앗겼죠. 고등학생 때는 좋아하는 여학생 앞에서 풀장에 빠져 죽을 뻔하고……."

"무슨 헛소리를 늘어놓는 거야! 시답잖은 소리 집어치우고 안으로 들어가 보자고."

후카쿠사 형사가 소리쳤다.

"차라리 저도 안에서 얼려주세요."

지배인이 혼잣말처럼 중얼거렸다.

"자, 할아버지. 저희 안에 들어갑니다."

"기세가 대단하구려. 영하 30도야. 그런 옷차림으로 괜찮겠는가?"

"어차피 더 껴입을 입을 옷도 없어요."

"뭐, 잠깐 들어갔다 나올 거니까요."

일단 들어가 보기로 하고 우리는 여름 옷차림인 채로 냉동고에 들어갔다.

냉동고 문짝은 일반적인 문짝보다 두 배는 컸고 자동차 핸들 같은 둥근 손잡이가 달려 있었다. 형사 한 명이 손잡이를 가볍게 당겼더니 30센티미터 두께의 문이 천천히 열렸다.

냉동고 안은 제법 넓고 평범한 창고 같았다. 예상과 달리 하얗게 김이 서리지는 않았다. 무수히 많은 파이프가 천장과 벽에 붙어 있었고 모터가 돌아가는 작은 소리 외에는 아무 소리도 들리지 않았다. 우리는 줄지어 안으로 들어갔다.

웬만한 사람이 영하 30도나 되는 장소에 가는 일은 좀처럼 없으리라. 처음에는 별 느낌이 없었다. 영하 30도가 고작 이 정도인가.

바람이 없어서 그런지 처음에는 그다지 춥지 않았으나 15초 정도 지나니 냉기가 급격히 뼛속을 파고들었다. 온몸이 순식간에 차가워졌다. 옷으로 덮은 부분이든 덮지 않은 부분이든 상관없이 피부부터 내장까지 얼어붙는 듯했다.

"이 선반은 생육이고 저쪽은 조리용 재료……"

지배인이 질서정연하게 놓인 선반에 무엇이 있는지를 설명하는 동안, 우리는 추위 때문에 동동 구르기만 했다.

"앗! 저기 좀 봐요!"

유코가 날카로운 목소리로 소리쳤다. 냉동고 입구 옆 한구석에 빈 소형 손수레가 놓여 있고 그 아래 이로누마의 슬리퍼 한 짝과 선글라스가 떨어져 있었다. 예상대로 이곳이 사건 현장이었다.

추위에 몸을 덜덜 떨면서도 감식반은 묵묵히 할 일을 해나갔다.

"겨, 경, 경감님, 어, 어떻습니까?"

후카쿠사 형사가 이를 딱딱거리며 물었다.

"이, 이로누마는 여, 여기에 갇혀 있었어."

나도 이를 딱딱 부딪치며 대답했다. 이로누마의 발끝에 생긴 멍은 닫힌 문을 필사적으로 걷어찰 때 생긴 것이리라.

"그, 그, 그 남자 말입니다. 여, 역시 전과가 있는 녀, 녀석이었습니다. 사, 상습적인 사, 사, 사기꾼이었다고 합니다."

"여, 역시 그랬군."

"저 손수레는요?"

유코가 물었다.

"이곳의 고기를 나를 때 씁니다."

지배인이 답했다.

"있잖아요, 아저씨. 범인은 피해자를 저 수레에 실어서 방으로 옮긴 거 아닐까요? 그때 슬리퍼와 선글라스가 떨어진 거죠."

유코가 내 쪽으로 몸을 돌려 말했다.

"자, 얼른 지문을 채취합시다."

남아서 조사하는 후카쿠사 형사 무리를 두고 나는 유코와 함께 영하 30도에서 서둘러 빠져나왔다.

"그럼 정리를 해볼까나. 여러모로 미심쩍은 사건이라 잘 정리해야 해."

라운지에서 뜨거운 커피를 마시고서야 겨우 생기를 되찾은 유코가 입을 열었다.

"유코 탐정님께서는 왜 그렇게 생각하시나?"

"살해 방법이 교묘하잖아. 우선 범인은 피해자를 냉동고 안으로 들어오게 유인한 뒤 문을 밖에서 잠갔던 게 틀림없어. 그다음엔 몇 시간 기다리기만 하면 자기 손을 더럽히지 않아도 되니까. 이해가 안 가는 건 그다음이야. 대체 왜 시체를 일부러 수레에 실어 방으로 옮긴 걸까?"

"나도 그 점이 궁금해."

"어째서 냉동고에 그대로 방치하지 않았을까? 시체를 방에서 발견해도 사인이 동사로 판명되면 당연히 냉동고부터 수색할 텐데.

그리고 범행 현장이 냉동고라는 사실을 숨기려고 했다면 왜 선글
라스와 슬리퍼를 남긴 걸까?"

"일부러 남긴 게 아니라 떨어지는 걸 못 봤나 보지."

"그렇게 눈에 잘 띄는 곳에 떨어진 걸 못 본다고?"

"음……. 나도 모르겠어."

나는 뭐가 뭔지 도무지 알 길이 없었다.

"어쨌건 이 사건은 의문투성이네."

5

사건이 해결되든 말든 밤은 언제나 찾아온다.

후카쿠사 형사 일행은 해 질 녘이 다 되어서야 재채기를 연발하
며 돌아왔다. 우리는 살인 사건 이야기로 시끄러운 저녁 식사 자리
에서 일어나 일찍 방으로 돌아왔다.

"휴, 겨우 빠져나왔네."

나는 안도의 한숨을 내쉬었다.

"다들 살인 사건을 겪어본 적이 없을 테니 저리도 시끄럽게 구는
게지. 하여튼 골치 아파."

"아저씨, 우리 이제 뭐 할까?"

"글쎄……. 바에 가면 사람들이 나를 알아보고 사건 이야기를 해

달라며 졸라댈 테고…….”

“정 그렇다면 어젯밤에 하던 거라도 이어서 할까?”

당돌한 발언에 나는 유코의 얼굴에 내 얼굴을 바짝 들이대고 물었다.

“진심이야?”

“응. 그런데 우리 아저씨가 지금은 별로 안 내키나 봐?”

“그럴 리가. 그럼 우선은.”

나는 유코를 안고 입을 맞췄다.

“아이참, 아저씨도. 너무 이른 시간 아니야?”

“아니, 전혀. 딱 좋은 시간이야.”

나는 서둘러 대답했다.

저녁을 먹은 지 얼마 안 된 나는 유코를 안아 올리고는 이번에는 다리를 후들거리지 않고 무사히 침대로 옮겼다. 입술과 목덜미에 몇 번인가 입을 맞췄다. 그녀의 등에 손을 뻗어 원피스의 지퍼를 내리려는 찰나였다.

똑똑똑.

운명은 이렇게 문을 두드린다.

그 노크 소리는 피하지 못할 운명보다도 더 비정하게 느껴졌다.

“또 손님인가 봐.”

유코가 속삭였다.

나는 문을 노려보았다. 엑스레이처럼 문을 투시하는 능력이 있다면 내 눈빛에 상대는 새카맣게 타버렸을 것이다.

문을 여니 검게 타지 않은 다케나카 부인이 서 있었다.

"늦은 밤에 죄송합니다. 드릴 말씀이 있어서요."

"들어오세요."

낮에 봤을 때처럼 머뭇거리는 모습은 없다. 뭔가 확실히 마음을 다잡고 온 모양이다.

"경감님께 먼저 말해야겠다고 생각해서요."

부인은 소파에 앉은 뒤 말을 이었다.

"이로누마를 죽인 사람은 저예요."

나도 유코도 아무 말도 못 하고 한동안 가만히 있었다.

"그래도 전 조금도 후회하지 않아요. 그 남자는 아마 앞으로도 수많은 사람을 울렸을 거예요. 내가 죽이면 그 사람들은 상처받지 않겠지요. 그렇게 생각했어요."

"저, 부인. 이로누마를 어떻게 죽이셨어요?"

유코가 입을 열었다.

"어떻게라니요……?"

부인은 예상하지 못했다는 표정으로 우리를 쳐다봤다.

"이미 아실 줄 알았어요. 물론 독살이에요. 청산가리요. 방에 들어가니 테이블에 위스키 병이 놓여 있어서 그 안에 넣었어요."

"이로누마는 발코니 의자에 앉아 있었나요?"

유코가 물었다.

"네, 거기서 잠들어 있었어요."

"문은 어떻게 여신 거죠?"

내가 물었다.

"문은 약간 열려 있었어요."

나는 유코와 서로 쳐다봤다.

"혹시 가능하다면요, 자수하는 데 같이 가주시지 않겠습니까? 아는 분이 함께라면 마음이 든든할 듯해서요."

다케나카 부인이 이어서 말했다.

내가 다시 말을 꺼내려던 찰나 또 노크 소리가 들렸다. 들어오라고 하기도 전에 다쓰가 들어왔다.

"경감님, 드릴 말씀이 있습니다."

다케나카 부인은 다쓰의 얼굴을 보더니 깜짝 놀라며 잠시 말을 잇지 못했다.

"어머, 다쓰 씨!"

"오랜만이에요, 다케나카 씨."

다쓰는 멋쩍은 듯 머리를 긁적였다.

"이 호텔에 도착한 첫날 다케나카 씨가 아이들에 둘러싸여 즐겁게 노는 모습을 봤어요. 행복하게 사는구나 하고 안심했습니다. 나 같은 사람이 말을 걸면 안 될 것 같아서 마주치지 않으려고 계속 피했습니다."

더 어리둥절했던 건 나와 유코였다.

"이봐, 다쓰. 다케나카 부인과 아는 사이였어?"

"경감님, 다케나카 씨는 제가 예전에 소매치기하던 시절 단골 술집에서 만났어요. 다케나카 씨는 이로누마랑 함께 산 적도 있고요."

그랬군!

"그때 저는 어려서 세상 물정도 모르고 멍청했지요."

다케나카 부인이 고개를 저었다.

"그와의 생활은 끔찍했어요. 청산가리도 그때 구해둔 거예요. 자살하려고요. 마침 이로누마가 그 지역 폭력단과 싸움을 일으키고 도망가서 저는 자유를 얻었죠."

"그랬군요."

나는 고개를 끄덕였다.

"이로누마는 그걸 빌미로 당신한테 돈을 뜯었나요?"

"저한테 돈을 뜯었다고요? 그런 일을 당한 적은 없어요."

다케나카 부인은 이해가 안 된다는 표정이다.

"뭐라고요?"

나는 소리쳤다.

"당신은 이로누마한테 돈을 뜯겨 그를 죽인 게 아닙니까?"

"아니에요. 이로누마는 제게 옛날 관계를 남편한테 불어버린다고 협박해서 그를 죽일 결심을 했어요. 정말로 그렇게 할 기세였거든요."

나는 뭐가 뭔지 도통 모르겠어서 유코를 보았다.

"그런 거였구나."

유코가 중얼거렸다.

"다쓰 씨, 당신이 이로누마와 얘기할 때 그가 돈 뜯는 상대의 이름은 말하지 않았죠. 그렇죠?"

"네, 그저 '그 여자'라고만……"

"그래서 당신은 우리 이야기를 듣고 그 사람을 다케나카 부인으로 단정 지은 거고요."

"그럼 대체 돈을 뜯긴 사람은 누구지?"

"아저씨, 잘 생각해봐. 그때 실제로 약속 장소에 나온 사람이 누구였는지."

"하지만……."

그때 갑자기 다른 사람의 목소리가 들렸다.

"저ㆍ예ㆍ요, 경감님."

다쓰가 문을 제대로 닫지 않는지 누군가 문을 열고 들어왔다. 거기에는 오다 여사가 서 있었다. 평상시와 별반 다르지 않은 상냥한 미소를 짓고 있었다.

"제가 그 이로누마라는 남자한테 계속 돈을 뜯겼어요. 벌써 10년 가까이 됐네요."

오다 여사가 고백했다.

아무도 입을 열지 않았다. 오다 여사는 계속 말했다.

"고백할 게 하나 있어요. 저를 영국 고전문학의 권위자로 만들어 준 제프리 초서에 대한 논문, 그건 제가 쓴 게 아니에요."

유코가 아무도 모르게 한숨을 쉬었다.

"저는 영국에서 유학할 때 한 일본인 여학생과 함께 생활했습니다. 그 아인 병약했지만 정말 똑똑했어요. 명석한 두뇌를 따라올 사람이 없었죠. 그 논문은 그 애가 쓴 겁니다. 어떤 학회에 그 애의 논문을 제가 대신 보냈는데 학회 측 착오로 발신인인 제 이름으로 논문을 발표해버린 거예요. 당시에는 그 여학생이 폐렴을 앓아 드러누운 터라 저는 꼬박 붙어 간병했지요. 그렇게 2개월 정도 버티다 그 애는 결국 죽었습니다. 유족한테 연락하고 갑자기 귀국하면서 여러 일에 쫓겼어요. 겨우 정신을 차렸을 때 그제야 저는 제가 그 논문의 저자로 유명해졌다는 사실을 알았어요.

그때 바로잡았어야 했는데 좀처럼 쉽지 않은 상황이었어요. 그러다가 영국의 한 학교에서 저한테 교사직을 주었습니다. 이후로 저는 그 애가 준 명성에 누가 되지 않으려고 필사적으로 노력했어요. 그러다 보니 어느새 이렇게 나이를 먹었죠. 그래도 제가 논문을 훔쳤다는 사실은 변하지 않아요. 저는 이 사실을 친한 연구자 몇 명한테 털어놓았어요. 호텔에서 연구자 회합이 열렸을 때였죠. 어떤 연구자가 다른 사람의 논문을 무단으로 차용한 사실이 문제가 되었어요. 그 토론을 듣고 있자니 가시방석에 앉은 기분이 들어서 회합 후에 호텔 라운지에서 친한 사람들한테 이야기를 했죠. 다들 이제 와서 신경 쓰지 않아도 된다고 위로해주었습니다. 그런데 그때 옆 테이블에 있던 이로누마가 우연히 그 일을 들었던 거예요. 며칠 지나 그는 제게 전화를 걸어왔어요.

저는 나이도 제법 들었고 사실이 밝혀져도 상관없지만 아이들과 손주들을 생각하니 눈앞이 깜깜해졌어요. 그 남자도 가족들한테는 알리지 않았고 법적으로 문제될 만한 큰돈을 요구하지는 않아서……."

"그런 녀석이 바로 프로 공갈 협박꾼입니다."

내가 말했다.

"오다 씨, 저는 당신이 그분의 논문을 훔쳤다고 생각하지 않아요. 당신은 그 학생을 능가할 만큼의 업적을 쌓아 올리셨잖아요."

유코가 미소를 지으며 말했다.

"고마워요, 아가씨."

오다 여사도 부드럽게 답했다.

"그런데 조금 전에 그 남자를 죽인 게 다케나카 부인, 당신이라고 들은 거 같은데……."

"네. 맞습니다. 제가 죽였어요."

"그를 제가 죽인 걸로 하죠."

"오다 씨가 죽인 걸로 하자고요? 그게 무슨 소립니까?"

"다케나카 씨, 당신은 아직 젊고 자제분들과 남편도 있잖아요. 나는 늙었고 남편도 먼저 떠났고 아이들도 다 컸으니까요."

"그래도 그렇지, 말도 안 돼요."

"돈을 뜯긴 사람은 저니까 제가 했다고 말하는 게 앞뒤도 맞고요."

"안 돼요! 그 따위 녀석을 죽였다고 해서 이런 훌륭한 사람들이 죗값을 치를 필요는 없잖아요. 그렇잖아요, 경감님?"

다쓰가 끼어들었다.

"그럼. 안 되지."

나는 한마디 중얼거리듯 말하고는 덧붙였다.

"여러분의 오해 하나를 풀어드려야 할 듯합니다. 경찰은 아직 사인을 공표하지 않았는데요, 이로누마는 독살이 아닙니다."

나는 이로누마의 사인을 설명해주었다. 다케나카 부인은 눈을 크게 떴다.

"그럼, 저, 제가 갔을 때 이로누마는……."

"맞습니다. 그는 이미 죽은 상태였어요."

"오, 주여! 그럼 이제 아무 걱정 없는 거네요."

오다 여사가 안도의 한숨을 내쉬었다.

"그 전에 죽었어도 살해 의도가 있었으므로 부인께서는 엄밀히 조사받게 되겠지만 저는 아무 말도 하지 않겠습니다."

나는 그렇게 말하고 꿈속에라도 있는 것처럼 멍한 표정을 짓고 있는 다케나카 부인과 오다 여사, 다쓰 세 명을 배웅했다. 그들이 떠나고 나서 유코가 입을 열었다.

"나도 약간 눈치채긴 했어. 언뜻 돈을 뜯긴 건 오다 씨가 아닐까 하고."

"왜 그렇게 생각했어?"

"응. 생각해봐. 이로누마는 다쓰 씨한테 그 여자를 협박하면 당분간 생계 걱정은 없다고 말했잖아. 그런데 다케나카 부인을 봐봐, 어때? 수수하잖아. 이유도 없이 돈이 계속 빠져나간다면 분명 남편이 알아차렸을 테고."

"듣고 보니 그렇군."

"오랫동안 돈을 뜯어내려면 상대가 돈을 자유롭게 쓰는 여성이어야 하니까. 거기에 딱 맞는 건 오다 씨 같은 여자잖아."

"그건 그래. 그런데 상황이 이렇게 흐르니 더 모르겠다. 이로누마를 냉동고에 가둬서 죽인 건 대체 누굴까?"

"아! 알겠다."

그 말을 듣고 나도 모르게 소파에서 벌떡 일어났다.

"정말이야? 누군지 알아냈어?"

"아저씨, 나랑 같이 갈 데가 있어."

유코가 자신만만하게 앞서 나가 문을 열었다.

유코는 1층으로 내려가 라운지 옆을 지나서 게임 센터를 향했다.

"여기에 있을 거 같은데……."

유코는 게임 센터 안을 둘러보다가 소리쳤다.

"아, 저기다."

유코가 가리키는 곳을 봤더니 개구쟁이 삼총사가 막대 사탕을 핥으면서 다른 사람이 하는 게임을 슬쩍 엿보며 걸어 다니고 있었다. 유코가 다가가니 삼총사도 유코를 발견하고는 달려왔다.

"우와, 언니."

"아저씨, 안녕하세요."

"늦었으니 이만 방에 돌아가야지."

유코가 말했다.

"아직 괜찮아요."

이치로가 뾰로통한 표정을 지었다.

"엄마가 실컷 놀다 오라고 하셨어요."

"그럼 좀 더 있어도 괜찮겠네. 너희한테 누나가 할 말이 있는데. 얘들아, 누나랑 잠깐 나가자."

유코와 나는 삼총사를 데리고 라운지에 가서 소프트아이스크림을 사줬다.

"얘들아."

유코가 적당한 때를 보고 입을 열었다.

"너희들이지? 선글라스 아저씨를 추운 곳에 가둔 거."

삼총사는 당혹스러운 표정을 지으면서 서로의 얼굴을 쳐다보았다.

"어디서 봤어요?"

이치로가 물었다.

"안 봐도 누나는 다 알아."

"거짓말."

"그럼 말해볼까? 너희가 냉동고에 선글라스 아저씨를 가두고 문을 잠갔어. 밖에서 한동안 기다렸다가 거기를 지키는 할아버지를 부르러 간 거야. 할아버지는 너희 이야기를 듣고 놀라서 서둘러 안에 들어가 봤어. 안에는 선글라스 아저씨가 손수레 위에서 몸을 웅크리고 자고 있었지?"

"맞아요. 아저씨는 푹 자고 있었어요."

유미가 수긍했다.

"그래서 너희는 할아버지한테 수레를 밀어서 선글라스 아저씨를 방으로 데려다 달라고 했지, 그렇지?"

"누나, 사실은 어디선가 보고 있었던 거죠?"

"방에 돌아가서 아저씨를 테라스 의자에 앉히고 할아버지랑 아무한테도 말하지 않기로 약속도 했고?"

"맞아요. 그래도 그 할아버지 이상했어요. 우리가 몇 번이고 괜찮은지 물어봐도 얼굴이 파래져서 벌벌 떨기만 했어요."

"너희는 왜 아저씨를 냉동고에 데려간 거야?"

"그 아저씨 나쁜 사람인걸요."

"엄마를 울렸어요!"

막내 지로도 한마디 했다.

"엄마가 좀 이상해 보여서 어제 엄마 나갈 때 몰래 따라갔는데 그 아저씨가 엄마를 울렸어요."

"그래서 너희들이 벌을 주려고 했던 거야?"

유미가 말했다.

"지로가 지하에 추운 방을 지키는 할아버지랑 친해서 아래에 몇 번 내려간 적이 있었어요. 그래서 내가 전화로 엄마인 척해서 그 아저씨를 아래로 불렀어요. 내 목소리는 엄마랑 똑같거든요."

"엘리베이터 옆에서 내가 숨어서 기다렸어요. 그 아저씨가 내려오는 걸 보고 달려들어서 선글라스를 가지고 냅다 도망갔어요. 아저씨는 화내면서 쫓아왔어요. 그래서 추운 방문을 열어서 안에다 선글라스를 집어 던졌어요. 문을 약간 열어두고 옆방에 숨었어요. 아저씨가 나를 찾으러 와서는 열린 문을 보고 '아, 선글라스가 여기 있었군' 이러면서 안으로 들어가던걸요. 그래서 다 같이 뛰어가서 문을 닫고 잠근 거예요."

이치로가 말을 이었다.

"아주 철저한 작전이었지."

지로가 덧붙인 말에 세 명은 서로 쳐다보며 의기양양해져서는 고개를 끄덕였다.

"애들이 대체 무슨 짓을 한 거야."

삼총사가 가고 나서 나도 모르게 중얼거렸다.

"유코 넌 어떻게 안 거야?"

"이 사건은 뒤죽박죽인 점이 너무 많았어. 교묘한 방법으로 죽이고는 시체를 군이 방으로 돌려놓았고. 잘 생각해봐. 시체를 손수레에 태워 엘리베이터를 타고 복도를 지나 방까지 옮긴다는 건 상식적으로 말이 안 돼. 너무 위험하잖아. 호텔에는 꽤 늦은 시간까지 사람들이 드나드니까. 사람 눈에 띄지 않았다는 게 정말 신기할 정도야. 그런 무모한 짓을 일반적인 어른이 할 리가 없잖아."

"그렇지."

"또 이상했던 건 아까 점심 전에 여기에서 다케나카 부인과 만났을 때 애들 세 명이 다 잔다고 했던 점이야."

"아, 기억나는군."

"전날 아무리 지치도록 뛰놀았다고 해도 아이들이 해가 중천에 뜰 때까지 자는 일은 흔하지 않아. 그러니 이 애들은 분명 엄마가 모르는 일로 밤늦게까지 안 잤구나 하고 생각한 거지. 애들이 범인일지도 모른다고 의심한 건 그때였어."

"애를 키워본 것 같이 말하는데?"

"진지하게 얘기 중인데 놀리지 마. 그리고 오늘 밤 다케나카 부인이 하는 이야기를 듣고 상황 파악이 됐어. 부인은 이로누마를 죽이려고 나가는 바람에 방에 없었고 그 틈을 타서 아이들은 자유롭게 계획을 실행에 옮긴 거지."

"그래도 아직 모르겠어. 그 아이들은 대체 왜 이로누마를 방에 데려다 놓은 거지?"

"그건 얼어버린 이로누마를 녹여서 원래대로 돌아오게 하려던 거야."

"뭐?"

"형사면서 기억력이 왜 이렇게 떨어져? 저녁 식사 자리에서 아이들이 냉동식품에 대해 물었잖아. 그때 부인은 '따뜻하게 하면 원래대로 돌아온다'라고 답했고. 그 아이들은 무엇이든 그렇게만 하면 된다고 생각했나 봐."

"그래서 이로누마도……."

"그때나 지금이나 죽일 생각은 없었을 거야. 애들이니까. 그저 벌을 주려고 잠시 냉동고에 가둔 건데. 이게 사건의 시작이었지. 그런데 생각보다 일이 커지니까 당황해서 관리실 할아버지한테 부탁했을 테고. 아이들은 일부러 햇볕이 잘 드는 발코니로 옮겨달라고 했어. 빨리 녹으리라 생각하고."

"근데 왜 그 할아버지한테……."

"아이들은 이로누마를 방으로 옮길 힘이 없어. 그래서 할아버지한테 도움을 청한 듯해."

"아까 너는 이로누마가 스스로 손수레에 타고 있었다고 했지?"

"아, 그거? 추워서 몸의 감각이 둔해지면 사람은 구석진 곳을 찾아 몸을 웅크리기 마련이야. 마침 손수레가 구석에 있었고. 이로누마가 스스로 손수레를 탔고 그때 선글라스와 슬리퍼를 떨어뜨렸다고 보는 게 맞지 않아? 만약 옮길 때 떨어졌다면 아무리 당황했어도 한 번에 눈치챘을 테니까."

나는 고개를 끄덕였다.

"상황이 골치 아프게 돌아가는군."

"어떻게 할 생각이야?"

"어쩌면 좋을까. 후카쿠사 형사한테 알린다 한들 믿을까? 게다가 아이들한테 책임을 묻지도 못할 테고. 그러면 엄마의 과거가 밝혀지고……."

"그럼 그냥 이대로 두는 게 어때?"

"그냥 잠자코 있자고?"

"자, 일단 사건 해결을 축하하는 의미에서 건배해."

마음은 영 석연찮았지만 나는 유코와 함께 바에서 위스키에 물을 섞은 칵테일로 건배를 했다. 위스키가 목으로 쭉 넘어가는 순간 나는 흠칫했다.

"앗! 잊고 있었어!"

"뭘 말야?"

"위스키 병 말이야, 다케나카 부인이 청산가리를 넣은 거. 그걸……."

"아, 그건 내가 처리했어."

"뭐? 아니, 대체 언제?"

"시체에 외상이 없어서 혹시 다케나카 부인이 독약을 먹이지 않았을까 했어. 그래서 방을 나올 때 가지고 나왔지."

"그건 증거인멸이야! 중죄라고. 알고 있어?"

"어머, 부인이 죽인 게 아니니까 상관없지 않아?"

유코는 태연한 표정이다.

6

다음 날 아침 둘이서 해변에 나가 앉아 있는데 다쓰가 다가왔다.

"경감님, 그 형사 말입니다."

"후카쿠사 말인가요?"

"후카쿠산지 냉이후카쿠사의 이름에 풀 초(草) 자가 들어가서 풀 이름으로 말장난을 침인지 모르겠지만 아까부터 호텔 안을 서성이며 장난감 꽃 같은 걸 투숙객한테 보여주고 있어요."

"맞다. 잊고 있었다."

"무슨 얘기인데요?"

유코가 물었다.

나는 경찰이 이로누마의 방에서 비닐 꽃 장식을 발견한 이야기를 했다. 유코는 미간을 찌푸리고 곰곰이 무언가를 또 생각했다.

"혹시 다케나카 부인이 신고 있던 샌들에 붙어 있는 거랑 같은 거 아니야?"

그제야 생각이 났다. 그래, 그거였어.

"확실해. 젠장. 어째서 여태 알아채지 못한 거지!"

"아휴. 이 남자 정말 못 쓰겠네."

유코가 혀를 차며 나를 놀려댔다.

"큰일이야. 그런 중요한 걸 지금껏 잊고 있었다니. 깜빡했네."

"아무래도 부인의 과거가 밝혀지려나 봐."

"잠시 실례하겠습니다."

다쓰가 인사를 하고는 불쑥 일어서더니 호텔로 돌아갔다. 10분 정도 지나 이상하리만큼 굳은 얼굴로 다시 왔다.

"경감님."

"무슨 일이야?"

"자수하러 왔습니다."

"자수?"

"네. 옛날 버릇을 못 버리고 다시 저질렀습니다."

"뭐? 설마……."

"후카쿠사라는 형사의 주머니에서 증거인 꽃 장식을 슬쩍했어요."

"겨우 10분밖에 안 지났는데?"

"경감님."

다쓰는 몹시 자존심 상한 모양이다.

"저를 너무 과소평가하지 마세요. 슬쩍하는 데에는 3분도 안 걸렸어요. 제 아내한테 전화하고 왔습니다. 이러한 사정으로 또 손을 더럽혔으니 교도소에 갈지도 모른다고요."

"부인께서 뭐라 하셔요?"

유코가 물었다.

"그런 사정이라면 잘했다고. 잘 쉬다 오라고 합니다."

"멋진 부인이시네요."

"훔친 꽃 장식은 가지고 있나?"

나는 확인차 물었다.

"물론 이미 처리하고 오는 길입니다."

"자, 그럼 자넨 염려 말고 자백을 하게나. 자백만으로는 증거 불충분으로 처분받지 않으니까."

다쓰는 히죽 웃었다.

"역시 경감님이십니다. 유코 씨, 당신은 참 좋은 사람 잡았습니다."

"저도 그렇게 생각해요."

"그럼 경감님, 저는 이만 돌아가겠습니다. 두 분 결혼식에는 꼭 불러주십시오."

"다쓰 씨께는 꼭 연락드릴게요."

유코가 대답했다.

"그럼 건강하십쇼."

"마음 씀씀이가 좋은 녀석이야, 정말로."

다쓰가 돌아가는 모습을 보면서 유코에게 말했다.

"그러게. 그런데 그 형사는 이제 어찌 하려나."

"조사를 접겠지. 증거품을 잃어버린 사실이 위에 알려지면 잘리니까. 이런, 내가 이런 말할 처지는 아니군. 나만 해도 벌써 세 번은 잘리고도 남았지."

"양심의 가책을 느끼나 봐?"

"아니. 전혀."

"난 아저씨의 이런 점이 좋아."

"그런데 아까 그 말은 진심이야?"

"무슨 말?"

"결혼식 얘기 말이야."

"글쎄. 그보다 우리 그거 두 번이나 허탕 쳤으니까 오늘 밤에는 차분하게 얘기해볼까?"

유코는 요염한 몸짓으로 교태를 부렸다.

"거 듣던 중 반가운 소리군!"

유코는 신이 났는지 활짝 웃으며 반짝이는 바다를 향해 달려갔다.

"경감님! 여기 계셨군요."

돌아보니 후카쿠사 형사가 모래사장에 구둣발을 푹푹 빠뜨리면서 이리로 걸어오고 있다. 힘이든지 연신 이마의 땀을 훔치고 있다.

"경감님이란 말은 좀 자제해주지 않겠나. 그래, 무슨 일인가?"

"사실 그게 여러 일이 있어서요. 젠장, 구두가 모래투성이군."

"맨발로 오면 될 것을……."

"그래야겠군요. 아아, 진작 그럴 걸 그랬습니다."

"그렇게 감탄만 하지 말고 본론을 말해보게."

"아니요. 그게 사실은 중요한 증거를 분실해서……."

"그거 큰일이구먼!"

나는 깜짝 놀란 척했다.

"그래도 그 증거는 그리 중요하지 않은 거였어요."

"무슨 말인가?"

"그, 그러니까 결국 그건 아무것도 아니었고 더 중대한 일이 벌어졌습니다."

"그게 대체 뭔가? 어서 말해보게."

"후, 정말이지. 그 괘씸한 지배인 말입니다, 녀석이 목을 매달아서……."

"뭐!"

나도 모르게 일어섰다.

"죽었어?"

"아니요. 주변에 마땅한 끈이 없었는지 집어 든 게 고작 낡은 스타킹이었어요. 스타킹이 늘어나서 발이 바닥에 닿았지요. 목만 조금 다친 게 전부입니다."

스타킹으로 목을 맸다고? 전대미문이다.

"어쨌든 무사해서 다행이군."

나는 웃으며 말했다.

"자네, 너무 심약한 사람은 괴롭히지 않는 게 좋다네."

"네. 염두에 두겠습니다."

후카쿠사 형사는 머리를 긁적인다.

"그럼 할 얘기는 그게 전부인가?

"아니요. 더 중요한 게……."

나는 한숨이 절로 나왔다. 더 중대한 일이라고 했다가, 더 중요한 일이라고 하다니……. 우리네 안타까운 모국어 교육 현실을 다시 한 번 느꼈다.

"지배인이 자살 기도한 소식을 듣고 자수해왔어요."

"누가?"

"관리실 할아버지입니다."

"그렇군. 그래, 뭐라 하던가?"

나는 애써 모르는 척했다.

"그게, 어젯밤 밖에 나갔다 돌아오니 냉동고 문이 살짝 열려 있어서 안을 확인하지 않고 닫아 잠갔다고 합니다. 그런데 아무래도 신경이 쓰여 나중에 확인하러 갔더니 이로누마가 꽁꽁 얼어 있었다는군요. 곧장 신고했으면 좋았을 텐데 무서워서 시체를 손수레에 실어 방에 옮겨다 놓고 모른 척해야겠다고 마음먹었답니다. 시간이 지나면 사인이 밝혀지지 않은 채 그냥 마무리될지도 모른다고 제멋대로 판단한 모양입니다. 그러다 지배인이 목을 맸다는 소식을 듣고는 제 발이 저렸는지 자수해 온 거죠."

후카쿠사 형사는 크게 숨을 내쉬었다.

"그렇다 쳐도 이로누마란 녀석이 왜 그런 곳에 들어간 걸까요?"

"별난 사람도 있는 거니까. 커다란 냉동고가 있다고 듣고 엿보러 간 건지도 모르지. 술에 취했을지도 모르고."

"그렇군요. 이야, 정말이지! 역시 경감님이십……."

"경감님이란 말은 그만하라고 했지 않은가."

사건은 이렇게 일단락 지어졌다. 관리실 할아버지는 삼총사 얘기를 한 마디도 하지 않았다. 천진난만한 개구쟁이 삼총사를 사건에 끌어들이고 싶지 않은 까닭이었을 것이다. 하지만 그 노인이 모든 책임을 지지는 않았다. 지배인과 함께 몹시 호된 문책을 받고 사건은 단순 과실로 처리되었다.

다케나카 부인과 아이들은 뒤늦게 도착한 남편과 함께 해변에서 즐거운 한때를 보냈다. 우리가 호텔을 떠나는 날에도 마찬가지였다. 언젠가 저 아이들은 자신들이 저지른 일이 얼마나 엄청난 일이었는지 깨닫겠지.

"저 아이들은 저들 나름대로 헤쳐나갈 거야."

유코는 또 예언자처럼 굴었다.

우리는 남은 휴가를 맘껏 즐겼다. 뭘 하고 놀았냐고? 그야 보나 마나 뻔하지 않은가. 여하튼 몸이 부서지도록 실컷 즐겼다. 돌아가는 차 안에서 하품을 연발할 정도로 말이다.

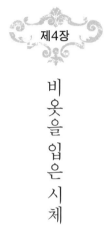

제4장

비
옷
을
입
은
시
체

유령 열차

1

"크음. 흐음. 흠, 흠."

나는 콧숨을 연신 내쉬었다.

"대체 왜 그래?"

나가이 유코가 그 소리가 거슬리는지 나를 노려보았다.

"뭐가?"

"아까부터 계속 끙끙거리고 있잖아. 금붕어 똥 싸는 소리도 아니고. 적당히 좀 해."

오, 이럴 수가. 이런 부당한 생트집을 잡히다니! 나는 그저 '흐음'이라고 했을 뿐이다. 콧방귀를 뀌지도, 어처구니없어 하지도 않았다. 시종일관 '흐음'만 계속한 이유는 따로 할 말이 없어서일 뿐이다. 아무것도 말하지 않으니 차라리 이렇게라도 하는 게 낫겠거니 생각해서였다.

뭣이라? 젊고 귀여운 아가씨와 마주 앉아서는 고작 한다는 말이 '흐음'이냐고? 내가 숫기가 없다고?

이거 답답하구먼. 자, 입장 바꿔 생각해보시길. 미워할 구석이라고 전혀 없는 사랑스러운 아가씨가 당신 앞에서 다른 남자를 칭찬하면 어떤 기분일지. 그럴 때는 '흐음'이라고 말할 도리밖에 없지 않은가. 마흔 살이나 먹어서 질투의 화신이 되어 목에 핏대를 세울 수도 없는 노릇 아닌가. 그렇다고 당장이라도 쫓아가서 그놈을 죽여버리자니 경시청 수사 1과의 경감이라는 신분이 내 발목을 잡는다.

"미안해, 미안."

어른인 내가 사과하는 수밖에. 유코는 내 말을 듣는 둥 마는 둥 하며 카페의 넓은 유리창 너머로 눈을 돌렸다.

"날씨가 정말 좋다."

기껏 한다는 말이 날씨 타령이다. 그러고는 내 쪽을 돌아보며 말을 이어갔다.

"그러니까 문제는 어떤 주제를 정하냐는 거야."

요새 젊은이들이 하는 말이 이렇다. 도대체 하고자 하는 말이 무엇인지 종잡을 수가 없다. 말들이 이리저리 날아다니는 꼴이 마치 신출귀몰하는 UFO 같다. 내가 따라가기에는 벅찬 대화 방식이다.

정리하자면 이런 이야기이다. 유코는 T 대학 문학부 4학년이다. 그녀는 11월 3일부터 5일까지 열리는 대학 축제의 기획위원으로 뽑혔다. 축제는 당장 내일부터다. 유코는 어울리지 않게도 교양 부문 담당으로 축제 기간 동안 매일 있을 강연 준비를 맡았다. 하루에 한 가지씩 강연 주제를 정하고 강사를 초빙하는 일이다. 쉽지 않았을 텐데도 유코는 강연자 섭외를 성공적으로 마쳤다. 첫날은 얼굴에서 허무함이 잔뜩 묻어나는 작가가 '소설 속 여성상'이라는 주제로 강연을 한다. 이 작가가 여학생들에게는 인기가 많다나 뭐라나. 둘째 날은 얼마 전에 이혼한 '결혼 생활 카운슬러' 아무개 여사를 초대해 '실패한 결혼의 실제 사례 연구'라는 주제로 강연을 열 예정이다. 문제는 마지막 날 강연이다. 여행가 한 명을 섭외해두기는 했는데 그가 갑자기 홋카이도에 가야겠다면서 돌연 강연을 취소했다. 그 바람에 한 사람 자리가 펑크가 나버렸다. 축제는 내일부터 시작이니 유코는 서둘러 그 공백을 메워야 했다. 거기부터 일이 꼬여버렸다. 유코가 내게 강연을 맡아달란다. 나는 어안이 벙벙했다.

"이런 주제라면 어떨까? '살인 현장에서 범인 체포까지!' 수사하면서 이런저런 에피소드가 많을 거 아냐? 학생들이 좋아할 것 같은데. 그런 사건을 무용담 늘어놓듯이 이야기하면 어때?"

"유코, 잠깐만. 기다려봐."

"다른 주제를 생각해보면……. 아저씨가 할 만한 건 기껏해야 노인 문제 정도려나?"

"이봐!"

나는 소리를 버럭 지르고는 말을 이었다.

"벌써 내가 강연을 맡는다고 멋대로 결정한 거야?"

"당연히 승낙한 거 아니었어? 아저씨는 날 사랑하잖아?"

"그, 그건……."

말문이 턱 막혔다. 불혹의 나이에 이런 소리를 듣다니! 대체 뭐라 해야 한단 말인가.

"그럼 맡아주는 걸로 알게."

이런, 맙소사!

"아저씨 덕분에 한시름 놓았어. 날짜는 11월 5일이고 오후 한 시 부터 한 시간이야."

"한 시간이나?"

"별거 아니야. 고작 60분이잖아. 아, 맞다. 그리고 강연료 말인데."

나는 귀가 쫑긋해졌다. 오늘 카페에서 유코를 만나고서 이렇게 그녀의 말에 집중한 순간이 없었다. 강연료라니, 땡잡았다.

"실은……."

유코는 곤란하다는 표정을 지었다.

"둘째 날 강연하기로 한 결혼 생활 카운슬러가 징그럽게 돈을 밝 히는 사람이야. 우리 쪽에서 제시한 강연료가 적다며 난색을 표하 더라고. 그날 다른 곳에서도 섭외가 들어왔는데 강연료를 올려주지 않으면 그쪽으로 간다고 하는 거야. 그래서 내가 그 사람을 잡으려 고 두 배로 지불하겠다고 말해버렸어. 그렇지만 예산은 정해져 있 고……."

내 눈앞에서 희망이라는 글자가 적힌 장밋빛 풍선이 비참하게 오그라들었다.

"상관없어. 너를 위해서라면 당연히 무료로 봉사해야지."

나는 마음에도 없는 말을 했다.

"그렇게 말할 줄 알았어. 우리 아저씨가 최고야!"

"어쩌 자기 좋을 때만 애인 취급하는 거 같다."

유코는 혀를 내밀고는 헤헤 하며 소리 내어 웃는다. 이렇게 아이 같이 장난스러운 모습이 정말 귀엽다. 나처럼 무뚝뚝한 경찰을 녹여버린 건 바로 이런 애교스러운 면이리라. 그러나 이 아가씨는 골치 아픈 어려운 사건과 맞닥뜨리면 여자 셜록 홈스로 돌변한다. 그녀의 날카로운 추리력은 내 간담을 서늘하게 만들 정도다. 역시 사람은 겉모습만 봐서는 모른다.

"아무리 그래도 이렇게 입 싹 닦기는 좀 미안한데."

유코는 커피를 홀짝이면서 선심 쓴다는 듯이 이야기를 꺼냈다.

"그럼 이렇게 할까? 5일에 학교 축제가 끝나면 내 방으로 초대할게."

"정말이야?"

팀파니를 마구 두드리듯 가슴이 두근거렸다. 그녀는 말 그대로 내 '애인'이다. 우리는 여유 있는 주말에는 함께 여행도 갈 정도로 사이가 좋지만 정작 나는 유코가 살고 있는 곳이 어디인지도 모른다. 부모님을 사고로 여의고 혼자 산다고는 들었지만 그녀가 사는 곳이 임시 건물처럼 지어진 허름한 아파트인지, 멋진 맨션인지 도통 알 길이 없다.

"낡은 집이라고 실망하지 마."

"그런 게 무슨 상관이야. 지금이라도 얼마든지……."

"안 돼. 강연료는 강연이 끝나고 나서."

유코는 새치름하게 눈을 흘겼다.

"알았어."

한숨이 절로 나왔다.

"그나저나 강연에서 무슨 이야기를 해야 하나. 도무지 감이 안 잡히는군. 무엇보다 나는 사람들 앞에서 말하는 데 젬병이라고."

내 말을 듣다가 유코는 입구 쪽을 보더니 갑자기 환한 표정을 지었다.

"저기 저분이 아까 말한 가와시마 선생님이셔. 여기요, 선생님!"

유코가 가리키는 곳을 봤더니 30대 중반의 남자가 매력적인 미소를 띠며 이쪽으로 오고 있었다. 다소 길지만 세련된 헤어스타일에 몸에 딱 맞는 깔끔한 슈트 차림, 큰 키에 갸름한 얼굴과 또렷한 이목구비, 햇볕에 건강하게 그을린 피부. 그 모든 게 조화를 이루어 지적인 고상함과 귀티를 풍겼다. 명문가 출신인가. 여학생들이 좋아할 만한 외모다. 이자가 아까부터 나는 아랑곳하지 않고 유코가 입에 침이 마르게 칭찬하던 문학부의 가와시마 조교수다.

"안녕, 유코."

"선생님, 이분이 5일에 강연을 해주실 우노 경감님이세요."

"바쁘실 텐데 어려운 일을 흔쾌히 맡아주셔서 감사합니다."

가와시마는 나에게 정중하게 인사하며 유코 옆에 앉았다.

"선생님, 죄송하지만 저쪽으로 옮겨 앉아주시겠어요?"

"뭐?"

"이 사람이 질투심이 아주 강해서요."

나는 얼굴이 새빨개져서는 그러지 않으셔도 된다고 했지만 가와시마는 웃으면서 자리를 옮겼다.

"제가 눈치가 없었습니다. 제가 유코한테 반해서 한번은 식사라도 같이 하자고 한 적이 있었습니다. 그랬더니 경시청에서 일하는 애인이 있다면서 단호히 거절하던데요."

나는 억지웃음을 지으며 이마에 흐르는 식은땀을 닦았다. 그러면서도 내심 기분은 좋았다. 나는 이런 외모의 남자는 질색이다. 그러나 이 녀석은 외모는 반들반들해도 의외로 진국일지도 모른다는 생각이 들었다. 아, 내가 그의 외모에 대한 설명을 덜 했다. 그는 비취로 장식한 넥타이핀을 했고 아랍 왕자처럼 보석을 박은 반지를 손가락에 끼고 있었다. 평소라면 이런 남자는 상대도 안 했을 텐데. 이 사람은 신기하리만치 밉상스럽지 않았다.

대학 축제의 고문인 가와시마까지 합세해 우리는 함께 강연 내용에 관해 논의했다. 강연에 적합한 사건 몇 건을 추려서 내일 유코를 만나 최종 결정을 내리기로 했다.

그러다가 요즘 학생들의 성향에 대한 잡담을 나눴다. 그때 청년 하나가 당황한 표정으로 가게에 뛰어 들어왔다.

"어머, 선생님. 나카노 씨예요."

유코가 그를 알아봤다.

"그렇군. 무슨 일이지? 이봐, 나카노 군! 여기야! 저 사람은 제 연구실 조교입니다."

가와시마는 나에게 그 사람을 소개했다.

나카노라는 청년은 급히 이쪽으로 왔다. 한참 동안 숨을 고르고 나서 입을 겨우 열었다.

"선생님! 여기 계셨군요. 계속 찾고 있었어요."

"무슨 일인가?"

"큰일 났어요. 얼른 서고에 가보세요."

"무슨 일인데? 저번에 부탁했던 책 때문인가?"

"아니요. 실은 아오키가……."

"아오키 군이? 왜?"

"아오키가…… 죽었어요."

너무도 갑작스럽게 '죽었다'라는 단어가 나와서 우리는 잘못 들은 게 아닐까 하고 서로 얼굴을 쳐다봤다.

"죽었다니?"

가와시마는 되물었다. 나카노는 머리를 긁적이며 대답했다.

"네, 아마도……."

"아마도? 그게 대체 무슨 말이야?"

"아니요, 그게 아주 이상해요. 말도 안 되는 일이……."

"가와시마 선생님. 단순 사고가 아닐지도 모르겠습니다. 그렇다면 제가 살펴봐야 할 테니 저도 동행하겠습니다."

내가 대화에 끼어들었다.

"감사합니다. 그럼 부탁드리겠습니다. 자, 가자."

카페는 대학 정문 바로 앞에 있었다. 우리는 정문을 통과해 은행

나무 사이로 난 길을 지나 넓은 잔디밭을 가로질렀다. 학생들이 내일부터 있을 축제 준비로 분주하게 돌아다니는 모습이 보였다.

우리는 4층짜리 건물로 들어가서 계단을 내려갔다.

"지하로 가야 합니다. 서고는 지하에 있어요."

가와시마가 계단을 내려가면서 내게 설명했다.

계단을 내려가자 양쪽으로 열리는 문이 나왔다. 나카노가 문을 열고 "서고는 계단 밑이에요."라며 옆으로 물러났다. 서고 안은 어두웠고 먼지 냄새가 물씬 났다. 안쪽에는 높은 책장이 좁은 간격으로 죽 늘어섰고 거기에는 두꺼운 책들이 빽빽하게 꽂혀 있었다.

"저쪽이야."

유코가 나지막이 말했는데도 지하다 보니 목소리가 울려서 크게 들렸다. 들어왔던 문 바로 옆에 아래로 더 내려가는 가파른 계단이 보였다.

"여기는 지하 2층까지 있습니다."

가와시마가 덧붙였다.

빌딩 비상계단에서 흔히 볼 수 있는 철제 계단이었다. 경사도 급했다. 그 계단이 끝나는 지점에 한 남자가 위를 향한 채 쓰러져 있었다.

"의사는 불렀나?"

내가 나카노에게 따지듯이 물었다.

"아니요. 죽었다고 생각해서……."

"자네가 의사야? 빨리 불러와!"

내가 소리를 지르자 나카노는 뛰어올라가 서고를 나갔다.

"실례했습니다. 저 친구가 얼이 빠져 저럽니다. 그럴 때는 옆에서 이렇게 고함치는 게 특효약입니다. 내려가 보지요."

우리는 가파른 계단을 조심스럽게 내려갔다. 쓰러져 있는 사람은 키가 크고 마른 남자로 서른 전후로 보였다. 나는 몸을 수그리고 앉아 맥을 짚어보고 가슴에 귀도 대보았다.

"확실히 죽었군요. 죽은 지 얼마 안 됐나 봅니다."

"허, 이거 참!"

"가여워라. 좋은 사람이었는데."

유코가 중얼거렸다.

"어떤 사람입니까?"

"제 조교인데 책벌레였습니다. 서고에 박혀 있는 게 제일 좋다고 입버릇처럼 말했지요. 우수한 학자가 될 청년이었는데 정말 안타깝습니다."

가와시마는 고개를 좌우로 저었다. 그는 얼굴이 창백했다.

"저기서 떨어진 걸까?"

유코가 계단 위를 올려다보았다.

"아마도."

내 생각도 그랬다.

"경사가 급한 계단이야. 발을 헛디뎠을 테고. 두개골이 깨진 것 같아 보여."

"아저씨, 안경이 저기에 떨어져 있어."

시체에서 1미터 정도 떨어진 곳에 부서진 안경이 있었다. 렌즈도 산산조각이 난 채다.

"이 사람 안경인가요?"

"네, 아오키 군 안경 같습니다. 그런데 저는 위로 올라가도 괜찮을까요? 여기에 있기가 힘들군요."

가와시마는 영 못 견디겠는 모양이다.

"아, 네. 그럼요. 그렇게 하세요."

유코는 나와 함께 남아서 한동안 시체를 살펴봤다. 그러다가 내 얼굴을 보고 물었다.

"어떻게 된 일일까?"

나는 모르겠다는 의미로 어깨를 한 번 으쓱했다. 유코는 몸을 숙이고 시체를 조사하기 시작했다. 그녀의 눈이 반짝였다. 기묘한 수수께끼를 만날 때마다 흥분에 사로잡히는 모양이다. 평범한 여학생이 탐정으로 대변신하는 순간이다.

이 시체는 모습이 좀 이상했다. 보통 사람이라면 당연하겠다만 가와시마는 시체를 본 것만으로 기분이 나빠졌는지 아무것도 눈치채지 못하고 나갔다. 시체의 복장이 아무래도 기묘했다. 낡아빠진 비옷에 고무장화, 거기다 손에는 큰 우산이 들려 있다.

그 모습은 어딜 봐도 비가 억수같이 쏟아지는 밖으로 나가려는 차림새다. 밖은 쾌청하고 구름 한 점 없는 날씨다. 오늘은 아침부터 소나기 한 번 내리지 않는데 대체 왜 이런 차림을 했을까?

"이상하네. 아저씨 생각에는 이 사건이 사고사 같아?"

"모르겠어."

"누군가가 위에서 아오키 씨를 밀어 떨어뜨렸을 수도 있잖아."

"그건 조사해봐야지. 살인이 확실하지 않는 한 일단은 사고사로 봐야겠지."

"이 옷차림을 어떻게 생각해?"

"나도 그 점이 걸려. 그래도 이걸로 살인 사건이라 하기에는 불충분해. 혹시 고인이 사람들한테 원한이라도 산 적 있나?"

"아니."

유코는 쓸쓸한 표정으로 말을 이어갔다.

"이 사람처럼 남한테 원한을 사지 않고 사는 사람은 없을걸. 게다가 공부 벌레에 책벌레로 다른 일에는 아무런 흥미도 없었어. 아마 대학 축제가 있는지도 몰랐을걸. 연구 이외에 다른 이야기는 모두 한 귀로 듣고 한 귀로 흘렸으니까. 정말 연구 말고는 아무것도 모르는 사람이었어. 한번은 집에 돌아가는데 내려야 하는 전차 역을 잊어버려서 역무원한테 '제가 집에 가려면 어디서 내려야 할까요?' 하고 물어봤다더라고. 세상 물정에는 전혀 관심 없는 전형적인 학자 타입이었어. 그런 사람은 정말 드물 거야."

"그런 사람은 모두 박물관에나 있는 줄 알았는데 요즘 세상에도 있긴 있구나. 가족은?"

"부인이 있어. 절세미인이야."

"그래?"

"부인도 이 연구실에 있던 사람이었어. 청아한 이미지를 가진 자연 미인이야. 성격도 좋았어. 두 사람은 2년 전에 결혼했고. 가와시마 선생님의 부모님께서 중매해주셨어."

"선생님의 부모님?"

"가와시마 선생님의 아버님도 이 대학 교수셨거든. 작년에 돌아가셨어. 훌륭한 학자셨지. 그나저나 아오키 씨 부인 참 안됐네."

학내에서 근무하는 의사가 허둥지둥 달려왔다. 나는 내 신분을 밝힌 뒤 상황을 살펴본 바로는 사고사로 보인다고 말했다. 경찰에 연락을 취해달라고 부탁도 했다. 위로 올라오니 가와시마가 서고 입구에 기대어 우리를 기다리고 있었다.

"끝났습니까?"

"네. 뒤처리는 저 의사 선생님께서 해주실 겁니다. 이런 식으로 사건을 맞닥뜨릴 줄은 몰랐습니다."

"도와주셔서 감사합니다. 그간 아오키 군한테 큰 기대를 걸어왔던 터라 충격이 큽니다. 그러고 보니 아오키 부인께도 알려야겠군요."

"제가 연락할까요?"

유코가 조심스레 물었다. 가와시마는 머리를 내저었다.

"아니야. 말하기 어려운 일이기는 해도 내가 해야지."

"한 가지 여쭙고 싶은 게 있습니다만."

"네. 말씀하세요, 경감님. 뭔가요?"

"아오키 씨는 비옷, 고무장화 등을 서고에 두고 썼습니까?"

가와시마는 질문의 의미를 모르겠다는 듯이 의아하다는 표정으로 나를 쳐다보더니 아까 시체의 복장이 생각난 듯 말했다.

"아, 그러네요. 아오키 군이 왜 그런 복장을 했을까요. 이상하군요."

그는 고개를 갸우뚱하며 말했다.

"아오키 군은 연구에 집중하면 시간이 가는 줄도 모르던 사람이었습니다. 정신을 차려보면 한밤중인 일이 다반사였어요. 집에 가지 않고 서고에서 머무는 일도 예삿일이었고요. 우산이나 비옷, 장화도 분명 연구실에 두었을 겁니다. 그렇지만 이상하군요. 이렇게 맑은 날에."

"그러게 말입니다."

우리는 이야기를 하며 1층으로 올라갔다. 계단 끝에 있는 강의실에서 여학생 한 명이 뛰어나왔다.

"가와시마 선생님, 마침 잘됐어요. 계속 선생님을 찾아다녔어요."

"무슨 일이니?"

"이것저것 해보았는데도 저음이 잘 안 잡혀요. 좀 도와주세요."

그러고 보니 강의실 입구에 '레코드 콘서트'라고 쓰여 있었다. 내일 있을 축제를 준비하는 모양이다.

"몇 번이고 스피커 위치를 바꾸거나 의자를 움직여봤지만 안 됐어요."

그 학생은 금방이라도 울 듯했다.

"빈 맥주병 서른 개 정도를 모아서 양쪽 벽에 늘어놔 보렴. 그러면 해결될 거야."

"알겠습니다. 한번 해볼게요. 역시 선생님이세요. 모두들 포기했었거든요. 고맙습니다."

학생은 환하게 웃으며 돌아갔다.

이 선생은 꽤 인기가 있군. 가와시마는 아오키 조교의 부인에게 남편이 죽었다는 사실을 알리기 위해 밖으로 나갔다. 유코도 기획위원회가 있다며 내일 만나자고 하고 가버렸다. 나는 일단 경찰이 올 때까지 기다리기로 하고 주변을 어슬렁거렸다.

이 뉴스가 학생들 사이에서 퍼지지 않게 하고 싶었다. 다들 즐겨야 할 축제 아닌가. 게다가 단순한 사고에 불과할 테니.

금방 관할서의 형사가 도착해 나는 간단하게 상황을 설명했다. 의심스러운 부분이 몇 가지 있으니 본청에서 검시관을 부르자고 제안하자 형사도 동의했다. 30분 후에는 검시관이 감식반 동료들과 함께 왔다.

검시는 늘 그렇듯 수순대로 실행했다. 그래도 최대한 사람들 눈에 띄지 않게 주의했다. 축제 준비로 정신없는 학생들은 대부분 눈치채지 못했을 터이다. 검시관도 타살을 의심할 만한 점은 없으며 계단에서 떨어져 사망했다고 소견을 밝혔다.

거기까지 확인한 후 나는 대학을 벗어났다. 교문을 나서자마자 택시가 멈춰 서는 게 보였다. 가와시마 조교수가 그 택시에서 내렸다. 이어서 내린 사람은 아름다운 여성이었다. 몸집은 작았지만 굳은 심지를 가진 사람으로 보였다. 얼굴은 파리했고 울었는지 눈이 퉁퉁 붓고 벌겠다. 입을 앙다물고 가와시마를 뒤따라 학교로 들어갔다. 죽은 아오키 조교의 부인이 틀림없다. 그 모습을 보니 기분이 무거워졌다. 나는 역을 향해 발걸음을 돌렸다.

2

그날 밤 나는 누추한 10제곱미터짜리 1인실 관사에서 과거에 맡았던 사건 자료 몇 건을 펼쳤다. 강연에 적합한 게 있는지 하나하나 검토하며 열두 시에 가까운 시간까지 고민을 거듭하다 겨우 사건을 세 개로 압축했다. 이제 좀 자볼까 하고 하품을 하는데 전화벨 소리가 울렸다.

전화를 건 사람은 뜻밖에도 가와시마 조교수였다.

"늦은 밤에 죄송합니다. 유코한테 경감님의 전화번호를 물어보았습니다. 실례인 줄 압니다만……."

"아닙니다. 괜찮습니다. 무슨 일이십니까?"

"실은 오늘 밤 열 시경에 나카노 군한테 전화가 왔습니다. 아오키 군이 죽었다고 알리러 왔던 그 조교 말입니다."

"기억합니다. 그래서요?"

"아주 중요한 얘기가 있다고 하더군요. 왜 그러냐고 물어봐도 전화로 할 말이 아니라면서 직접 찾아가도 되냐고 물었습니다. 저는 상관없다며 오라고 했습니다. 그런데 아무리 기다려도 나타나지 않아서 신경이 쓰입니다."

"나카노 씨의 집은 어디입니까?"

"하숙을 하고 있습니다. 여기까지 전차로 한 시간 정도면 도착할 거리입니다."

"그럼 하숙집에 전화는 해보셨습니까?"

"하숙집에도 전화야 있겠지만 어차피 하숙생을 바꿔주지 않을 듯해서 애초에 번호를 물어보지 않았습니다."

"선생님 생각에는 아오키 군의 죽음과 관련 있는 이야기 같았습니까?"

"글쎄요. 그게……. 나카노 군이 전화로는 말 못 할 얘기라고 했으니 아마도 그런 듯합니다."

"음, 그렇군요."

"아무 일도 아닐지 모르지만 오늘 사고도 있고 하니 신경이 쓰여서요."

"그야 당연합니다. 충분히 이해합니다. 그럼 이쪽에서 손을 써보겠습니다. 나카노 씨의 하숙집은 위치가 어떻게 되나요?"

'감사합니다', '제가 더 감사합니다' 하고 인사를 연이어 하고는 전화를 끊었다. 나는 서에 전화를 걸어 나카노 조교의 하숙집에서 가까운 파출소를 찾아달라고 부탁했다. 관할서 순경에게 일단 그 하숙집을 방문하라고 연락한 뒤 자리에 누웠다.

끊임없이 이어지는 전화벨 소리에 눈을 떠보니 아침 여섯 시였다. 이불에서 부스럭거리며 기어 나와서 수화기를 들었다.

"여보세요."

가라앉은 목소리로 겨우 전화를 받았다.

"우노 경감님이십니까?"

탁한 목소리였다. 하라다 형사다. 몹시 긴장한 목소리로 미루어

보아 사건이 발생한 게 틀림없다.

"하라다? 무슨 일이지?"

"살인 사건입니다. 서둘러 와주시겠습니까?"

"내가 가지 않으면 안 되는 사건인가?"

나는 자꾸만 내려앉는 눈꺼풀을 필사적으로 밀어 올리며 말했다.

"무슨 문제가 있는 거냐고?"

"하아, 당최 어찌된 영문인지 모르겠습니다."

"뭐가?"

"상황이 실로 이상해서 말입니다. 뭐가 뭔지 전혀 모르겠습니다."

실로 알아듣기 쉬운 설명이로다. 나는 한숨을 쉬며 대답했다.

"알겠네. 바로 가지."

"죄송하지만 빨리 좀 와주세요. 기다리겠습니다!"

"그래서 장소……. 이봐, 이봐!"

나는 죄 없는 수화기를 노려보았다. 현장이 어딘지도 말하지 않고 끊어버리다니, 정신머리하고는!

본청에 물어서 현장은 스기나미의 가미이구사의 한 귀퉁이라는 사실을 알아냈다.

일곱 시가 좀 넘었다. 11월의 아침은 한기가 뼛속까지 스밀 만큼 추웠다. 이곳은 주택가 한가운데에 난데없이 숲이 우거져 있었다. 차도에서 숲 속으로 수 미터 들어간 곳에 경찰들이 모여 있는 모습이 보였다. 덤불에 발을 빠뜨리며 정신없이 가다 보니 돌로 된 벽이 나타났다. 자세히 보니 벽이 아니라 하라다 형사의 큰 등이었다.

"이봐, 하라다. 무슨 일이야?"

"선배님, 와주셨군요. 감사합니다."

"피해자는 어디 있나?"

"이쪽입니다."

'벽'이 물러나자 천을 덮은 시체가 보였다.

시체를 확인하기 위해 천을 젖히는 순간, 나같이 경험이 많은 사람도 절로 눈이 감기고 말았다. 나는 언제나 최악의 상황을 예상하며 시체를 덮은 천을 걷는데도 말이다.

"이 사람은……."

나는 말문이 막혀서 눈이 휘둥그레졌다. 머리 없는 시체가 나오는 잔혹한 장면을 상상하지는 마시라. 내가 놀란 이유는 시체의 주인이 바로 나카노 조교였기 때문이다. 게다가 시체는 비옷과 고무장화 차림에 손에는 우산을 쥐고 있었다.

"이상하지 않습니까? 선배님."

하라다 형사가 커다란 덩치에 어울리지 않게 애교스런 목소리로 말했다.

"어제도 오늘도 비는 단 한 방울도 오지 않았습니다. 그런데도 이런 차림으로 나오다니. 어찌 된 일일까요?"

그건 내가 묻고 싶은 말이다. 이게 대체 무슨 일일까?

축제 첫날을 맞이한 T 대학 캠퍼스는 매우 시끌벅적했다. 학생들은 여기저기에 천막을 치고 가판을 펼쳤다. 태양이 내리쬐는 잔디에 앉아서 어묵이나 볶음국수 등 간식거리를 먹으며 수다에 여념이 없었다.

　나는 하라다 형사와 사건이 났던 건물을 찾느라 이리저리 교정을 헤맸다. 어제와 완전히 달라진 교정을 보니 어디로 가야 할지 도무지 감이 안 잡혔다.

　"이봐요! 다 큰 미아 두 명!"이라는 소리가 등 뒤에서 들렸다. 유코가 웃으며 잔디를 가로질러 왔다.

　"유코 아가씨!"

　하라다는 지난번 유괴 사건 때 유코가 문제를 해결하는 모습을 본 이후로 유코의 심복이 되어버렸다. 하라다가 환하게 웃으며 인사했다.

　"어머, 아저씨. 나 일하는 거 보려고 일부러 와준 거야? 감동인데."

　"그런 게 아니야. 가와시마 선생님은?"

　"글쎄, 아까는 오디오 연구회 전시실에 계셨는데. 선생님은 그곳 고문이시거든."

　"안내 좀 해줘."

　"그러지 뭐. 근데 일 때문이야?"

　"그래."

　유코는 심상치 않은 일이라는 것을 눈치챘는지 굳은 표정을 지었다. 걸으면서 나는 나카노 조교가 죽었다고 말했다.

　"흉기는?"

　"근처에 피가 묻은 돌이 굴러다녔어. 후두부를 얻어맞은 모양이야."

"사망 추정 시간은?"

"열한 시 전후."

"비옷이나 우산, 고무장화는 나카노 씨 물건이었고?"

"그래. 비옷에는 이름을 수놓았고 우산에는 로마자로 쓰인 이름 표가 붙어 있었어."

"그렇구나. 살해당했을 때 나카노 씨는 그 비옷을 입고 있던 거 야? 아니면 나중에 입혀진 걸까?"

"코트에 피가 흩뿌려진 것을 보면 살해당할 당시 입고 있었을 거야."

"그렇다면 나카노 씨가 스스로 코트를 입었다는 이야기인데……. 이해하기 어려운 일이네."

"아가씨도 모르시겠어요? 그러면 제 힘으로는 해결하기 어렵겠 군요."

하라다는 풀이 죽은 표정을 지었다.

"아저씨, 그럼 어제 아오키 씨의 죽음도 사고라고 보기 어렵겠 는걸."

"그렇지. 살인일 가능성이 커. 그 점을 염두에 두고 조사해야겠지."

나는 고개를 끄덕였다.

오디오 연구회라고 쓰인 포스터가 붙어 있는 강의실로 들어가자 나는 아찔해져서 순간적으로 어지러움을 느꼈다. 음악 소리가 아니 라 진동 때문에 몸이 흔들렸다. 죽 늘어선 거대한 스피커에서 뿜어져 나오는 소리가 당장이라도 나를 방에서 밀어낼 것만 같았다.

나는 하라다에게 무언가 말했다. 말했다고 생각했지만 하라다는 아무것도 못 들은 모양이다. 그가 제대로 알아들은 건지 확신이 없었다. 들렸을 리 만무했지만 내 입이 뻐끔뻐끔 움직이는 것을 보고 나서 하라다도 입을 뻐끔뻐끔 움직였다. 엄청나게 큰 금붕어가 호흡곤란에 빠진 모양새였다.

나는 헤드폰으로 무언가를 열심히 듣고 있는 가와시마를 발견하고 옆으로 다가가서 어깨를 가볍게 쳤다. 가와시마는 내 얼굴을 보고 밖으로 나가자고 손짓했다. 건물 입구에 있는 홀에 나와서야 팬터마임이 끝났다.

"어휴, 어마어마한 소리군요."

나는 나오면서 고개를 절레절레 저었다.

"괜찮으십니까?"

가와시마가 웃었다.

"첫날이라서 기분을 돋우려고 조금 세게 해봤습니다. 그건 그렇고 어젯밤에는 실례가 많았습니다. 어떻게 된 일인지 혹시 알아내셨을까 궁금해서 오늘 아침에 경찰서로 전화를 했습니다. 그렇지만 이미 서에서 나가셨다고 하시더라고요. 무슨 일이 생긴 겁니까?"

"큰일 났습니다. 나카노 씨가 살해당했습니다."

가와시마는 크게 놀랐다. 나는 간단하게 상황을 설명했다.

"맙소사! 정말 기괴한 이야기군요."

"그렇습니다. 현장은 나카노 씨가 지내던 하숙집과 선생님 댁 중간 부근입니다. 선생님 댁으로 가던 중에 살해당한 게 아닐까 추측합니다."

"이게 대체 어찌된 일일까요? 두 명이나……."

"이번 사건을 보니 어제 아오키 씨도 살해당했을 수 있다는 생각이 듭니다."

"그렇긴 하지만 두 사람 모두 주위 사람한테 원한을 살 만한 사람은 절대로 아니었습니다."

"나카노 씨는 아오키 씨의 죽음에 대해서 무언가 알고 있었을 가능성도 있지요. 그래서 범인이 제거하려 했을지도요."

"어제 전화로 얘기를 해줬더라면 좋았을 텐데. 그랬으면 뭔가 손쓸 방법이라도 있지 않았을까요."

"이제는 이미 늦었지요. 저희는 아오키 씨가 살해당했다고 가정하고 조사를 진행할 예정입니다. 그래서 아오키 씨의 부인을 좀 뵈었으면 합니다."

가와시마는 수첩을 펼쳐서 아오키의 주소와 전화번호를 메모해서 나에게 건넸다.

"한시라도 빨리 해결되길 바랍니다."

가와시마는 금방 안정을 되찾은 듯 했다.

나는 가와시마에게 어제 일어난 일에 대해서 조서를 써야 하므로 저녁에라도 경찰서로 찾아오라는 부탁을 하고 그와 헤어졌다.

"저 가와시마 조교수라는 사람, 젊은 사람이 꽤 괜찮아 보이네요."

"스타일리스트래."

"그게 뭔가요?"

하라다 형사가 귀를 쫑긋 세웠다.

"패션모델인가 뭔가 하는 건가요?"

"뭐, 그런 비슷한 거야."

나는 건성으로 대답했다. 하나하나 대답하자면 끝도 없다. 유코가 갑자기 걸음을 멈췄다.

"아, 여기야. 아저씨, 한번 볼래요?"

"뭘?"

"아저씨가 강연할 장소."

강연 따위는 까맣게 잊고 있었다. 나는 머리를 긁적였다.

"그런데 이런 사건이 터져서 시간이 아주 부족해져서 말이야."

"안 돼. 나를 망신시킬 셈이야? 내가 프로그램을 망친 책임을 지고 사람들 앞에서 머리를 숙이면 좋겠어?"

유코는 얄밉게 말했다.

"알았어, 알았어. 어떻게든 해볼게."

나는 하는 수 없이 그리 대답했다.

"그럼 잠깐 안을 볼까?"

들어간 곳은 학교 기숙사 옆에 있는 2층짜리 벽돌색 건물로 한쪽 벽 전체가 유리로 되어 있었다. 그 벽을 반으로 나눠서 한쪽은 도서관이었고 다른 한쪽은 300명을 수용하는 계단식 강의실이었다. 내가 여기서 강연을 해야 한다는 말이지. 지금은 아직 이른 시간이라서 그런지 안에는 아무도 없다.

"이렇게 넓은 장소에서 어떻게 강의를 하냐. 나는 자신이 없어."

나는 입구에서 안을 둘러보며 기어들어 가는 목소리로 말했다.

"우노 선배님, 마이크를 사용하면 되잖아요."

눈치 없는 하라다가 애먼 소릴 했다.

"그야 당연하지. 내 말은 이렇게 많은 사람들 앞에서 말을 하는 게 처음이니까 걱정이라는 거잖아."

"그렇군요."

하라다는 진지한 표정을 지으며 한참을 생각하더니 말을 이었다.

"아이고, 그런 걱정 마세요, 선배님. 이 강의실에 사람이 가득 찰리가 있겠어요? 텅텅 비어서 몇 명이 있는지 금방 헤아릴 정도일 거예요. 그렇다면 괜찮잖아요?"

"퍽이나 고마운 말이군."

나는 얼음처럼 차가운 목소리로 쏘아붙이며 하라다를 노려보았다.

"아저씨, 지금 한번 연습해보자."

"아직 뭘 얘기할지도 결정하지 못했어."

"말하는 연습이 아니라 무대에 서는 연습."

"됐어. 내가 무슨 배우도 아니고."

"아저씨도 참. 멋진 등장은 청중의 마음을 사로잡는 열쇠라고. 자, 저쪽 문부터 마이크 앞까지 한번 걸어봐."

나는 히죽거리는 하라다를 무시하려고 애쓰며 유코가 시키는 대로 교단에 올라 걸어봤다.

"이렇게 하면 되겠어?"

"쿵쾅쿵쾅 발소리를 내지 않고서는 못 걸어?"

"그렇게 요란스러웠어?"

"탭댄스 슈즈를 신은 줄 알았잖아."

나는 발소리를 죽이며 다시 한 번 교단에 올랐다.

"이번에는 어때?"

"도둑질하러 가는 것도 아닌데 그렇게까지 살금살금 걷지 않아도 돼. 좀 더 시원시원하고 대범하게."

"이거 쉬운 일이 아니군."

"고개를 끄덕끄덕 아래위로 흔들지 말고. 그래그래. 맞아, 그렇게. 이쪽을 향해서 고개를 돌려봐. 아이고, 답답해. 그렇게 하지 말고. 정면을 보지 말고 청중들이 아저씨 옆모습을 볼 수 있게 서봐. 그래. 고개를 더 들고. 계단식이니까 모두들 그쪽을 내려다본다고. 시선은 조금 위쪽으로. 그렇다고 천장을 볼 정도로 들면 안 되지. 조금만 내려봐."

그러다 유코는 "자, 숨을 멈추고 움직이지 마."라는 말까지 했다. 지금 엑스레이라도 찍냐!

"오늘은 여기까지. 내일 다시 연습해."

유코는 나에게 어린아이를 가르치는 발레 교사처럼 굴었다.

"남편이 살해당했다는 말씀인가요?"

아오키 조교의 부인인 아오키 하루코가 물었다. 상중이라 검은색 원피스를 입은 아담한 체구의 부인은 넋이 나간 표정이다.

"말씀드린 대로 남편분과 같은 연구실에 계셨던 나카노 씨가 살해당했습니다. 남편분 사망 당시와 같은 복장이었습니다. 상황이 이렇게 되고 보니 남편분도 어쩌면 누군가가 계단에서 밀어서 떨어뜨린 게 아닐까 의심스럽습니다. 혹시 남편분께서 왜 그런 복장으로 계셨는지 짐작이 가십니까?"

"아니요, 전혀 모르겠어요. 생각해보니 이상하군요. 시신을 확인할 때도 복장 따위는 생각도 못 했어요.

"남편분께 원한을 품을 만한 사람이 있습니까?"

"아니요. 없습니다. 그이는 세상사에는 아무런 관심이 없었으니까요."

아오키 부인은 슬픈 표정으로 말했다.

"그러셨군요. 최근에 특별히 누군가와 다퉜다거나 그런 일은 없었습니까?"

"연구에 관해서는 늘 다른 사람과 논쟁을 해왔습니다만 그 외에는……."

아오키 하루코는 고개를 숙이고 울음을 삼켰다. 그 후 질문을 몇 개 더 하고 난 후에 나는 하라다와 함께 자리를 나왔다.

"도저히 실마리가 잡히질 않는군요. 학문적인 논쟁을 하다가 사람을 죽였을 리는 없잖아요."

하라다가 의아해했다.

"그야 모를 일이지. 그런 사람한테는 셰익스피어가 각기병에 걸렸었는지 아니었는지가 다른 무엇보다 중요한 일이었을 테니까."

"듣고 보니 그렇군요."

"게다가 살해당할 동기가 될 만할 게 더 있잖아."

"무슨 말씀이세요?"

"그 부인 말이야, 상당한 미인이던데. 그건 아주 훌륭한 세속적인 동기가 되지."

나는 그렇게 말하며 하라다를 향해 고개를 끄덕였다.

저녁 여섯 시가 되자 주위가 깜깜해졌다. 아직 행사가 남아 있는지 캠퍼스에는 아직도 이 건물 저 건물로 들락거리는 학생들이 있었다. 사방을 뒤져서 겨우 유코를 찾았다. 그녀는 학생 식당에서 커피를 마시고 있었다.

"유코, 아오키 조교의 부인을 둘러싼 다툼 같은 건 없었어?"

"나도 그걸 생각해봤어. 그렇지만 그 연구실 사람들이나 당사자하고는 개인적으로 친분이 없어서 거기까지는 못 물어봤어."

"그랬군. 경찰한테 이것저것 물어보라고 지시했으니 뭔가 알아낼지도 몰라."

"나카노 씨 사건과 관련해서는 뭔가 나왔어?"

"아니, 아직. 범인은 아마 나카노 씨가 하숙집에서 나온 것을 보고 뒤따라갔을 거야. 하숙집 사람들한테도 물어봤지만 아직 단서랄 게 없어."

"그렇구나. 어쨌든 비옷이니 장화니 그런 도구를 착용한 이유만이라도 알면……."

"이건 유코 네 전문 사건인 거 같은데."

"비행기 태우지 마. 안 그래도 시동이 걸리면 내 감각들이 금방 실마리를 찾아낼 테니 기다려."

유코가 눈을 흘기며 웃었다.

"기대할게."

"그건 그렇고. 강연 주제로 뭘 할지 결정했어?"

"응. 일단 세 개로 골랐어. 그래도 걱정이다."

"뭐야. 이제 와서."

"생각해봐. 이 대학 사람이 두 명이나 변사체로 발견됐는데 그건 해결도 못 한 주제에 '제가 이런저런 어려운 사건을 해결했습니다' 이렇게 큰소리치기는 좀 민망하잖아."

"그렇긴 하네. 아니야. 걱정할 거 없어."

유코는 로댕의 「생각하는 사람」처럼 생각에 빠지는가 싶더니 금세 홀가분한 모습을 되찾았다.

"무슨 말이야?"

"강연은 내일모레니까 그때까지 해결하면 되지."

"참 나, 말로는 뭘 못 하나. 아직 아무 실마리도 없는데."

"내가 해결해줄게."

"어이쿠, 세게 나오는데."

"기한을 정하고 조사를 한다니 근사하지 않아?"

"멋있고 자시고 간에 어떻게 그렇게 확신해?"

"나를 못 믿어?"

유코가 정색하며 쩨려보았다. 나는 금세 수그러들었다.

"그럴 리가."

"나는 시험도 항상 벼락치기 쪽이 성적이 좋았어."

"그게 자랑이냐?"

그때 '우노 경감님, 우노 경감님. 학내에 계시면 급히 정문 앞으로 와주십시오'라는 교내 방송이 나왔다.

"뭐지?"

나는 유코와 얼굴을 마주 보았다.

"나도 같이 가."

우리는 서둘러 학교 정문으로 갔다. 주위는 완전히 어두워져 있었다. 정문 앞에서 경찰차가 붉은 등을 깜빡이면서 서 있었다. 거인 하라다가 어슬렁거리는 게 보였다.

"아, 우노 선배님! 다행이다! 계셨군요."

"무슨 일 있어?"

"살인 사건입니다. 그 가와시마라는 선생님이요."

"가와시마 선생님이 살해당했다고요?"

유코가 자기도 모르게 큰 목소리를 냈다.

"아니요. 살해당한 건 가와시마 선생님의 모친입니다. 지금 막 사건이 접수됐습니다."

나와 유코는 경찰차로 뛰어올랐다.

3

사건은 완전히 새로운 양상으로 바뀌었다. 아오키, 나카노 두 명이 죽었을 때는 대학과 그 주변 정도로 조사 범위를 한정했다. 그런데 가와시마 조교수, 그것도 본인이 아닌 그의 어머니가 살해당했다는 건 그 동기나 수단에 대해 기존과는 전혀 다른 시각으로 접근해야 한다는 얘기다.

"가와시마 선생님의 모친이 어떤 분이셨는지 알아?"

경찰차에서 나는 유코에게 물었다.

"작년에 돌아가신 가와시마 선생님의 아버지는 데릴사위였어. 가와시마 가는 대대로 사업을 해온 엄청난 부자야. 살해당한 부인은 외동딸이었고. 슬하에 아이는 셋이야. 장남이 가와시마 선생님이지. 둘째랑은 터울이 제법 있었어. 둘째는 아마 스물넷인가 다섯인가 그랬어. 대학을 나오자마자 일도 하지 않고 흥청망청 생활하고 있다나 봐. 막내는 가와시마 아야코라는 여자애야. 나하고 동갑이고 우리 학교 4학년이야."

"그럼 너와 동기라는 거군."

"응, 맞아. 특이하다고 해야 하나, 평범하지 않은 아이야. 나쁜 애는 아닌데 학교에도 잘 안 나오는 편이야. 그림을 그리는 걸 좋아해서 원래는 미술대학에 가고 싶어 했대. 그런데 어머니가 우리 대학 이사라서 딸한테 묻지도 않고 입학 수속을 해버렸다고 하더라고."

"얘기를 들어보니 그 살해당한 모친은 꽤 활동적인 분이셨나 보군."

"응. 부친이 하시던 사업을 이어받아서 훌륭하게 성공시킨 인물이야. 열정이 엄청난 분이시고."

"게다가 부자고."

"응. 그러니 가와시마 선생님의 어린 두 동생은 특별히 장래를 걱정할 필요가 없었어. 그냥 놀고먹는 거지 뭐."

"가와시마 선생만 과보호에서 벗어나려고 애쓴 셈이군."

"그나저나 이거 참 설상가상이네. 앞서 일어난 두 죽음과 이 사건과 무슨 관련이 있을까?"

"아직 이렇다 저렇다 말하기는 어려워. 다만 이렇게 연달아서 살인이 일어났으니 우연으로 보기는 힘들어."

"아저씨, 그런데 이렇게 되면 가와시마 선생님 입장이 난처하시겠어."

"그렇지. 가와시마 선생은 살해당한 세 명과 모두 관계가 있으니까."

"하지만 맨 처음 아오키 씨가 사망했을 때에 선생님은 우리랑 같이 계셨어."

"그랬나? 그러고 보니 네 말이 맞다."

"그 가게에 선생님이 들어오시고 나서 적어도 30분 정도는 함께 있었잖아. 우리가 갔을 땐 아오키 씨는 죽은 지 얼마 안 되었고."

"검시관 말로는 아오키 씨의 사망 추정 시각은 발견되기 10분 전

쯤일 거라 했어. 가와시마 선생이 일을 저지를 시간은 없었다는 말이군."

"세 사건이 서로 이어져 있긴 하지만."

그 말을 하고 유코는 또 생각에 잠겼다. 우리는 몇십 분 후에 스기나미에 있는 가와시마의 호화 저택에 도착했다. 살해당한 가와시마 요시코의 시체를 본 우리는 세 사건에 연결 고리가 있다는 걸 확신했다. 가와시마 요시코도 비옷과 장화 차림에 우산을 손에 든 채로 죽었다. 물론 밖은 화창해서 비가 내릴 기미라고는 전혀 없었다. 다른 점이 있다면 코트도 장화도 모두 고급품이었다는 것이다. 앞에 두 사람에게 걸쳐져 있던 물건처럼 낡지도 않았다. 덧붙이자면 우산은 이브 생로랑 제품이었다.

우리는 가와시마 저택의 거실에 앉았다. 거실 장식은 벼락부자가 취미로 모은 것처럼 조잡했다. 나는 가와시마 조교수와 얼굴을 마주했다.

유코는 대리석으로 만든 맨틀피스_{벽난로 윗면에 설치한 장식용 선반}가 장식된 벽난로 옆에 서서 우리가 어떤 이야기를 하는지 귀를 기울이고 있었다. 눈앞 테이블에는 최상품 셰리주가 담긴 유리잔이 놓여 있었다. 침이 꼴깍 넘어갔다. 안 돼, 안 돼. 근무 중이다! 어딘가에서 음악이 흘러나왔다. 요상한 취미다. 보이지 않는 곳에 스피커를 몇 개고 숨겨두었나 보다.

"수사 때문에 고생이 많으십니다."

가와시마는 모친상을 당한 사람치고는 멀쩡한 얼굴로 셰리주가 담긴 유리잔을 집어 들었다.

"경감님도 한잔하세요. 일하시는 중이라도 한 잔 정도는 괜찮으시죠?"

옆에 앉아서 뭔가를 적는 시늉을 하던 하라다가 꿀꺽하고 침 삼키는 소리를 냈다. 덩치가 크면 침 삼키는 양도 남다른가.

내가 잠시 망설이는 틈에 하라다가 "그럼, 말씀하신 대로……." 하고 손을 뻗어 잔을 들었다.

유코는 터져 나오려는 웃음을 꾹 참는 눈치다. 은은하게 흘러드는 무드 있는 음악과 셰리주. 마치 바에 온 기분이었다.

"제가 이상한 사람이라고 생각하시죠, 경감님?"

가와시마가 손에 든 잔을 휘휘 흔들어 저었다.

"어머니께서 돌아가셨는데……. 그것도 이런 이상한 모습으로 말입니다. 그런데도 이렇게 평범한 얼굴로 술을 마시고 음악이나 듣고 있다니. 이상하지요?"

"어머니께서 어떤 분이셨는지 말씀해주시겠습니까?"

"어머니께서는 바쁜 분이셨습니다. 돈이 곧 애정이라고 믿으셨지요. 돈을 쏟아부으면 아이는 만족한다고 생각하셨어요. 나쁜 어머니는 아니었지만 저희한테는 옆집 아줌마 정도의 존재였어요. 그분은 일밖에 모르셨습니다. 업무 때문에 늘 동분서주하셨죠. 하루 사이에 홋카이도와 규슈를 오가며 일을 보고 돌아온 적도 있습니다. 어지간한 남자도 못 당할 정도의 정력적인 사업가셨습니다. 저희

남매는 농담 삼아 어머니를 '사장님'으로 불렀을 정도였으니까요."

"그렇군요. 아래의 두 동생분들도 같은 심정이셨나요?"

"흠……. 아니요. 더 심했지요. 그 애들은 어머니를 미워했습니다. 동생 고지는 항상 오후 늦게 일어나 밤늦게까지 놀러 다녔습니다. 여동생은 그림에 미쳐 있고. 두 사람 모두 어머니가 지나치게 자기 중심적이라 자신들이 한심한 인간이 되었다고 여깁니다. 책임 전가지요. 현재 자신의 모습에 만족하지 못하고 그걸 어머니 탓으로 돌리는 겁니다."

가와시마 조교수는 친동생들인데도 가차 없이 비판했다.

"알겠습니다. 그럼 오늘 사건에 대해 얘기해보죠. 어머님이 살해당한 시각은 여섯 시 반 정도이고 현장은 알고 계시다시피 현관입니다. 어딘가로 외출하시려는 때에 누군가가 뒤에서 등을 찔러 즉사하셨습니다. 흉기는 거실 벽에 걸려 있던 오래된 단검이었고요. 비옷을 입고 계셔서 피가 튀지는 않았으니 범인이 피를 뒤집어썼을 리 없을 겁니다. 단검에 지문도 없었습니다. 대략 이런 상황입니다. 어머님께서 어디로 외출하실 예정이었는지 알고 계시나요?"

"오늘은 목요일이니 회사로 가실 참이었을 겁니다."

"오늘은 11월 3일입니다. 휴일_{일본에서 11월 3일은 '문화의 날'이라는 공휴일이다}이잖습니까?"

"어머니는 휴일이고 뭐고 없었습니다. 매주 목요일은 일곱 시 반부터 회사 간부 회의가 있어요. 극비를 요하는 사항이라고 하셨던가. 잘은 모르지만 그런 논의를 하는 듯했습니다."

"요컨대 목요일은 반드시 여섯 시 반에 외출을 하신다는 뜻입니까? 가족 모두 알고 계셨나요?"

"그럼요. 알고 있습니다."

"외람된 질문입니다만 선생님은 그 시간에 어디에 계셨습니까?"

"저는……. 제가 학교에서 돌아온 게 다섯 시 반 정도였고 저녁은 일곱 시에 반드시 먹으니까 그때는 2층 방에서 음악을 듣고 있었습니다."

신뢰할 만한 알리바이는 없다는 말이다.

"감사합니다. 이제 동생 고지 씨를 불러주시겠습니까?"

"알겠습니다. 그런데 경감님께서는 어머니를 포함해서 피해자들이 왜 그런 복장이었는지 알아내셨습니까?"

그는 자리에서 일어나면서 물었다.

"아니요. 전혀 모르겠습니다."

"그렇습니까?"

고개를 갸우뚱하며 가와시마가 나가자 하라다 형사가 잔에 담긴 셰리주를 한숨에 다 비웠다.

"크아. 달다, 달아! 아주 좋은 술이군요. 특상급인가?"

"적당히 좀 하지."

"아, 네. 선배님, 지금 한 가지 떠오른 게 있습니다."

"뭔가?"

나는 아무런 기대도 하지 않고 건성으로 물었다.

"비도 오지 않는데 장비를 챙겨서 나가려고 했다는 게 혹시 최근에 도는 유행이 아닐까요? 패션 잡지라도 찾아볼까요?"

기대하지 않길 잘했다. 무슨 말도 안 되는 소리를. 문이 열리고 가정부로 보이는 20세 전후의 아가씨가 들어왔다. 그녀는 빈 잔을 치우려고 했다.

"혹시 오다 유미코 씨입니까?"

내가 말을 걸자 그 아가씨는 놀란 표정으로 주뼛주뼛했다.

"아, 네."

"부인이 돌아가신 걸 발견한 사람이 당신입니까?"

"네. 저예요."

"많이 놀랐고 무서웠겠군요."

"엄청 무서웠어요."

"현관에는 왜 나갔습니까?"

"마침 그곳을 지나갔어요. 이 거실로 오던 도중이었어요."

"그렇군요. 그럼 그때 집안사람들을 아무도 못 봤습니까?"

"네, 아무도 못 봤어요."

"말씀 감사합니다. 이제 가셔도 됩니다."

오다 유미코가 잔을 쟁반에 올려서 막 가지고 나가려 할 때 문이 열리고 멋들어진 가운을 입은 한 남자가 들어왔다. 한눈에 게으르다는 이 집 둘째 아들임을 알 수 있었다. 마르고 생기 없는 안색에 부스스한 머리가 지금 막 일어난 모습이었다. 오다 유미코는 옆으로 비켜섰고 가와시마 고지가 그녀 옆을 지나갔다. 나는 그 순간 오다 유미코가 고개를 숙인 채로 얼굴을 붉히는 모습을 놓치지 않았다.

가와시마 고지는 어머니가 돌아가셨는데도 아무런 관심도 없어 보였다. 자신은 오늘 오전 중에 일어나 외출이라는 힘든 일을 한 터라 오후 세 시쯤부터 자고 있었다고 말했다.

"범인으로 짐작 가는 사람은 있나?"

"글쎄요. 범인이 누구든 감사하다고 말하고 싶은 심정입니다. 멋대로 쓸 유산이 넝쿨째 굴러 들어왔으니까요."

그는 어깨를 한 번 으쓱했다.

나는 쥐어 패고 싶은 충동을 눌렀다.

"묻고 싶은 건 또 없나요? 없으시면 전 그럼 이만 들어가 자야겠습니다."

가와시마 고지가 방으로 들어가자 하라다가 토해내듯 말을 쏟아냈다.

"뭐 하는 녀석이야! 범인은 저 녀석이에요. 틀림없습니다."

그럴 일은 없겠지만 누군가 나더러 범인을 지목하라면 가와시마 고지를 가리키고픈 심정이긴 하다.

"뭐가 어찌 된 일일까."

유코가 천천히 소파 쪽으로 걸어와 말을 이었다.

"남매 세 사람 모두 어머니를 죽일 정도의 인물은 아닌 것 같아. 언젠가 교통사고라도 당해서 죽기를 바랄 법은 하지만."

"너도 둘째 녀석을 바라보는 가정부 눈빛을 알아봤어?"

"여자의 눈을 우습게 보지 마. 아저씨는 그 여자가 임신했다는 것도 눈치챘어?"

유코는 우쭐대며 물었다.

나는 놀라 눈이 휘둥그레졌다.

"정말이야?"

"쟁반에 컵을 올리려고 몸을 숙였을 때 무의식으로 배를 감싸는 걸 봤어."

"저 자식! 더더욱 용서 못 하겠어!"

하라다가 얼굴을 붉히며 격분했다.

"진정해. 그나저나 딸도 만나야지."

"아야코의 아틀리에로 가는 게 빨라. 저번에 와본 적 있어."

"어디야?"

"2층 안쪽. 안내할게."

융단을 빈틈없이 깐 통로를 지나 계단을 올라가자 안쪽에 아주 색다른 문이 보였다.

가까이서 보자 벽에 그린 문 모양의 그림이었다. 그림에 속아 넘어간 내 자신이 어이없어서 웃는데 유코가 그림의 문을 밀었다. 정말로 그게 문이었다.

안은 23제곱미터 정도의 크기로 꽤 넓었다. 그런데도 이젤이 숲처럼 빽빽하게 있어서 발 디딜 틈도 없을 정도로 비좁아 보였다.

"아야코!"

유코가 부르자 쿵쾅쿵쾅 발소리가 나더니 헐렁한 겉옷을 걸친 아가씨가 얼굴을 내밀었다. 옷 여기저기에 물감이 묻어 있고 얼굴에도 몇 군데인가 컬러풀한 얼룩이 있다. 꽤 귀여운 얼굴이다.

"이야, 유코. 웬일이야?"

"내가 방해한 건 아니지?"

"방해는 무슨. 막 마무리를 한 참이야."

"축제에 안 와?"

"가려고 했는데 갑자기 귀찮아져서. 저분들은 누구셔?"

"내 애인 우노 경감과 그 부하셔."

"아, 엄마가 돌아가셔서 오셨구나."

나는 헛기침을 하며 그림 앞으로 다가갔다.

"아야코 씨, 뭘 그리고 있었나요?"

"걸작이요."

매우 당돌하고도 간결한 답변이다.

"그렇군요."

슬쩍 캔버스 위의 미완성된 그림을 엿본 나는 깜짝 놀라고 말았다. 다빈치의 「모나리자」가 아닌가. 옆에는 큰 「모나리자」의 복제가 펼쳐져 있었다.

"모사입니까?

"한번 자세히 봐."

유코가 대신 대답했다.

그렇게 듣고 구석구석 보니 내가 알고 있던 「모나리자」와 어딘가 달랐다. 미소를 짓고 있긴 하지만 그 미소는 어딘가 고리대금업자가 짓는 냉소같이 밉상스럽고 냉혹하다.

"저는 **명화**를 패러디해서 그리고 있어요."

가와시마 아야코가 설명했다.

"아, 그렇군요."

"제 목적은 이미 존재하고 있는 가치를 파괴하는 거예요."

듣고 나서 주위를 돌아보니 마무리된 몇 장의 그림은 모두 눈에 익은 명화들이었으나 조금씩 원작과 달랐다. 고야의 「벌거벗은 마하」가 비키니 수영복을 입고 있거나 홀바인의 「글 쓰는 에라스뮈스」에서는 깃털 펜 대신에 파커 제품으로 보이는 만년필을 잡고 있었다. 아마추어인 내가 봐도 대단한 솜씨였다. 왜 유코가 특이하다고 했는지 알겠다.

"그건 그렇고 어머님께서 돌아가신 건과 관련해서 두세 가지 여쭙고 싶습니다만."

"슬프지는 않아요."

아야코는 말을 딱 잘랐다.

"엄마는 제가 좋아하는 그림을 그리는 일에 맘껏 몰두하게 돈만 대주었을 뿐이죠. 부모 자식이랄 만한 사이는 아니었어요."

"흠."

나는 한숨을 쉬었다.

"사건이 있던 때 어디에 계셨습니까?"

"여기요."

여기 말고 어디 갔었겠냐는 말투다.

"대학에 계신 오빠의 조교 두 명이 살해당한 것을 알고 계시지요?"

"네, 나카노 씨는 자주 이곳에 와서 아는 사람이에요."

"이 집에요?"

"이 아틀리에에요."

"정말이야?"

이번에는 유코도 놀란 기색이었다.

"나한테 관심 있는 것 같던데."

유코는 눈을 반짝였다. 여자라는 동물은 이런 이야기를 좋아한다.

"몰랐어. 너는 어땠는데?"

"멍청이. 속물. 이미 죽어버렸으니 나쁘게 말하고 싶지는 않아. 가엾기도 하고. 그래도 정말 짜증났어. 이곳에 오면 아무 말도 안 하고 죽 앉아 있기만 했거든."

"나카노 씨가 말이지."

유코는 조용히 고개를 끄덕였다.

"어제 이 집에 오기로 했던 건 알고 있었어?"

"아니."

가와시마 아야코는 세 명의 죽음에 대한 그 어떤 사건에도 큰 관심은 없는 듯했다. 우리는 아틀리에를 나왔다.

"늘 해오던 수순을 밟아야겠구먼. 자네가 하게. 세 사람 중에 돈 문제로 곤란한 사람이 없는지, 교우 관계는 어떤지도."

나는 하라다에게 지시했다.

"알겠습니다."

우리는 가와시마 저택을 나왔다. 벌써 아홉 시가 지났다.

"일이 꼬였어. 그나저나 내일모레 강연은 어쩌나?"

하라다를 보낸 뒤 나는 유코와 둘이서 천천히 걸었다.

"아까 결정했잖아?"

태연하게 말하는 유코를 보고 나는 화들짝 놀랐다.

"하지만 세 번째 사건으로 상황이 완전히 바뀌었어."

"그게 반드시 나쁜 일은 아니지."

유코는 딱 부러지게 말했다.

"그나저나 나는 그 사람들이 왜 그런 복장을 했는지 도무지 모르 겠다."

"나도 몰라. 하지만."

"하지만 뭐?"

나는 기대에 찬 얼굴로 유코를 바라봤다.

"너 설마 뭔가 알면서 말 안 하는 거 아니야?"

"글쎄. 말은 안 했지만 좀 생각난 게 있어서."

"뭔데?"

"아직 말하긴 일러. 확실히 정리가 안 됐거든."

"거참 겸손하시군."

"자꾸 놀릴 거야?"

유코는 웃으면서 앞장서서 걸어갔다. 그러다가 갑자기 표정을 찡 그리면서 배를 움켜쥐었다.

"왜 그래?"

나는 방금 전에 만난 가정부가 떠올라서 놀라 물었다.

"너 설마 임신한 거 아니야? 내, 내 아이를?"

"이 아저씨가 주책없게 무슨 소리를 하는 거야!"

유코는 어이없다는 표정이다.

"지금 시간을 좀 봐! 배가 고파서 그런 거라고!"

4

11월 4일에는 탈진을 했다. 여기저기 탐문 수사 다니랴 증거 찾으랴 몸을 혹사한 탓이다. 하지만 쓸 만한 정보는 건지지도 못한 채 경시청으로 돌아왔다. 자리에 돌아와 보니 유코가 내일 강연 건으로 할 말이 있다며 대학으로 와달라는 전언을 남겨두었다.

어둠이 짙은 캠퍼스에 발을 들이자마자 나는 아오키 조교가 죽었던 지하의 서고로 향했다. 이유는 모르지만 유코가 거기서 기다리겠다고 해서다.

"여기야."

입구의 문을 열자 발아래에서 목소리가 들렸다. 지하 2층의 가파른 계단 밑에서 유코가 미소를 지으며 나를 올려다보고 있었다.

"유코, 이런 데서 대체 뭐하고 있는 거야?"

"아저씨 왔네. 이제 곧 다른 손님도 올 거야."

"손님이라니?"

"일단 내려와 봐. 손님이 오기 전에 강연 내용에 대해 협의를 마쳐야지."

나는 조심해서 계단을 내려갔다. 서고에는 어디서나 흔히 접하는 작은 의자가 있었다. 거기에 앉아 우리는 내일 할 강연에 대해 자세히 의논했다.

"네가 보기에는 어때? 자극적인 내용이 좀 부족한가?"

유코가 곰곰이 생각하더니 말을 꺼냈다.

"조금 아쉽다. 사진을 보여준다거나 다른 요소를 추가해보면 어떨까. 처참한 상황을 적나라하게 보여주는 현장 사진 있어?"

"이봐, 여학생들도 많다고. 모두들 너처럼 시체를 사람 보듯 하지는 않아."

"그렇겠다. 남학생이 실신이라도 하면 곤란하겠네."

그러더니 한술 더 떴다.

"그러면 약간 호들갑을 떨면서 피가 흩뿌려져 있었다거나 그런 말을 추가해봐. 이야기가 좀 더 흥미진진해지게 말이야."

어이쿠, 어릴 적에 잔인한 애니메이션 좀 보셨나 보지! 실제로 그런 피바다 사건은 좀처럼 없거늘.

"그럼 그런 것도 추가하지."

"강연에는 늦지 말고 와야 해."

"알았어. 펑크를 내면 끝이겠지?"

"말 그대로 피바다지."

죽음으로 대가를 치르게 하겠다는 유코의 말에 나는 간담이 서늘해졌다.

"그런 살벌한 얘기는 접어두자고. 그나저나 손님은 누구야?"

"형사가 이렇게 참을성이 없어서야. 기다려봐."

"범인이야?"

"그렇지. 어떻게 보면 말이야."

"무슨 말이야?"

"알았어. 설명해줄게."

유코는 자세를 고쳐 앉았다.

"이번 세 가지 사건은."

유코가 운을 뗐다.

"언뜻 보면 완전 같은 사건처럼 보여. 특히 세 명이 모두 해가 쨍쨍한 날씨인데도 우비에 우산, 고무장화까지 갖춘 채로 살해당했어. 그 점을 생각하면 동일범이 저지른 연쇄살인이라고 생각하기 쉽지. 하지만 달리 생각해보자고. 이 세 사건에서 비옷이나 장화, 우산을 없애봐. 셋 다 전혀 다른 범죄로 보이지 않아? 첫 번째 사건이 일어났을 때 경찰은 아오키 씨를 검시하고 사고사로 결론을 내렸어. 두 번째 사건이 일어나지 않았더라면 아오키 씨가 사고로 죽었다고 마무리 지었을 게 분명해. 그리고 두 번째 사건을 봐봐. 이는 명백히 살인이지. 첫 번째, 세 번째 사건과 두 번째 사건은 차이가 있어. 두 번째 사건은 건물 안이 아닌 밖에서 범행이 일어났잖아. 또 아무 데서나 쉽게 구할 만한 돌을 흉기로 사용한 걸 보면 계획적인 범행이라기보다는 즉흥적으로 일으킨 범행이 아닐까? 세 번째 사건은 날카로운 단검을 흉기로 사용했던 걸 봐서 범인이 계획적으로 저지른 범행 같은……."

"잠깐. 이해가 잘 안 돼. 그 말인즉……."

"요컨대 이 세 사건은 각각 완전히 별개라는 의미지."

"그러면 뭐야. 네 말대로라면 범인이 각각 따로 있다는 말이야?"

"응. 바로 그 말이야. 비옷, 장화, 우산 이런 요소는 위장일 뿐이고."

나는 어리둥절했다.

"응? 연쇄살인이 아니라 각기 다른 살인 사건일 뿐이라고?"

나는 무슨 영문인지 몰라서 얼떨떨했다. 그래도 나는 내 나름대로 상황을 이해해보려 애썼다.

"아무리 위장이라지만 비옷을 입고 장화를 신고 우산을 든 건 스스로 한 행동이었어. 그런 차림을 한 이유가 분명히 있을 거야."

쉿, 하고 유코가 입술에 손을 대며 조용히 하라는 몸짓을 했다. 우리는 시선을 계단 위로 옮겼다. 서고 입구 문이 스르륵 열리는 소리가 났다. 이어서 누군가 주춤거리며 안으로 들어오는 발소리가 들렸다.

유코는 계단의 밑에서 위를 올려다보며 말했다.

"여기예요. 내려오시겠어요?"

상대는 위에서 주저하는 모습이었다. 유코가 재차 "자, 어서 오세요." 하고 말을 걸었다.

"아니요. 너무……. 싫어요! 못 내려가요."

쥐어 짜내듯이 울먹거리는 목소리다. 이 목소리는…….

"어째서죠? 당신이 남편을 밀어 떨어뜨렸나요? 아오키 부인."

잠시 흐느껴 울더니 아오키 하루코는 겨우 떠듬떠듬 말을 시작했다.

"죽이려는 의도는 없었어요. 말싸움 도중에 손을 뿌리쳤을 뿐인데 장소가 이렇다 보니 그 사람이 발을 헛⋯⋯."

"네, 무슨 말씀인지 알아요. 이해합니다. 진정하세요."

유코가 달래자 하루코는 겨우 울음을 그쳤다.

"저는 정말 견디기가 힘들었어요."

하루코는 중얼거렸다. 눈은 어딘가 먼 곳을 바라보는 듯했다.

"그 사람과의 결혼 생활은 끔찍했어요. 그는 신혼 초부터 한 달의 절반은 학교에서 잤어요. 집에 돌아와도 부부끼리의 대화랄 게 전혀 없었고요. 그 사람은 방에서 산처럼 쌓여 있는 책에만 집중했고 잘 때까지 말 한마디 거는 법이 없었어요. 처음에는 그렇게 학문에 푹 빠져서 열정적으로 연구하는 그이가 좋았어요. 하지만 막상 함께 살고 보니 너무 외로웠어요. 그저께는 저희 결혼기념일이어서 집에 일찍 들어와 달라고 했지요. 그렇지만 그 사람은 분명히 제 부탁을 잊고 있을 거란 생각이 들어 전화를 걸었어요. 아니나 다를까 그이는 새로운 책이 엄청 많이 도착해서 그날 밤 그걸 훑어보고 가겠다고 답하더군요. 저는 머리끝까지 화가 나서 곧장 학교로 달려왔어요. 그 사람과 서고 입구에서 만나 말다툼을 했고 그러다⋯⋯."

미망인은 고개를 숙였다.

"그랬군요."

유코는 가볍게 그녀의 어깨를 두드렸다.

"당신이 말씀하신대로였다고 믿어요. 아저씨도 그렇지?"

유코가 내 쪽으로 얼굴 돌렸다.

"아아, 물론입니다. 저도 그렇게 생각합니다."

나는 당황해서 적당히 대답했다.

"그래도 일단 경찰서에 가주셔야겠습니다. 거기서 상세하게 사정을 듣기로 하죠."

"네. 각오하고 왔어요."

나는 하라다 형사에게 전화해서 학교까지 경찰차를 보내달라고 했다. 아오키 하루코를 태운 경찰차를 배웅하고 나서 나는 유코와 캠퍼스 잔디밭을 걸었다.

"그런데 어떻게 알았어?"

"그게."

유코가 설명을 시작하려던 참에 "유코!" 하고 부르는 목소리가 들렸다. 새파랗게 질린 가와시마 조교수가 우리 쪽으로 오는 게 보였다.

"선생님, 마침 잘됐군요. 잘 오셨습니다."

"이게 대체 무슨 일인가요. 경감님!"

가와시마는 내게 달려들 기세로 돌진해 왔다.

"아오키 군의 부인이 경찰차로 연행되었다고 학생한테 들었습니다. 정말입니까?"

"네. 그녀에게는 안된 일이지만 사실입니다."

"어째시요?"

"서고 계단에서 아오키 씨를 밀어 떨어뜨린 일을 인정하셨습니다."

가와시마는 순식간에 얼굴이 백짓장처럼 하얘지더니 "인정했다? 대체 왜!"라며 머리를 감싸고 잔디밭에 쓰러질 듯이 주저앉았다. 나는 어리둥절했다. 유코는 모든 것을 다 알고 있다는 듯이 고개를 끄덕이면서 가와시마에게 말했다.

"선생님, 안타깝게 됐습니다. 당신이 나카노 씨를 죽인 일은 더 이상 아무 의미가 없겠네요."

"유코, 그게 무슨 뚱딴지같은 소리야?"

나는 생각지도 못했던 말에 큰 소리를 냈다.

"가와시마 선생님, 선생님은 아오키 씨의 부인을 사랑하셨어요. 제 말이 맞지요?"

"맞아요. 그녀가 학생 시절에 내 연구실에 왔을 때부터……."

"나카노 씨는 그날 아오키 씨의 부인이 이쪽에 왔던 걸 봤을 거예요. 그렇지만 그때는 아오키 씨가 사고로 죽은 거라 생각해서 사건과 아오키 씨의 부인을 연관 짓지 못했겠죠. 게다가 시체를 본 충격으로 그녀를 봤다는 사실을 완전히 잊어버렸을 테고요. 선생님은 하루코 씨가 진상을 털어놓았을 때 그녀에게 가만히 있으면 사고 사로 처리될 거라고 했겠지요. 그런데 문제는 역시 나카노 씨였어요. 나카노 씨는 선생님과 함께 하루코 씨가 학교로 온 걸 보고 그날 하루코 씨를 봤던 기억을 되살린 거죠. 별일 아니라 생각하면서도 신경이 쓰였을 거예요. 그래서 나카노 씨는 선생님에게 상담하고 싶다면서 전화로 그 일을 얘기했습니다. 선생님은 하루코 씨를 지키기로 결심했고 결국 그를 죽인 거죠."

"말씀하신 그대로입니다."

"나카노 씨가 선생님께 전화를 건 실제 시간은 더 이른 때였을 거예요. 선생님은 나중에 다시 전화를 하겠다고 하고 고심 끝에 나카노 씨를 죽일 결심을 한 거죠. 그러면서 한 가지 계략을 떠올렸죠. 가와시마 선생님, 나카노 씨도 아오키 씨가 죽었을 때와 같은 차림으로 죽는다면 경찰에서 동일범의 소행으로 여길 거라고 생각하셨겠지요? 아오키 씨가 죽었을 때 선생님께서는 우리와 함께 있었으니 의심받을 염려도 없었을 거예요. 물론 그럴 경우 사고사로 처리된 아오키 씨 사건을 재수사하게 될 테지만 나카노 씨를 죽일 동기가 전혀 없는 하루코 씨가 용의 선상에 오를 일은 없다고 판단하신 거죠. 그래서 밤늦게 다시 한 번 나카노 씨가 전화를 했을 때 선생님은 결심을 굳히고 사건에 대해서 말하고 싶으니 집으로 오라고 말씀하신 겁니다."

유코는 숨을 한 번 고르고 말을 이었다.

"저는 왜 나카노 씨가 그런 복장을 했을까 고민하다가 하루코 씨와 선생님을 의심하게 됐죠. 비도 오지 않는데 우비를 입고 우산을 들고 장화까지 신는다. 그런 일을 하는 인간이 있을까요? 그러다 아야코의 아틀리에에서 생각했죠. 만약 그림의 모델이라면 말이 달라진다고요."

그렇단 말인가! 과연 유코다. 나는 고개를 끄덕였다.

"나카노 씨한테 모델이 되어주기를 부탁한 건 누구였을까요? 아야코한테는 나카노 씨를 죽일 동기가 전혀 없었어요. 아야코는 아오키 씨가 죽은 일조차 몰랐습니다. 그러면 가와시마 선생님뿐이시죠. 선생님은 나카노 씨한테 '아야코가 너한테 그림 모델이 되어주지 않겠냐고 말하는데'라며 권했겠죠. 아야코한테 푹 빠져 있던 나카노 씨는 그 제안을 거절할 이유가 없었습니다. 거기서 선생님은 덧붙여서 말씀하셨겠지요. '빗속을 걷고 있는 남자의 그림이라니까 비옷을 입고 우산을 들고 장화를 신고 와줬으면 한다' 이렇게요."

나는 넋이 나간 채 유코의 말을 들었다.

"나카노 씨는 아야코가 별나게 구는 데야 이미 익숙했을 테고, 이 일이 아오키 씨의 죽음과 관계가 있을 줄은 꿈에도 생각 못 했을 거예요. 들떠서 비가 오지도 않는데 우비 등을 챙겨서 하숙집을 나왔을 겁니다. 선생님은 나카노 씨가 오는 길목에서 기다리다가 그를 살해했습니다. 그렇다면 선생님이 나카노 씨를 죽여야 할 이유는 무엇일까 생각해봤어요. 그건 아마 누군가를 보호하기 위함이 아니었을까요? 선생님께서 아오키 씨를 살해한 게 아니라면 말이죠. 선생님께서 그렇게까지 하면서 감쌀 만한 사람을 생각하다 보니 이런 결론에 이른 거죠."

겨우 조금 진정을 찾은 가와시마 선생은 쓴웃음을 지었다.

"범죄를 저지르기도 쉽지 않더군요. 제가 미숙했습니다. 집을 나서고 나서야 어떤 흉기도 가져가지 않았다는 걸 알았습니다. 그래서 그곳에 떨어진 돌을 주워서 사용했어요. 제 딴에는 혐의에서 벗어나 보려고 경감님께 일부러 전화까지 걸었는데. 고작 그 정도가 제가 부린 꾀였습니다. 제가 잘못했습니다. 학자로서 부끄러운 행동을 했습니다."

"무슨 일이 이렇게 엉켰어!"

나는 그날만 같은 장소에서 두 번째 경찰차를 배웅했다.

"그리고 어차피 두 범인의 정체를 모두 알고 있었다면 미리 말해주면 좋았잖아. 한 번에 연행하게."

"배부른 소리 하기는. 아오키 씨의 부인이 모조리 인정했다는 소식을 듣고 충격을 받아서 가와시마 선생님도 범행을 인정한 거잖아. 사실 우리한테는 이렇다 할 증거도 없었어."

"그건 그렇군. 하지만 이렇게 되면 세 번째 모친 살해는 어떻게 되는 거야?"

"이제 그 사건에 대해서 조사해보려고."

"뭐야. 아침 댓바람부터."

우거지상을 한 가와시마 고지가 거실로 들어왔다. 정오가 가까운 열한 시인데 아직 파자마를 입은 채다.

"형님 일은 대단히 유감스럽습니다."

"아아, 범인은 형님이었다고 들었습니다. 엄마를 극진히 모시는 잘난 아들이었는데. 인생이란 게 참 모를 일입니다."

"말씀 중에 끼어들어 죄송합니다만."

나는 중간에 고지의 말을 끊었다.

"형님은 나카노 조교 살해 사건의 용의자입니다."

고지는 당황한 모습이었지만 이내 미소를 되찾았다.

"그게 그거 아닙니까? 당연히 엄마를 죽인 것도 형님이겠죠."

"그건 모를 일입니다. 그런데 당신은 도박을 좋아하나 봅니다."

"무슨 뜬금없는 소리야?"

고지의 얼굴이 굳어졌다.

"조사해봤더니 당신은 경마와 경륜으로 꽤 큰 금액을 손해 보셨더군요. 어머님의 회사 경리부에 학생 시절 당신의 친구가 있던데요. 그와 둘이 회사 돈을 횡령해서 도박에 돌려썼던 사실을 알아냈습니다."

"아니야!"

"당신은 그간 저질러온 일을 회사에 들키고 말았죠. 그 일로 11월 3일에 열릴 예정이었던 정례 회의에서 추궁받을 상황에 처했습니다. 그래서 어머님을 죽이려고 결심했고……."

"아니야! 무슨 증거라도 있어?"

고지가 정색을 하고 소리쳤다. 그때 갑자기 심한 빗소리가 방을 채웠다. 고지의 얼굴에서 조금씩 혈색이 가셨다.

"젠장!"

소리치며 거실에서 뛰어나가려 했지만 문 밖에는 벽이, 아니, 하라다 형사가 가로막고 있었다. 가와시마 고지는 고무공처럼 튕겨졌다.

"이 사람은 왜 저기서 뒹굴고 있습니까? 그런데 여기만 비가 오는 건가요? 밖은 화창한데요."

하라다가 주절대며 방 안으로 들어왔다.

"이거예요."

유코가 거실로 들어왔다. 레코드 재킷을 손에 들고 있었다.

"자, 고지 씨. 당신이 그저께 오전 중에 나가서 사 온 레코드입니다. 자연의 소리 레코드."

유코와 나는 택시를 타고 서둘러 대학으로 향했다.

"거기서 알아챘어. 아오키 씨가 있던 지하 서고의 바로 위의 강의실에서 레코드 콘서트의 준비가 진행되고 있었잖아. 애들은 스피커 상태를 점검한다고 엄청 큰 소리로 레코드를 틀어놓았을 거야. 소리 중에서도 저음이 가진 진동은 특히 전달력이 좋으니까 강의실 바닥을 통과해서 지하 서고까지 퍼지기에 충분했을 테지. 서고는 2층으로 되어 있으니까 소리의 파장이 몇 번이나 벽에 부딪혔을 거고. 그러면서 더 크게 증폭되었을걸. 세세한 일에는 그다지 신경을 쓰지 않는 아오키 씨가 그걸 빗소리로 착각하기 충분하다고 추측했어."

유코는 이어서 설명했다.

"가와시마 고지는 알고 보면 머리가 좋은 사람이야. 그는 형인 가와시마 선생님으로부터 아오키 씨의 기묘한 죽음에 대해서 듣고 곧바로 어떻게 된 일인지 알아봤을 거야. 그 집에는 이미 여기저기에 스피커가 숨겨져 있었어. 그 스피커를 통해 집 안 어디에서든지 음악을 들을 수 있는 구조니까 소리를 이용해서 무언가 꾸미기에는 안성맞춤이었지. 그는 그걸 이용해서 어머니를 죽이고 유산을 손에 넣겠다는 심산이었을 거야. 그래서 레코드 가게로 가서 자연의 빗소리, 우레 소리, 강이 흐르는 소리 등을 수록한 레코드를 사와서 어머니가 외출하는 그 시간에 그걸 튼 거지. 어머니도 창밖을 보거나 했을지 몰라도 이미 밖은 깜깜했으니 큰 의심 없이 비가 내린다고 생각했을 테지. 그래서 우비 등을 챙겨서 현관으로 갔을 거고. 거기서 어머니를 단검으로 찔러 죽인 거지. 그 상황에서 경찰은 틀림없이 모친의 사건을 앞선 두 사건의 연장선에 두고 수사할 거라 생각했을 거야. 그럼 남매 셋 중에서 자기만 대학교와 관련 없는 사람이니까 의심받을 일은 없겠거니 한 거 아닐까."

"그렇군. 하여간 꽤 까다로운 사건이었어."

"강연 시간에 안 늦겠어? 30분밖에 안 남았어. 기사님께 더 속도를 올리라고 말씀드릴까?"

"하지만 속도 제한이 있잖아."

"아저씨 형사잖아? 지금 긴급한 상황 아니야? 어떻게 좀 해봐!"

유코는 어느새 명탐정에서 평범한 여학생으로 돌아왔다.

강연을 마치자 박수가 터졌다. 나는 몇 번이고 머리를 숙이며 교단을 내려왔다. 내려오자마자 젊은 여학생들에 빙 둘러싸였다. 여학생들은 손에 수첩이나 노트를 들고 "사인해주세요!" 하고 소리질렀다. 예상치 못한 상황에 나는 무척 당황스러웠다.

"수수한 게 멋있어요!"

"콜롬보보다 카리스마 있어요!"

"책은 안 내시나요?"

그런 말들을 들으니 기분이 나쁘지는 않았다. 계속 수첩에 사인을 하다 보니 나도 모르게 얼굴에 미소가 피어났다.

"아직 독신이라는데 정말이에요?"

"그럼 저를 신부로 데려가세요!"

이렇게 말하는 학생도 있었다. 나는 실실 웃다가 순간 공포로 얼어붙었다. 지금껏 한 번도 본 적 없는 무시무시한 것이 보였기 때문이었다.

유코가 조금 떨어진 장소에서 눈썹을 치켜세우고 당장이라도 이빨을 드러내며 위협할 것 같은 흡혈귀처럼 나를 노려보고 있었다. 그녀는 갑자기 등을 홱 돌리고는 출구로 저벅저벅 걸어 나갔다.

"잠, 잠깐! 기다려봐! 이봐!"

나는 여자아이들 사이를 헤치고 유코 뒤를 쫓았다.

건물 밖으로 나가 잔디밭에 가서야 가까스로 그녀를 따라잡았다.

"유코, 기다려봐."

"몰라!"

내 말을 듣는 둥 마는 둥 유코는 계속해서 성큼성큼 걸어갔다. 나는 필사적으로 그녀를 뒤따라갔다.

"화낼 필요 없잖아? 사인 좀 해준 게 전부야."

"허, 아저씨가 어떤 얼굴을 했는지 알아? 흐리멍덩한 얼굴로 헤벌레 해서는. 꼴도 보기 싫어. 저쪽으로 가버려!"

"그러지 말고, 응? 사달라는 거 다 사줄게. 여행이라도 갈까? 그러니까 화 풀어라, 응?"

"정말?"

유코는 갑자기 걸음을 멈추고 내 얼굴을 빤히 바라보았다. 나는 필사적으로 고개를 끄덕였다.

"좋아. 그럼 그 대신에……."

"뭐?"

"여기서 나한테 키스해."

"여기서?"

나는 학생들로 넘치는 주위를 돌아봤다.

"그러니까 이렇게 사람 많은 데서? 그거 경범죄에 해당되는 거라고!"

"어머, 그래? 자, 그럼 안녕."

"잠깐만, 잠깐만. 기다려봐! 알았어, 알았어."

나는 이번에는 망설임 없이 유코를 안고 열렬히 키스했다. 주위에서 환호성이 터지고 어떤 사람은 휘파람을 불어댔다. 박수가 터져 나왔다. 얼굴에서 불이 내뿜어질 듯했다. 정신을 가다듬고 주위를 보자 하라다가 입을 쩍 벌리고 있는 모습이 보였다.

한동안 잔디에 앉아서 찬바람을 쐬고 나니 겨우 이마의 땀이 식었다.

"아야코가 안됐군. 한 번에 엄마와 오빠들을 잃다니."

"하지만 가와시마 선생님 쪽은 동정할 만한 여지도 있잖아. 좀 더

빨리 풀려나올 수도 있는 거 아니야? 그리고 아야코는 이런 일로 주저앉을 아이가 아니야. 지난번에 헤어질 때 이제부터는 학교도 제대로 나오겠다고 했어. 분명 이제부터 본격적으로 그림 그리는 데에도 집중할 거고. 나도 힘이 좀 되어주려고 해."

"그렇게 해. 그런데 방금 생각한 건데."

"응. 뭔데?"

"강연료 대신에 너희 집에 데려간다고 했었지?"

"그랬었지. 다음에 가. 아까 여자애들한테 둘러싸여 헤벌쭉했던 벌이야."

"거참, 너무하네."

"하지만 여행이라면 같이 가도 좋아."

"그래?"

나는 날아갈 듯 기뻤다.

"자, 날이 저물긴 하지만 지금이라도 어디 가볼까?"

"비용은 아저씨가 챙겨 올 거지?"

"응. 보너스가 약간 있으니까."

"왜 이리 목소리에 힘이 없어?"

유코는 웃으면서 나를 약 올리듯이 말했다.

"유럽에 가자고는 하지 않을게."

"마음씨 착한 아가씨군. 하지만 좀 걱정이다."

"뭐가?"

"너하고 여행하면 또 무슨 사건이 일어날 것만 같아서."

"그럴지도 모르지. 사건이 일어나는 곳에 우리가 가는 게 아니라 사건이 우리를 찾아오나 봐. 그게 바로 명탐정이라는 거지!"

유코는 큰소리를 치며 허세를 떨었다.

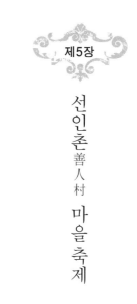

제5장

선인촌善人村

마을축제

유령 열차

1

"국경의 터널을 빠져나오자 눈의 고장이었다."

나는 소설의 한 대목을 시를 낭독하듯이 읊었다.

"'국경의 터널'이 아니라 '국경의 긴 터널'이라고 해야지."

나가이 유코가 코웃음을 치며 정정했다.

"그랬나?"

분위기 좀 잡아보려고 잘난 척 좀 했더니 이렇게 찬물을 끼얹는다. 나는 맥이 빠졌다. 그러다 문득 어떤 생각이 떠올랐다.

"여기에 이미 '나가이'나가이(永井) 유코의 성은 길다는 뜻의 일본어 나가이(長)와 발음이 같다가 있잖아. 그래서 생략했어."

유코는 쿡쿡 웃었다.

"아저씨, 센스 있는데!"

내 농담이 마냥 허튼 소리만은 아니다. 지금 상황과 들어맞는 부분도 있다. 나와 유코가 탄 열차는 실제로 터널 속에 있기 때문이다. 이렇게 말하면 독자 중에 어떤 이는 여기에 불쑥 끼어들어 한소리를 할지도 모르겠다. 열차가 터널을 통과할 때는 시끄러워서 이런 대화를 나누지 못한다고 말이다. 안타깝게도 틀렸다. 현재 우리가 탄 열차는 터널 속에 멈춰 서 있다.

터널이란 들어가면 빠져나와야 한다. 그 끝에 눈의 고장이 있는지 없는지 말이다. 지금 우리는 어두운 동굴 속에 꼼짝없이 갇혔다. 승객으로서는 썩 기분 좋은 상황은 아니다. 내가 시시한 농담을 던진 것도 그런 답답함을 날려버리려는 마음에서였다.

열차가 멈추자 승객들은 '어떻게 된 거야?', '고장이 났나?', '누가 뛰어들었나?'라고 저마다 한마디씩 했다. 터널 속에 뛰어드는 별난 취미를 가진 사람은 없겠지만. 아무튼 호기심이 발동해서인지 몇몇 사람들이 이런저런 말을 꺼내자 나머지 승객들도 수런거리기 시작했다. 열차 안은 한동안 소란스럽더니 갑자기 조용해졌다. 묘하게 기분 나쁜 침묵이 이어졌다. 여기저기서 불안한 기운이 고개를 들었고 한숨을 쉬는 소리가 바닥에 깔리기 시작했다. 이런 상황이 계속되자 불안과 초조함이 섞인 절박한 웅성거림이 온 열차에 퍼져갔다.

"무슨 일이 생긴 건가?"

유코가 어두운 창문 밖을 내다보았다.

"무슨 일인지 안내 방송으로 알려주기만 해도 좋겠군."

"아무것도 말해주지 않으니까 모두가 더 불안해해."

말이 끝나기 무섭게 안내 방송이 나왔다. 방송에서는 새된 소리로 전방에 있는 벼랑이 무너져서 열차가 더 갈 수 없다는 말이 나왔다. 일순간 조용해졌다. 그때 누군가가 침묵을 깼다.

"이봐요! 그럼 우리는 터널에 갇힌 겁니까?"

누군가 말을 꺼내자 여기저기서 웅성거리기 시작했다.

"살려주세요!"

"여기서 나가자! 얼른 짐 챙겨!"

"이대로 있다간 질식하고 말 거야!"

열차 안은 패닉 상태에 빠지기 일보 직전이었다. 유코가 내 얼굴을 쳐다봤다. 어쩔 도리가 없다. 이럴 때는 젊은 여대생의 매력보다 40대 남자의 굵고 탁한 목소리가 힘을 발휘한다. 나는 좌석 위에 올라서서 외쳤다.

"모두 조용히 하시오!"

자랑은 아니지만 그래도 경시청 수사 1과의 경감이다. 나는 전과 수십 범의 악당도 움츠러들 만한 위협적인 목소리를 냈다. 어수선했던 상황은 일순간에 정리가 되었다.

"조용히 하고 방송을 잘 들으란 말이오!"

"다시 안내 말씀 드리겠습니다. 이 터널 앞 1킬로미터 지점에 벼랑이 무너지면서……."

아이고, 한시름 놓았군. 곳곳에서 안도하는 목소리가 나왔다. 모두들 제자리로 돌아갔다.

"수고했어. 아저씨, 다시 봤어."

유코가 매력적으로 웃었다.

"그래?"

나도 아직 그런대로 쓸 만한가 보다.

"얼굴과는 다르게 귀여운 목소리를 내던걸. 소년 합창단에서 보이소프라노였어?"

"……."

연말이 코앞인 12월 30일. 나는 연인인 유코와 함께 시골 냄새가 폴폴 나는 어느 온천에서 설날 연휴를 보내기로 했다. 그래서 우리는 오쿠치치부의 낡은 완행열차에 올라탔다. 열차 안은 고향을 찾아가는 젊은이들과 온천욕으로 병을 치료하려는 노인들로 가득 찼다. 역마다 정차하는 완행열차에 몸을 싣고 있자니 절로 마음이 느긋해졌다. 오랜만에 맛보는 해방감이다.

유코도 여유로워 보인다. 내년 봄에 대학 졸업을 앞둔 유코는 졸업논문도 제출했고 이제는 졸업 증서를 받는 일만 남았다. 졸업논문의 주제는 「머더 구스와 애거사 크리스티가 구사한 상징적 표현의 연관성」이다. 그녀와 잘 어울린다.

"온천에 가요."

유코가 먼저 말을 꺼냈다. 생각해보면 우리가 처음 만난 곳도 이와유다니라는 오래된 온천 마을이었다. 그곳으로 온천 여행을 온 손님이 달리는 열차에서 갑자기 모습을 감춘 사건이 일어났었다. 유령 열차 사건은 전국을 떠들썩하게 했다. 이 젊은 여대생 나가이 유코가 그 사건을 해결한 장본인이다. 유코와 마흔 살의 홀아비인 나는 신기하게도 죽이 척척 맞았다. 어려운 사건 앞에서는 좋은 파트너였고 휴일에는 여느 연인들처럼 함께 즐거운 시간을 보냈다.

이번 여행은 그녀의 졸업도 축하할 겸 함께 설을 맞이하기 위해 떠나 온 것이다. 그 목적지를 시골 온천으로 결정한 것은 그야말로 탁월한 선택이었다. 처음 만났던 곳도 그런 온천 마을이었으니 여러모로 의미가 깊다.

"언제쯤 다시 출발할까?"

열차가 움직일 기미가 좀처럼 보이지 않자 유코도 슬슬 안달이 나는 모양이다.

"우노 경감님 아니십니까!"

젊은 남자의 목소리가 머리 위쪽에서 들려왔다. 고개를 들어 위를 올려다보니 서른도 안 된 앳된 얼굴이 웃고 있다.

"아니, 자네. 나오키 아닌가."

"경감님, 이런 데서 다 뵙는군요."

나오키는 경시청 수사 4과에 소속된 형사다. 과가 다르기 때문에 같이 일을 한 적은 없지만 앞날이 기대되는 실력파라는 소문을 들어서 그를 알고 있었다. 가끔 말을 주고받을 때도 엘리트라고 우쭐대지 않고 겸손해서 호감이 갔다. 만나면 기분이 좋아지는 청년이다.

"여행 왔나?"

"아닙니다. 고향에 내려가는 길입니다."

"고향이 이쪽이었나. 처음 듣는군."

"다음 역에서 내릴 겁니다."

"이런. 코앞에서 발이 묶였군."

"안달해도 달라질 게 없지 않습니까. 일행이십니까?"

나오키는 유코를 보면서 물어보았다. 나는 유코에 대해서 어떻게 설명해야 할지 순간 망설였다. 1과의 동료들은 모두 유코를 잘 알고 있지만 다른 과라면 이야기가 다르다. 상사인 혼마 경정의 체면도 있으니.

내 마음을 헤아렸는지 유코가 먼저 자기소개를 했다.

"조카인 나가이 유코입니다."

이어서 나오키도 붙임성 좋게 인사를 했다.

"이렇게 아름다운 조카분을 두셨다니 처음 듣습니다, 우노 경감님."

"아, 뭐……."

나는 대충 얼버무리고 말았다. 그때 다시 방송이 나왔다. 전방에 무너진 벼랑은 당장 복구하기 어려워서 열차는 다음 역까지만 운행을 한다는 내용이었다. 열차 안 여기저기서 불만 섞인 목소리가 나왔다. 하지만 화를 낸다 한들 상대는 대꾸조차 할 수 없는 흙과 모래다. 어쩔 도리가 없다. 드디어 열차는 천천히 움직이기 시작했다.

"어쨌든 오늘 밤은 역 근처의 여관에서라도 머물러야겠군. 벌써 여덟 시가 넘었으니. 나오키, 역 앞에 여관은 있나?"

"네. 있기는 합니다."

그는 잠시 생각에 빠졌다가 뭔가를 떠올린 모양인지 다시 말을 꺼냈다.

"다음 역에서 내리셔서 밤을 보내실 거라면 저희 집에서 머무르는 것은 어떠십니까?"

"자네 집에서? 그래도 되겠나? 역에서는 가까운가?"

"깊은 산속에 있어서 들어가는 데도 시간이 꽤 걸리긴 합니다."

"그럼 다음 날 나오기가 힘들잖아. 말이라도 고맙군."

"그러지 마시고 설 연휴 내내 편하게 지내세요."

"그렇게나 오래? 그러면 너무 미안하지. 난 그렇게 뻔뻔한 사람이 아닐세. 아무리 수사 1과의 인간이라도 말이야."

"사양하지 마세요. 손님의 발길이 드문 마을이다 보니 마을 사람들은 누가 찾아오기만 하면 엄청 기뻐합니다. 다들 두 분을 분명 크게 환영할 겁니다."

"하지만……."

내가 망설이자 나오키는 열심히 설득을 했다. 그저 말뿐인 권유가 아니었다. 진심으로 말한다는 게 느껴졌다.

"어차피 시골 온천이나 갈까 하고 온 거니 신세를 져도 괜찮을까나."

나는 유코를 보았다. 유코는 나오키와 내가 벌이는 실랑이가 재미있다는 표정으로 보고 있었다.

"아저씨, 이렇게까지 초대해주시는데 사양하지 마."

그렇게 말하고는 미소를 지었다.

"그럼 결정 났습니다. 우노 선배님도 괜찮으시죠?"

"그래, 그래."

나오키가 아이처럼 기뻐하는 모습에 나도 모르게 미소를 지었다.

"마을 이름이 뭔가요?"

"선인촌善人村이라고 합니다."

"네? 선인촌?"

"이름 그대로입니다. 착한 사람들이 모여 사는 선인촌이요. 실제로도 그렇고요."

"이름 한번 멋진데요. 두근두근 기대가 돼요."

유코는 들뜬 모양이다.

"네, 소박하고 착한 사람들이 모인 마을입니다. 마을 사람들끼리 큰소리를 내거나 싸우는 걸 한 번도 본적이 없습니다. 어느 집에서 돈이 갑자기 필요하다고 하면 마을 사람들이 십시일반 돈을 모아서 건네줍니다. 돈을 받은 사람도 굳이 갚을 필요가 없습니다. 힘든 상황일 때에는 늘 서로 발 벗고 나서서 도우니까요. 일일이 돌려주지도, 돌려받지도 않습니다."

"어머나! 그런 곳이 다 있어요?"

"가보시면 아실 겁니다."

"그런 곳에서 자랐으면서 형사를 업으로 삼다니 어떻게 된 건가?"

내가 놀리듯 말하자 나오키는 멋쩍은 듯 웃었다.

"그곳에서는 범죄가 드물긴 하죠. 아, 이제 곧 역에 도착합니다. 내릴 준비를 해주세요."

나오키는 자기 자리로 돌아갔다.

"괜찮겠어? 형사 동료라서 네가 불편할지도 몰라."

"응, 상관없어. 이런 것도 여행의 묘미잖아."

유코는 보스턴백을 내리면서 말했다.

"그리고 그런 마을이라면 사건이 일어날 일도 없을 것 같고."

"그건 그렇군."

그때 누군가의 시선이 느껴져 고개를 돌려 봤더니 스물네댓 살로 보이는 청년이 있었다. 긴 머리에 가죽점퍼를 입은 청년은 이쪽을 보고 있다가 나와 눈이 마주치자 황급히 창문 쪽으로 눈을 돌렸다. 무슨 사정이 있나 보다. 유코가 작은 목소리로 내게 속삭였다.

"저 사람 아까부터 우리 얘기를 듣고 있었어. 몰래 보면 안 들킬 줄 알았나 봐. 이 명탐정을 어떻게 보고!"

"그래?"

"선인촌이라는 이름이 나왔을 때는 깜짝 놀라던데."

"그 마을 사람인가?"

"고향에 내려온 사람처럼 보이지는 않는데."

그건 그렇다. 아무리 봐도 도시에서 태어나고 자란 사람처럼 보인다. 긴 머리를 보면 특히 그랬다. 시골에서는 저런 스타일이 흔하지 않다. 무슨 사연이 있는지 청년은 결의에 찬 표정이었다.

"이야, 마중 나와주셨군요."

개찰구를 나가자 나오키가 한 노인에게 큰 소리로 인사했다. 어찌나 역이 작은지 가게라고 말할 만한 상점 하나 찾기 어려울 정도였다. 나오키 뒤를 따라 나온 나와 유코는 입이 떡 벌어졌다. 세상에! 우리 눈앞에 서 있는 것은 마차였다. 나잇살인지 배가 불룩해서 하얀 콧김을 내뿜고 있는 말도 한 마리 매여 있다. 사실 마차라기보다는 짐수레에 가깝다. 사각형 수레에 낮은 나무 의자 몇 개가 붙어 있을 뿐이니. 그래도 그렇지, 아무리 산골 마을이라 해도 이 시대에 마차가 웬 말인가!

"왜 이렇게 늦게 온 거냐."

말고삐를 잡고 있던 노인이 나오키에게 말했다.

"고스케 할아버지, 여전히 정정하시네요."

"당연하지. 두말할 것도 없다."

"이 앞에 벼랑이 무너져서 열차가 늦었어요."

"그러냐. 기차 따위 불편하기 짝이 없구먼."

"아버지는요?"

"지금 잔치 중이라 자리를 뜰 수가 있어야지. 그래서 내가 대신 나왔다."

"그렇군요. 할아버지, 손님이 오셨어요."

나오키가 나와 유코를 소개하자 낡은 모피를 덮고 있던 그 노인은 얼굴에 가득한 주름을 더 깊게 만들며 미소를 지었다.

"손님이라니 이렇게 반가울 데가. 어서 오시오. 자, 올라타요, 올라타."

노인은 내리더니 유코가 마차에 오르는 걸 도와주었다. 드디어 마차는 노인의 "이랴!" 하는 기합 소리와 함께 출발했다. 달그락달

그락 말발굽 소리를 내면서 울퉁불퉁한 길로 들어갔다.

"마차가 멋져요. 나나한_{배기량 750시시의 대형 오토바이. 일본 제조사의 오}토바이 배기량 자주 규제에 따라 1990년대까지는 가장 큰 배기량을 자랑했다**보다도 훨씬 훌륭해요.**"

유코는 무척 즐거워했다. 나는 멀어져 가는 역사 쪽으로 흘끗 시선을 돌렸다. 순간 깜짝 놀랐다. 좀 전 열차에 같이 탔던 긴 머리 청년이 역 앞에 서서 우리가 떠나는 모습을 지켜보고 있지 않은가. 마차가 신기해서 저러는 건가? 아니다. 내 직감이 아니라고 속삭인다.

2

마차는 한 시간이 넘게 칠흑같이 어두운 산길을 계속 올라갔다. 며칠 전에 내린 눈이 길가에 하얀 벽처럼 쌓여 있었다. 눈 쌓인 산길을 계속 가다 보니 기온은 점점 떨어졌다. 두꺼운 코트를 입어도 아무 소용없을 정도로 매서운 추위였다.

"춥지 않으십니까?"

나오키가 유코에게 물었다.

"전 괜찮아요. 젊잖아요. 아저씨께서 괜찮으신지 모르겠지만요."

"이 정도는 아무것도 아니야. 이까짓 추위 정도는!"

나는 유코의 말에 욱해서 덜덜 떨면서도 아무렇지도 않은 척했다. 말이 끝나기 무섭게 요란한 재채기가 세 번이나 연이어 나왔다. 고스케 할아버지라고 불렸던 노인이 뒤를 돌아봤다.

"이런. 도시에서 온 사람들은 이런 산속이 더 추울 텐데. 내가 신경을 못 썼구려."

어르신은 자신이 걸치고 있던 모피를 벗어주었다.

"아, 아닙니다. 저는 괜찮습니다."

나는 당황스런 목소리로 사양했다.

"괜한 고집부리지 마시게. 난 이런 거 없어도 하나도 춥지 않소. 자, 어서 걸치시오."

훨씬 더 젊은 내가 노인의 옷을 걸치다니. 위아래가 바뀌어도 유분수지 이건 정말 말이 안 된다. 재차 사양했지만 소용없었다.

"어허, 괜찮대도. 어서 입으시게."

어르신 성화에 못 이겨 결국은 낡은 모피를 둘렀다. 고스케 할아버지는 얼핏 봐도 예순 중반 정도로 보인다. 아무리 이 지역 사람이라지만 나이 많은 어르신이 이런 추위를 견디어내기란 쉬운 일이 아닐 텐데 모피를 선뜻 양보해주다니, 이게 바로 선인촌의 미덕인가 보다.

산길을 따라 한참을 더 들어가니 드디어 나무들 사이로 반짝거리는 불빛이 보였다.

"다 왔습니다. 여기가 저희 마을입니다."

나오키가 말했다. 집이 몇 채가 있는지 한눈에 들어올 정도였다.

고즈넉한 산골에 서로 옹기종기 붙어 사는 모습은 마을이라기보다는 촌락이라는 표현이 더 어울린다. 마차는 마을을 관통하는 외길을 천천히 나아갔다. 이제야 도착지에 다다랐나 보다. 마차는 한 목조건물 앞에서 섰다. 마을 건물 중에서는 그나마 큰 건물이었다.

"나오키, 네 아버지는 이 안에 있다."

고스케 할아버지가 말했다. 나는 모피를 벗어서 어르신께 돌려드리고 마차에서 뛰어내렸다. 유코와 나오키도 뒤이어 마차에서 내렸다. 건물 입구에는 '선인촌 마을 회관'이라는 간판이 걸려 있었다. 건물 안에서 시끌벅적한 웃음소리가 흘러나왔다.

"손님이 오셨나요?"

나오키가 고스케 할아버지에게 물었다.

"아. 방송국에서 취재를 온 모양이야. 며칠 전에 서너 명이 왔었는데 오늘 돌아간다고 하는구나. 그래서 지금 송별회를 하는 중이지."

우리는 나오키의 안내를 받으며 다다미가 깔린 50제곱미터 정도되는 거실로 들어갔다. 자연스레 우리도 잔치에 참석하게 되었다.

나오키의 아버지는 마을 사람들 중에서도 연장자 축에 속해 보였다. 그는 얼큰하게 취한 얼굴로 우리를 매우 반갑게 환영해주었다. 나오키의 아버지를 비롯하여 그 자리에 앉아 있는 스무 명 정도의 마을 사람들 중 누구 하나 무뚝뚝한 표정을 짓는 이가 없었다. 마치 오래간만에 만난 친척처럼 우리를 반겨주었다. 마을 사람들은 우리가 들어서자마자 앉을 자리도 바로 마련해주었고 앞에 놓인 잔을 비울 때마다 술도 따라주었다.

"잘 오셨어요. 저희 집에서 묵으시지요."

모두들 자기 집에 초대하겠다고 난리법석을 떨었다.

이런 상황에서는 어떤 대답을 해야 할지 모르겠다. 그렇다고 모든 사람들의 집에 묵지도 못할 노릇이다. 술을 따라주러 온 나오키가 이 상황을 보고 싱글벙글 웃으며 말했다.

"촌장님 댁에 머무는 게 어떠십니까? 그곳이 가장 낫겠습니다. 제가 아버지께 말해두겠습니다."

"그럼, 잘 부탁하네."

맙소사. 이렇게 폐를 끼치다니. 나는 술잔을 내려놓고 한숨을 쉬었다.

"좋은 사람들이란 이런 분들을 두고 하는 말일 거예요. 정말 모두 친절하세요."

유코가 홀짝홀짝 술을 마시면서 말했다. 취기가 오른 유코의 볼이 벚꽃처럼 발그레했다. 그 모습이 요염해 보였다.

"이야. 새로운 손님입니까!"

트위드 터틀넥을 입은 남자가 다가와서 내 어깨를 두드렸다. 밤인데도 선글라스를 걸친 걸 보니 슬쩍만 봐도 도시 사람이다. 한눈에도 연예계나 방송일 관계자인 줄 알아보겠다.

"방송국 쪽에서 일하세요?"

유코가 물었다.

"그렇습니다. 이 마을에 대한 다큐멘터리를 만들려고 촬영하러 왔습니다. 사흘간 있었는데 말이죠. 이야, 정말 환상적인 마을입니다. 마을 사람들이 어찌나 친절한지 아주 놀랐습니다. 이런 소박한 인정이 아직까지 남아 있다니 신기할 뿐입니다. 이렇게 만난 것도 인연인데 한잔합시다. 여기에는 언제까지 있을 예정입니까?"

"오래는 아니고 설 연휴만 보내려고 합니다."

"거참 좋은 생각이네요. 두 분이 참 부럽습니다. 저도 그렇게 하고 싶은 마음은 굴뚝같거든요. 마을분들도 그러기를 권했고요. 하지만 정월 꼭두새벽부터 일이 잡혀 있지 뭡니까. 축제 모습도 찍고 싶지만 일 때문에 가봐야 합니다."

유코가 놀라서 묻는다.

"축제요? 축제가 있나요?"

"모르셨나요? 보시다시피 이 마을은 경제적으로 그다지 넉넉지 못한 곳입니다. 사람들은 거친 밭을 일구거나 사냥하면서 근근이 살아갑니다. 그러다 보니 한 해에 축제를 여러 번 할 여유가 없지요. 그 대신에 새해 첫날, 1년 중 딱 하루 동안 마을 축제를 연다고 들었습니다. 어떤 축제인지는 모르지만요."

"아, 그래요? 정말 기대되는데요."

"다 같이 먹고 놀고 즐기는 게 축제 아니겠습니까?"

그때 마침 위엄 있어 보이는 백발노인이 들어왔다.

"아, 촌장님. 그동안 감사했습니다. 신세 많이 지고 갑니다."

방송국 남자는 고개를 숙이며 인사를 했다.

"어이구, 별말씀을. 촬영에 도움이 되었나 모르겠습니다."

"여부가 있겠습니까. 덕분에 멋진 장면을 많이 담았습니다."

"그거 참 다행이구려. 마차를 준비해놨소. 밤길이니까 서둘러 가지는 못해도 지금 나가면 오늘 밤중에는 시내에 도착할 거요."

"감사합니다. 처음부터 끝까지 이렇게 신경을 다 써주시고. 방영 날짜가 정해지면 알려드리겠습니다. 그리고 혹시 이 마을 전경을 찍으러 헬리콥터가 올지도 모르겠습니다. 그때도 잘 부탁드리겠습니다."

"잘 알겠습니다. 하지만 우리 마을은 작아서 너무 높은 곳에서 찍으면 잘 안 보일지도 모릅니다."

촌장은 그렇게 말하고 웃었다.

방송국 남자가 돌아갈 준비를 하려고 자리를 뜨자 촌장은 우리에게 인사를 했다.

"인사가 늦었습니다. 촌장 소에다입니다. 잘 오셨습니다."

"저희야말로 갑자기 들이닥쳐서 죄송합니다."

"별말씀을 다 하십니다. 손님맞이는 저희의 유일한 즐거움입니다. 신경 쓰지 마시고 편안한 마음으로 계십시오."

촌장은 속이 꽉 찬 데다 기품이 있어 보였고 어지간한 국회의원보다도 훨씬 위엄이 있었다.

잔치는 방송국의 현지 촬영팀 세 명을 보낸 후에도 계속 이어져서 열한 시가 지나서야 겨우 끝이 났다. 나와 유코는 너무 많이 마신 탓에 비틀거리며 소에다 촌장 댁으로 향했다.

밤이 깊어 모두 잠들었는지 마을은 매우 조용했다. 곳곳에 남아 있는 눈에 반사되어 늘어선 집들이 희미하게 빛났다. 마치 동화의 한 장면 같다.

"설까지 계실 거죠? 그럼 축제를 보시겠네요. 정말 잘됐어요."

따끈한 차를 끓이면서 아야지 부인이 미소를 지었다. 그녀는 많아야 서른일고여덟쯤 되는 젊은 여성이라 이미 예순은 넘은 듯한 소에다 촌장과는 어울리지 않아 보였다. 백옥처럼 흰 피부에 단아하고도 갸름한 얼굴 생김새가 매우 매력적이다.

"축제에는 뭘 하나요?"

유코가 차를 마시면서 물었다.

"별건 없어요, 아가씨. 도쿄에서 오신 분이 보시기에는 이렇게 시시한 축제가 다 있나 하실지도 모르겠습니다."

소에다 촌장이 웃으며 말했다. 그러자 아야지 부인이 거들었다.

"정말 그래요. 실망하시지 않으면 좋겠는데요."

"이런. 벌써 열두시가 다 되었구려. 피곤하시죠. 아야지, 손님들 방 좀 준비하지."

촌장이 말하자 부인이 곧 일어나서 방을 나갔다.

"2층은 전부 빈방이에요. 오로지 손님방으로만 씁니다. 내 집이라고 생각하시고 편하게 지내세요. 아무래도 낡은 집이다 보니 춥습니다. 감기 걸리지 않게 조심하시고요."

복도로 나오자 냉장고가 따로 필요 없을 정도로 한기가 돌았다. 긴 세월 동안 마을을 지켜온 촌장만큼이나 오래된 가옥이다. 복도는 어슴푸레하고 방은 너무 넓었다. 부인은 2층에 이웃한 두 방으로 안내했다. 방은 13제곱미터 정도로 꽤 넓은데도 스토브 같은 난방 기기가 전혀 없었다. 이가 덜덜거릴 정도로 추웠다.

유코가 먼저 계단 밑에 있는 고풍스러운 나무 욕조에 들어가서 몸을 따뜻하게 했다. 내가 이어 목욕을 마치고 몸이 식기 전에 재빨리 이불 속으로 들어갔다. 하지만 연인과 여행을 왔는데 혼자서 자야 한다는 게 조금 아쉬웠다. 촌장 말로는 2층은 전부 빈방이라고 했으니까 옆방을 잠시 방문해도 괜찮으리라. 이불 밖으로 나와서 칸막이의 맹장지종이로 두껍게 안팎을 바른 문를 살며시 열어서 들여다보았다. 어둠 속에서 유코가 얼굴을 불쑥 내밀어서 흠칫 놀랐다.

"아이고! 깜짝 놀랐잖아."

"아저씨, 지금 뭐 하는 거야?"

"뭐, 방이 춥지 않나 싶어서. 잘 자나 하고."

"그래? 말과는 달리 굶주린 늑대 같은 얼굴을 하고 있는데?"

꽃무늬가 들어간 귀여운 파자마를 입은 유코는 나를 놀려댔다.

"이렇게 얌전한 늑대가 어디 있어?"

"말이라도 못하면 밉지나 않지. 근데 추워도 너무 춥다."

"맞아. 그래서 내가 조금 따뜻하게 해줄까 하고."

"따뜻하게 해주겠다니 무슨 소리를 하는 거야!"

말은 그렇게 하면서도 유코는 자기가 먼저 내 방으로 뛰어 들어와 이불 한쪽에 서서 재빨리 파자마를 벗었다.

"따뜻하게 해줘."

몸을 뜨겁게 하려면 운동이 가장 효과적이다. 그것도 몸을 접촉

하는 운동이 최고다. 나는 이와 같은 평상시의 지론을 실천하고자 재빨리 협력 태세로 들어갔다. 욕조에 몸을 담가서일까. 목욕을 하고 나서 잔치에서의 취기가 다시 올랐는지 유코의 볼이 상기됐다. 꺼져가는 불씨에 불기운을 불어 넣은 것 같다. 여행이라는 상황 덕분인지 모르겠지만 유코는 여느 때보다 더욱 섹시하다. 나도 젊다면 젊은 40대의 힘을 발휘했다.

"잠깐만!"

유코가 귓전에서 작고 날카로운 목소리를 냈다. 이제 막 절정에 달하려는 순간이었는데 뭐라는 거야! 나는 울컥 화가 치밀었지만 마음을 가라앉히고 애써 차분히 말했다.

"뭐야. 지금은 안전한 시기라면서."

"쉿! 들어봐."

가만히 귀를 기울였다. 계단이 삐걱거리는 소리가 들렸다. 누군가가 복도를 조용히 걸어오고 있다.

"누구지?"

"누구든지 간에 숙부와 조카가 이런 일을 한다는 건 말도 안 되지."

그것도 그렇다. 유코는 다급히 파자마를 챙겨서 알몸으로 옆방에 뛰어갔다. 나도 허둥지둥 옷을 입었다. 옷을 막 다 입었을 때 복도의 장지문이 쓱 하고 열렸다.

"주무세요?"

아야지 부인이 잠옷 차림으로 나타났다. 나는 당황하면서 흐트러진 이불을 정리했다.

"아, 아니요. 아직 안 잡니다."

"그러십니까. 추우시죠?"

부인은 들어와서 장지문을 닫았다.

"추워서 잠들기 힘드신 건 아니신가요?"

"아, 아니요. 아닙니다. 막 자려던 참입니다."

"그럼 제가 딱 맞춰 왔군요."

나는 눈이 휘둥그레졌다.

다소곳하게 앉아 있던 아야지 부인이 옷을 여민 띠를 풀었다.

"아니, 지금 뭐, 뭐 하시는 겁니까?"

"추우시지요?"

잠옷이 어깨에서 미끄러져 내렸다. 아름답게 빛나는 살갗과 풍성한 젖가슴이 드러났다.

"조금이라도 따뜻하게 해드릴까 하고요."

부인이 일어나자 발 위로 잠옷이 스르륵 떨어졌다. 성숙미를 풍기는 훌륭한 육체가 드러났다. 유코의 젊고 팽팽한 몸과는 달랐다. 농익은 그녀의 몸매에서 향기로운 향이 풍겨져 나오는 듯했다. 나는 멍하게 쳐다보다가 부인이 가까이 오는 모습을 보고는 겨우 정신을 차렸다.

"이런, 부인! 남편분이 밑에서 올라오시면 어떡합니까!"

"걱정하시지 않으셔도 되요. 남편 지시로 왔으니까요."

나는 할 말을 잃었다. 그 사이에 부인은 이불 속으로 들어왔다.

나는 당황해서 이불에서 후다닥 뛰쳐나왔다.

"기다려주세요! 이러면 안 됩니다! 이, 이건 부도덕한 짓이라고요!"

나도 참으로 고리타분한 말을 꺼냈다.

"이 마을에서는 손님을 환영하는 마음을 이렇게 표현합니다. 불편해하실 것 없으세요. 아니면 제가 마음에 안 드시는 건가요?"

"당치도 않습니다. 그, 그러니까 대단히 매력적이세요."

"그렇다면 제 쪽으로 오세요."

나는 힐끔 옆방을 보았다. 문이 조금 열려 있고 그 사이로 유코가 한쪽 눈으로 이쪽을 유심히 지켜보고 있다. 여기에서 자칫 잘못하면 저 녀석은 상상도 못 할 일을 벌일 것임에 틀림없다.

온천 여행의 종점이 병원 침대가 될지도 모른다. 하지만 어떻게 행동해야 하나? 두 여성에게 차인 적은 있어도 두 여성에게 구애를 받는 건 처음이다. 게다가 마음 저편에서는 아까운 마음도 꿈틀댔다. 아야지 부인이 지닌 요염한 매력은 좀처럼 거부하기 힘들다. 어떻게 하면 저 매력을 물리칠까. 아야지 부인은 나를 기다리고 있었다.

"그게, 사실은……."

내가 조심스럽게 입을 열었다. 그때였다. 장지문이 드르륵 열리면서 유코가 들어왔다.

3

"잘 먹었습니다."

나는 아침 식사를 마치고 따끈한 차를 홀짝였다.

"마을 산책이라도 하시겠습니까? 걷기 시작하면 어느 틈에 마을 끝에서 끝까지 가버리지만요."

소에다 촌장은 너스레를 떨었다.

"하하하. 유코랑 슬렁슬렁 걸어 다닐게요. 섣달그믐 날이라 바쁘실 텐데 신경 쓰지 마십시오."

겨울 아침인데도 생각보다 덜 추웠다. 걸으면서 정말 작은 마을이구나 하고 새삼 생각했다. 길 양쪽으로 늘어선 집들 바로 뒤편에는 숲이 있었고 바로 산으로 이어졌다.

설 전날이라서 그런지 마을 사람들은 꽤 분주하게 길을 오갔다. 그들은 우리와 스쳐 지나갈 때면 미소를 지으면서 인사를 했다. 나는 답인사를 하기가 겸연쩍었다.

"우리가 온 것을 마을 사람들이 다 알고 있나 보군."

"유명 인사라도 된 기분이야."

유코가 웃으면서 말했다.

"그건 그렇다 치고."

나는 숨을 한 번 크게 쉬고 말을 돌렸다.

"어젯밤 너의 연기는 정말 멋졌어. 정말 잠에서 막 깨어난 사람

같더라.”

유코는 장난기 가득한 표정을 지으며 어깨를 으쓱했다. 정말이지 유코가 장지문을 열고 들어왔을 때는 무슨 일이 날까 싶어 심장이 다 벌렁벌렁했었다. 유코는 졸린 눈을 하고 '삼촌, 추워요. 같이 자도 되죠?'라고 혀 짧은 소리로 애처럼 칭얼거렸다. 유코는 아야지 부인이 알몸으로 누워 있는 내 이불 속으로 꼬물꼬물 들어와서는 조용히 새근거리기 시작했다. 아야지 부인도 '어머, 귀여워라. 아직 아이네요.'라고 말하며 웃었다.

“그럼 저는 가볼게요. 조카와 같이 주무세요.”

그녀는 잠옷을 입고 방을 나갔다. 나는 그제야 마음이 놓여 잔뜩 긴장해 딱딱해진 어깨에 힘을 뺐다. 동시에 잠든 척했던 유코도 눈을 번쩍 떴다.

“그렇게라도 해야지 어떻게 해. 안 그러면 아저씨가 그 부인하고 잘 것만 같았단 말이야.”

마을을 나가는 길로 들어서면서 유코가 말했다.

“그럴 리가 있겠어!”

“그야 모를 일이지. 내가 거기서 그렇게 보지 않고 잠들었다면? 그래도 그 유혹을 피했겠어?”

“당연하지!”

발끈해서 소리쳤지만 조금 양심이 찔리기는 했다.

“다 지난 일이잖아. 아무 일도 없었고 그 후로 우리 둘이 오붓하게 보냈잖아.”

"알았어. 용서해줄게. 사실 잘 참기도 했으니까."

유코는 그렇게 말하고는 웃었다.

"하지만 환영 인사가 그 정도면 너무 지나쳐."

"그러게 말이야. 손님이 오면 매번 부인을 보내는 건가?"

"옛날 알래스카 부근에 그런 관습이 있었다고 들은 적은 있어."

"이상한 풍습이군. 어! 저건 뭐지?"

우리는 어느새 마을을 벗어나 뒷산으로 올라가는 입구로 들어섰다. 그곳에 있는 꽤 널찍한 공간에서 남자들이 재목을 맞추고 망을 잡아당기고 못을 박는 등 대공사를 한창 벌이고 있었다.

"안녕하십니까. 지금 뭐 하시는 건지 여쭤봐도 되겠습니까?"

"뭘 좀 만들고 있습니다."

그들은 야구장을 미니 사이즈로 축소시킨 형태를 만들고 있었다. 2미터 높이의 널빤지를 빙 둘러서 직경 10미터 정도인 원형 토지를 만들고 그 위에 계단식으로 벤치를 놓아 그 주위를 둘러쌌다. 관중들이 내려다보는 구조다.

"아저씨, 축제 때 뭘 하려고 만드나 봐."

"스모 대회를 하려나?"

"방해하면 안 되니까 가자."

우리는 좁은 산길을 한가로이 걸었다. 여기저기에 채 녹지 않은 하얀 눈이 남아 있었다. 마른 숲 사이를 얼마간 걸어가자 갑자기 눈앞에 탁 트인 전망이 펼쳐졌다. 자연이 만든 전망대였다. 청량한 기운이 공기 속에 가득하고 산들은 끊임없이 펼쳐져 있었다. 나무 한 그루 한 그루가 손에 잡힐 듯이 선명하게 보였다. 속이 뻥 뚫릴 것 같은 아름다운 풍경이었다.

"와아, 대단한 절벽인데!"

유코가 절벽 끝까지 걸어가서 밑을 내려다봤다. 나도 무서워하면서 발밑을 내려다봤다. 발아래부터 저 멀리 떨어진 바위투성이인 시냇물까지는 족히 50미터 이상은 되어 보였다. 오금이 저려 황급히 뒤로 물러섰다. 나는 가까이에 있는 그루터기에 걸터앉았다.

"유코, 그렇게 절벽 끝까지 가면 위험해."

"응. 알았어."

유코는 돌아와서 내 옆에 앉았다.

"자살 명소로 유명해지기 딱 좋은 곳인데."

"그래도 자살 같은 건 안 하겠지. 말 그대로 여기는 '선인촌'이니까."

"그러네. 이런 산속 마을에서 평화롭게 사는 인생도 꽤 괜찮겠어."

"도시 한복판에서 살인범을 뒤쫓는 인생도 있지. 너는 봄에 대학 졸업하면 뭐 할 거야?"

"글쎄. 모르겠어. 일자리를 찾아야겠지. 탐정 사무실이라도 열까?"

"위험한 짓은 하지 마. 맨날 걱정하며 살기는 싫어."

"그럼 자기는 어떻고?"

"경찰 일은 내 직업이라고. 하긴, 죽은 아내도 늘 걱정했었어. 위험한 일을 할 거면 차라리 해고당해서 오라고 말했지. 그랬던 아내가 교통사고로 죽은 거야."

"정말 한 치 앞도 모르는 게 우리네 삶인가 봐."

유코는 꽤 심각한 표정을 짓는가 싶더니 갑자기 헤실헤실 웃었다.

"그래서 난 하고 싶은 일은 미루지 않고 바로 해버리자는 주의거 든. 여기서 키스해줘."

나는 몸을 바짝 당겨 유코를 안고 입술을 포겠다. 좁은 그루터기 위이다 보니 몸놀림이 부자연스러웠다.

"어머!"

별안간 유코가 소리치며 재빨리 떨어졌다. 돌아보자 가죽점퍼를 입은 긴 머리칼의 청년이 때를 잘못 맞추었다는 표정으로 쭈뼛대며 서 있었다. 열차 속에서 우리의 대화를 들었던 바로 그 청년이었다.

"방해해서 죄송합니다."

청년은 머리를 긁적였다.

"그쪽이 미안해할 일은 아닙니다. 제가 경범죄에 해당되는 행동 을 한 거니까요."

"당신들은 선인촌에 머무르고 있죠?"

"그렇습니다. 저는 우노라고 합니다. 이쪽은 나가이 유코."

"안녕하세요. 도쿄 사람인가요?"

유코가 물었다.

"그렇습니다. 저는 야마우에라고 합니다."

청년은 가까운 바위 위에 앉았다.

"두 분을 방해할 생각으로 여기에 온 건 아닙니다. 사실 1년 전에 형이 여기서 죽었어요."

"설마! 선인촌에서요?"

"아니요. 여기 이 절벽에서 떨어져서 죽었지요."

"아니, 저런! 이곳은 역시 위험하군요. 철책도 뭐도 없으니까요."

나는 고개를 설레설레 저었다.

"저도 형이 사고를 당했다는 통보를 받고 이곳으로 달려왔을 때는 그렇게 생각했습니다. 그래서 촌장인가 뭔가 하는 사람한테 철책을 설치해달라는 부탁도 했지요."

"소에다 촌장한테 말씀이십니까?"

"네. 그 사람 맞습니다. 그는 꼭 철책을 만들겠다는 약속을 해놓고는 아직까지 손도 안 대고 있지요."

"아무래도 가난한 마을이라서 그런 거 아닐까요?"

"사실 제가 다시 여기에 온 건 그 이유뿐만이 아닙니다."

"그렇다면요?"

"아무래도 마음에 걸리는 점이 있어서요. 다시 오면 뭔가 알 수 있을까 싶어서요."

"마음에 걸린다는 게 뭡니까?"

야마우에라는 청년은 잠시 사이를 두고 말을 꺼냈다.

"형은 누군가가 밀어서 떨어진 게 아닐까 하고 생각했습니다."

나와 유코는 반사적으로 서로의 얼굴을 쳐다보았다. 야마우에는 이어서 말했다.

"열차 속에서 말씀하시기로는 경감이시라고⋯⋯."

"그렇습니다만."

"제 이야기를 한번 들어주시겠습니까? 형한테는 심한 고소공포증이 있었어요. 2~3미터 높이라도 벌써 발의 힘이 풀려버릴 정도로요. 그런 형이 왜 이런 절벽까지 왔는지 이해가 안 갑니다."

"그랬겠군요. 하지만 어쩌다가 여기까지 와서는 우연히 밑을 내려다보고 현기증이 왔을지도 모르죠."

"그럴 수도 있겠지요. 하지만 저는 형이 이런 곳까지 왔다는 사실 자체가 이상합니다."

유코가 끼어들었다.

"형이 살해당했다고 생각하는 이유가 있나요?"

"네, 있습니다. 사실 형의 유체를 받아서 도쿄로 돌아갔더니 형이 죽기 직전에 쓴 편지가 도착해 있었습니다. 형이 죽은 날은 그해 설날이었으니 12월 31일자로 부친 편지가 도착한 거죠."

"그 편지에 무언가가 쓰여 있었군요. 누가 내 목숨을 노리고 있다든지요."

"누군가에게 살의를 느꼈다는 말 같은 건 편지에는 정확히 쓰여 있지 않았습니다. 형은 르포 기자였습니다. 당시 이 근처를 취재하느라 그 마을에 머물렀고요. 편지에는 이 마을 사람들이 열렬히 환영해주어 기쁘다는 말과 선인촌이라는 이름이 매우 잘 어울리는 좋은 곳이라는 내용이 쓰여 있었습니다."

"그렇다면."

"맞습니다. 그뿐만이라면 저도 신경을 쓰지 않겠지만 단지 환영 인사치고는 지나친 일도 있더라고요."

"그 일이라 하면요."

"촌장의 부인이 매일 밤 형을 상대하러 형이 머무는 방으로 들어왔다더군요."

그 말에 나와 유코는 자연스럽게 눈을 맞췄다.

"형도 그렇지, 그런 얼토당토않은 일은 거절하면 될 것을. 플레이보이 같은 짓을 했어요. 여자가 달려드는데 굳이 막을 필요는 없다며 거리낌 없이 즐겼던 것 같더군요. 멋진 몸매를 가진 여자라고도 쓰여 있었습니다. 하지만 촌장이 자기 부인한테 그런 일까지 시킨다니 믿어지지 않았어요."

"그래서 어떻게 했습니까?"

"여름휴가나 휴일에 이 지방의 풍습을 조사했습니다. 하지만 손님한테 부인을 빌려주다니. 그러다 형과 촌장의 부인은 불륜 관계가 되어버렸을지도 몰라요. 촌장의 눈을 피해서 만나다가 그것을 촌장이 어떤 기회에 알아버린 건 아닐지⋯⋯."

"촌장이 질투심에 불타 형을 여기에서 밀어버렸다. 확실히 그럴 법하구먼."

나는 고개를 끄덕이며 말했다.

"그런 가능성이 없지는 않다고 생각합니다."

"형님분의 사건은 결국 사고사로 처리된 게로군요. 그렇다 해도 확실한 증거가 없는 이상 재수사는 어렵습니다."

"알고 있습니다. 저도 타살이라고 확신을 하지는 않습니다. 재수

사가 쉽지 않다는 사실도 잘 알고 있고요. 당시 사건이 발생한 이후
부터 1년 동안 계속 신경이 쓰여서요. 그래서 일단 한번 다시 여기
에 와보자고 생각했지요."

그때 숲속에 난 좁은 길에서 "우노 선배님!"이라고 부르는 소리
가 들렸다. 나오키 형사의 목소리다. 야마우에는 서둘러 일어났다.

"마을 사람한테 제 모습을 보이고 싶지 않습니다. 그럼 실례했습
니다."

말을 마치자마자 야마우에는 나오키의 목소리가 들려오는 곳과
는 반대 방향의 숲으로 달려갔다.

나와 유코가 말없이 얼굴을 마주 보고 있자 나오키가 다가왔다.

"아, 여기 계셨군요. 보이지 않아서 찾았어요."

"어이구, 고생시켰구먼."

"아닙니다. 여기 어떠세요? 전망이 좋죠?"

나오키는 그렇게 말하면서 흐뭇한 표정을 지었다.

"멋진 절벽이에요."

유코가 감탄하며 말했다.

"위험하지 않나요? 철책이나 그런 게 없어서."

유코가 이어서 묻자 나오키가 순간 당황스러운 표정을 지었다.

"말씀을 들어보니 그렇군요. 하지만 생각지도 못했어요. 지금까
지 여기에서 떨어진 사람은 단 한 명도 없었으니까요."

유코와 나는 마을 주변을 어슬렁거리며 말을 주고받았다.

"나오키가 말한 대로라면 저 야마우에라는 청년이 한 말은 대체 뭐지?"

내가 유코에게 물었다.

"그러게. 그 청년이 거짓말하는 것 같지는 않았는데."

"어쩌면 나오키가 모르는 일일지도 모르지. 작년 설에 고향을 찾지 않았다면."

"하지만 이렇게 작은 마을에서 그런 대사건이 일어나면 당연히 소문이 돌았을 거야."

"그것도 그렇지. 아, 유코, 잠깐만."

나는 유코를 뒤에 남기고 마을에 하나뿐인 잡화점에 들어갔다.

"담배 있습니까?"

"네. 있어요."

붉은 얼굴에 포동포동하고 다부진 체격을 한 여주인이 맞이했다.

"세븐 스타 있습니까?"

"아이고, 그건 없구려."

"그럼 다른 걸로 주세요."

"미안합니다. 하이라이트는 있는데 그거라도 드릴까요?"

"네, 괜찮습니다. 그걸로 주세요."

"미안합니다."

계속 미안하다고 사과를 하는 통에 오히려 내가 더 몸 둘 바를 몰랐다. 빠른 걸음으로 가게를 나왔다.

"미안, 유코. 많이 기다렸어? 뭘 보고 있는 거야?"

"어? 아……. 저 여자애."

"어디? 누구를 말하는 건데?"

"저기를 봐."

유코가 손가락으로 가리킨 곳에는 집 한 채가 있었다. 그 밑에 쭈그리고 앉아 있는 젊은 아가씨 한 명이 보였다. 스무 살가량일까? 깡마른 데다 이상할 정도로 창백하다.

"저 애 어디 아픈가 보네."

"저 눈빛은 정상이 아니야."

긴 머리카락이 얼굴을 덮고 있어 마치 유령 같았다. 얼굴을 덮은 머리칼 사이로 커다란 눈이 보였다. 부랑자처럼 더러운 옷을 입고 미동조차 하지 않아 왠지 께름칙한 분위기를 풍겼다.

"그 아이 말입니까? 불쌍한 애지요."

점심을 먹으며 소에다 촌장은 유코의 질문에 대답하고는 한숨을 쉬었다.

"2년 전 마을에서 조금 떨어진 산 쪽에서 산사태가 일어났습니다. 며칠이나 비가 내린 후라서 지반이 약해져 있던 탓이죠. 그 아이는 부모와 셋이서 살았는데 그때 산사태가 나면서 집을 덮어버렸고 가족 모두가 생매장당했습니다. 마을 사람이 모두 구조에 나섰지만 저 아이만 겨우 살아남고 부모는 모두 죽고 말았어요. 그때 충격이 컸던 모양입니다. 아마도 생매장되었을 때 느꼈던 두려움이 컸겠지요. 그 이후 저 아이는 계속 저렇게 점심때는 길가에 앉아서 멍하니 있습니다. 말도 안 하고 누가 무슨 말을 해도 알아듣지도 못한답니다."

"그랬군요."

평화로운 마을에도 비극은 있었군.

"그보다 특별히 드시고 싶은 거라도 있으십니까? 가난한 마을이라도 1년에 한 번은 풍성한 식탁을 차립니다. 오늘 밤은 올해의 마지막 날이니까요."

"아닙니다. 신경 쓰지 마십시오."

"손님이 원하시는 게 있다면 들어드리고 싶습니다."

"아무리 도쿄 사람이라도 이곳까지 와서 스테이크를 먹을 생각은 하지 않습니다. 따로 차려주시지 않아도 됩니다. 마음만 감사히 받겠습니다."

나는 웃으며 말했다.

"알겠습니다. 그렇게 말씀해주시니 오히려 제가 감사합니다."

"촌장님, 좀 전에 마을 밖에서 뭔가 만들고 있던데요. 그게 뭔가요?"

유코가 물었다.

"그거 말입니까?"

소에다 촌장은 너털웃음을 쳤다.

"기분 전환을 위한 장소입니다. 내일이 되면 아실 겁니다. 그럼 전 바빠서 먼저 일어납니다."

그는 밖으로 나갔다. 아야지 부인이 차를 끓여 와 홀짝거리면서 마셨다. 나는 조용한 이 부인이 어제 내 눈앞에서 알몸을 드러낸 장본인인지 정말 의심스러웠다. 남편의 명령이라지만 생판 모르는 남자에게 자신의 몸을 내어주는 일이 말이나 될 법한 소린가! 게다가 다음 날에는 이렇게 아무 일도 없던 양 행동하고 있다. 과연 소에다 촌장은 부인의 그런 행동을 알고 있는 걸까?

4

"오늘 밤 뭐?"

"응. 오늘 밤도 촌장 부인이 아저씨 방으로 온다면 어떻게 할 거야?"

"아, 또 올 수도 있겠군. 이거 어쩌면 좋지."

나는 2층에 있는 내 방에 벌러덩 누워 생각했다.

"저번처럼 네가 잠결에 오는 것처럼 꾸미면 어떨까?"

"함께 자보면 어때?"

"무슨 말도 안 되는 소리를 하는 거야."

"말 그대로야. 부인과 자보라고."

유코는 참으로 태평하다.

"유코! 진심이야?"

나는 벌떡 일어났다.

"아이, 깜짝이야. 그래, 진심이야."

유코는 창가로 가 창끝에 걸터앉았다.

"그 여자 꽤 미인인걸. 아저씨도 좋잖아."

"농담하는 거야? 너는 내가 그래도 아무렇지도 않아?"

"괜찮은 건 아니야. 속이야 뒤집어지지. 하지만 손톱으로 확 긁어서 석 삼三 자 자국을 만들면 속이 풀릴 테니까 괜찮아."

"도대체 무슨 꿍꿍이야?"

"그 부인한테 물어봐. 1년 전에 죽은 사람에 대해서."

"뭐야. 그럼 그 때문에 나한테 그런 짓을 하라는 거야?"

나는 화가 났다.

"미안하지만 나는 제임스 본드가 아니야. 적으로 여기는 여자 스파이와 잘 지낼 만큼 대담하지 않다고."

유코는 내 말을 듣지도 않고 창문 밖을 내다보았다.

"듣고 있어? 나는 사양하겠어. 자랑은 아니지만 부인과 결혼한 이후로는 다른 여자한테 손을 대본 적도 없어. 너랑 사귀기 전까지 말이야. 너 말고는 잠자리를 같이한 여자가 없다고. 난 내 나름대로 정조를 지킬 거야. 네가 무슨 말을 하든지."

"잠깐 이리 와봐!"

"뭔데? 내가 잠자리나 이용해서 그런 걸 물어볼 거 같아?"

"바보! 빨리 이리 좀 와봐!"

유코가 정색을 하고 다급해하기에 나는 벌떡 일어났다. 유코는 한참 창문 밑을 바라봤다.

"뭔데 그래?"

"저걸 봐."

창문 아래로 장식물과 닭 우리가 늘어선 뒤뜰이 보였다. 그 뒤뜰에 서서 이 방의 창문을 올려다보는 이가 있다. 낮에 길가에 쭈그리고 있었던 그 여자아이다.

"아까 그 아이잖아."

"눈을 봐!"

그 아이의 눈은 초점이 없는 공허한 눈이 아니었다. 간절한 눈빛으로 계속 우리를 올려다보며 무언가를 필사적으로 호소하는 눈이었다. 그 아이는 가까이에 떨어진 작은 나뭇가지를 집어 들고 지면에 글자를 크게 썼다. 그러고는 바로 발로 문질러서 글자를 지웠다. 그녀는 바로 도망이라도 가듯 뛰어갔다.

"유코, 저 애 대체 왜 저러는 거지?"

"모르겠어. 하지만 적은 글자는 확실히 알았어."

그 아이는 이렇게 썼다. 살해당할 거야.

"누가? 왜?"

내가 몇 번이나 같은 단어만 되풀이하자 유코가 지겨운 듯 턱을 떨어뜨렸다.

"도대체 언제냐고!"

"아저씨, 이렇게 앉아서 끙끙대봤자 달라질 게 없어. 뭐라도 해야 하지 않겠어?"

"뭘 해야 하는데?"

"그걸 알면 이렇게 고민을 안 하지. 정말이지. 이렇게 평화로운 마을에 왔는데도 또 사건이라니!"

유코는 한숨을 쉬었다.

"아직 아무 일도 일어나지 않았어. 그 아이가 좀 이상한 거 아니야? 없는 일을 상상하고 있을 수도 있어."

"아저씨, 그 진지한 눈을 생각해봐. 좀 전 길에서 멍하게 앉아 있었던 때와는 전혀 다르잖아. 촌장님의 말씀처럼 뭘 들어도 모르는 상태는 절대 아니었어."

"그건 그래. 그렇다면……."

"그 아이는 일부러 사람 말을 못 알아듣는 척하는 거야."

"하지만 왜?"

답을 알 리가 없었다. 유코는 고개를 절레절레 저었다.

"뭔가 있겠지. 무슨 사정이 있는 게 분명해."

"어떻게 해야 하나?"

"좀 전에 야마우에라는 사람이 한 이야기 말야. 거기에 열쇠가 있을지도 몰라."

"나오키는 아무것도 모르는 것 같던데."

"지방 경찰서에서도 조사해볼 만한데."

"그렇기야 하다만 산중 산골에서 갑자기 시내로 조사하러 나가는 것도 이상하지 않아?"

"그러다 정말로 살인이 일어나면 어떻게 해?"

"음. 그런 일은 절대 일어나서는 안 되지."

"아저씨, 그럼 그럴듯한 이유를 만들어서 갔다 와."

"그래 볼까. 그럼 너는 뭘 할 거야?"

"나는 그 여자애와 한번 이야기를 해볼게. 단둘이 있으면 분명 뭔가를 털어놓을 거야."

"나는 촌장이 돌아오면 적당한 핑계를 만들어서 시내로 갈게."

우리는 1층으로 내려갔다. 마침 소에다 촌장은 거실에서 쉬는 중이었다.

"너무 바빠서 신경을 못 써드렸습니다. 죄송합니다."

"아닙니다. 그런데 좀 부탁이 있습니다."

나는 자리에 앉으며 말을 꺼냈다.

"아, 그렇지."

촌장이 옆에 벗어놓은 코트의 주머니를 뒤져서 세븐 스타 세 갑을 건네주었다.

"이 담배를 좋아하신다고 해서요."

"아!"

내가 마술이라도 본 것처럼 깜짝 놀라자 촌장은 웃으며 말했다.

"잡화상 주인이 당신이 이 담배가 떨어져서 못 샀다고 하더군요. 마침 시내로 내려가려는 사람이 있어서 전화를 걸어서 사 오라고 했지요."

"아니, 뭘 다 이렇게."

"손님한테는 최대한 대접해드리는 것이 이 마을의 풍습입니다."

"아무리 그래도 그렇지, 정말 놀랐습니다."

"응당 해야 할 일입니다. 그래, 하려던 말씀은 뭡니까?"

"네. 사실은 그……."

말을 꺼내려는 참이었다.

"촌장님! 촌장님! 계세요?"

헐레벌떡 뛰어오는 발소리와 함께 다급한 목소리가 현관에서 들려왔다.

"여기 있네. 도대체 무슨 일인가."

"큰일 났어요. 이리가 나왔어요. 아, 그 녀석은……."

야단스럽게 굴며 달려온 마을 남자는 우리를 보고는 깜짝 놀랐다.

"실례했습니다. 손님이 계시는 줄 몰라서."

"이리가 나왔다고요? 옛날에 사라졌다고 생각했는데."

유코가 눈을 동그랗게 뜨고 물어본다.

"이리가 나올 리가 없네. 무슨 잠꼬대 같은 소리인가."

촌장이 다시 묻자 남자는 머리를 긁적이며 "네……." 하고 기어들어 가는 목소리로 대답했다.

"아무튼 그래서 무슨 일이 생겼나?"

"그게 여행객 같은데, 뒷산에서……."

"상처라도 입었는가?"

"죽었습니다."

촌장의 얼굴이 굳어졌다.

"바로 가지. 안내하게."

"네!"

"저도 같이 가겠습니다."

나도 일어섰다.

"하지만 손님께 어찌……."

"저는 형사입니다. 이런 일에는 익숙합니다."

"그렇겠군요. 그럼 부탁드리겠습니다."

문밖으로 나서자 몇몇 남자들이 뒷산으로 향하는 모습이 보였다. 이미 마을 사람들에게 그 사건이 알려진 모양이다. 여자들도 거리로 나와서 불안한 표정으로 수군거렸다. 나와 유코도 촌장을 따라 오전에 올랐던 산길을 다시 올랐다. 가다 보니 길 옆 숲 속에서 남자 여럿이 모여 있다.

"촌장님."

"어떻게 됐나?"

"아주 심각합니다. 여길 보세요."

촌장의 어깨 너머로 들여다본 나와 유코는 숨이 멎을 뻔했다. 목이 무참히 뜯겨 나가 벌어진 상처가 끔찍하게 입을 벌리고 있었다. 그 시체는 야마우에였다.

"우연일까? 아니면……."

"살인. 둘 중 하나지."

"아저씨, 상처를 봤을 때 동물한테 당한 게 분명해. 칼에 찔린 상처는 아니야."

"하지만 그 여자가 '살해당할 거야'라고 쓴 직후에 사람이 진짜로 죽었어. 게다가 작년에는 그의 형이 여기에서 죽었고. 이 청년은 당시 사건의 의문을 조사하러 온 사람이야. 유코, 우연으로 보기에는 마음에 걸리는 게 많지 않아?"

"그것도 그래."

방에 돌아간 우리는 깊은 생각에 빠졌다. 우리가 키스하는 장면을 보고는 쑥스러워했던 젊은이가 지금은 시체가 되어 마차 위에 실렸다. 마음이 무거웠다.

"아무튼 내가 시체를 실은 마차를 타고 같이 시내로 가볼게. 시내 경찰한테 이런저런 사정도 물어보고."

"부검도 해야 할 거야."

"알고 있어. 잘 처리할게. 일단 촌장은 관계가 없는 듯해."

"왜 그렇게 생각해?"

"내가 시체와 함께 시내로 내려가고 싶다고 했을 때 전혀 싫어하는 기색 없이 오히려 부탁한다며 안심했거든. 켕기는 게 있다면 그렇게 하지는 않겠지?"

"그렇겠네."

그때 문 밖에서 아야지 부인의 목소리가 들렸다.

"저녁밥 준비 다 되었어요."

"고맙습니다. 오늘은 빠르군요."

나는 복도로 나와 부인을 맞았다.

"네. 마차를 타고 시내로 내려가신다는 말을 들어서요. 그 전에 저녁밥을 준비했습니다."

"이리 신경 써주시니 정말 고맙습니다."

우리 둘은 아래로 내려갔다. 식탁을 보고 눈이 휘둥그레졌다. 도심 레스토랑에서도 본 적이 없는 두꺼운 스테이크가 철판 위에서 지글거렸다.

"도시에서 오신 분들께 푸성귀는 입맛에 맞지 않으실 것 같아서요. 시내 정육점에서 가장 좋은 부분을 끊어 왔습니다. 간이나 구운 정도는 입에 맞으실지 모르겠습니다. 그럼 편히 드세요."

소에다 촌장이 말했다.

"이렇게까지 배려를 해주시다니. 몸 둘 바를 모르겠습니다."

"아닙니다. 이게 우리 마을의 정입니다. 맛있게 드세요."

나와 유코는 '놀랍다' 말고는 다른 생각이 들지 않았다. 첫가락으로 스테이크에 덤벼들었다.

야마우에의 시체를 마차 뒤에 싣고 마을을 벗어난 건 이미 해가 완전히 진 후였다.

"아저씨, 조심해요."

"너도 위험한 일은 하지 마."

"알았어. 그럼 해피 뉴 이어."

그러고 보니 오늘은 올해의 마지막 날이다.

마차의 고삐를 쥔 사람은 어제 역으로 마중 나와준 고스케 씨다. 이번에는 아예 처음부터 마을 사람에게 모피를 빌려서 덮었다. 나는 고스케 씨와 나란히 마부석에 앉았다. 뒤쪽 시체 옆에는 마을 젊은이 두 명이 타고 있다.

밤길을 천천히 가다가 20분 정도 지났을 무렵 갑자기 마차가 덜컹하고 멈췄다.

"무슨 일인가요?"

"아무래도 도랑에 빠진 모양이야. 이봐! 모두 내려서 밀어라!"

나도 도울 생각으로 마차 뒤로 뛰어갔다.

"밀면 되지요? 좋았어. 힘 좀 써보죠."

영차 하고 마차를 밀려고 하는 순간 누군가가 내 머리를 세게 쳤다. 뭐야? 도대체 누구지? 그 생각이 마지막이었다. 그 뒤로는 아무 기억이 없었다.

5

눈을 떴다. 온 하늘 가득 별이 보였다. 아니다. 별빛이 눈앞에서 아른거렸다. 저 하늘에 떠 있는 별이 아니라 머리에 충격이 가해졌을 때 얼굴 주위에서 빙글빙글 도는 그 별이다. 머리가 몹시 아팠다. 통증 때문에 나도 모르게 신음 소리를 냈다.

"정신이 좀 들어?"

귓전에서 익숙한 목소리가 들렸다. 놀라서 몸을 일으키는데 갑자기 극심한 고통이 밀려와 얼굴이 절로 찡그려졌다.

"아……. 아파."

"괜찮아요? 혹이 엄청나. 아프지?"

유코가 걱정스러운 눈빛으로 쳐다본다.

"아야야, 근데 여기는 어디야?"

나는 그제야 주위를 돌아보았다. 내가 있는 곳은 좁은 창고 안이었다. 불빛이 전혀 없어 판자로 막아버린 창문 틈에서 미세하게 흘러 들어오는 빛으로 유코의 얼굴이 겨우 보였다. 바닥에 내팽겨져 하반신에 한기가 돌았다. 내동댕이쳐질 때 다쳤는지 여기저기가 욱신거린다.

"유코, 너는 왜 여기에……."

"아저씨를 보내고 나서 방으로 들어왔는데 갑자기 누군가가 덮쳤어."

"덮쳤다고?"

"느닷없이 머리에 천을 뒤집어씌우더니 버둥거릴 틈도 없이 배를 엄청 세게 때렸어. 정신을 잃었다가 깨어보니 여기야. 바로 옆에는 아저씨가 뻗어 있었고. 나도 방금 일어났어. 아저씨는 어떻게 된 거야?"

나는 상황을 간단하게 설명했다. 자세하게 설명하려고 했지만 뭐가 뭔지 아직 전혀 파악이 안 된다.

"제길! 도대체 여기는 어디지?"

"잘 모르겠지만 아마도 촌장 댁의 뒤뜰이 아닐까. 이런 소도구 창고를 봤던 기억이 나."

"촌장 댁? 그럼 그 녀석은 역시! 아니지, 날 친 건 고스케 씨 아니면 같이 있던 마을 청년들인데."

유코는 잠시 침묵했다. 한참을 생각하는가 싶더니 말을 시작했다.

"있잖아. 조금 전부터 든 생각인데."

"무슨 생각?"

"뭔가 알 것 같아."

"뭘?"

"이 마을의 환영 인사가 가진 의미를."

"무슨 말이야."

"아저씨, 한번 생각해봐. 아무리 착한 사람들이 사는 마을이라고 해도 이상해. 고작 아저씨가 피우는 담배가 없을 뿐인데도 일부러 부탁까지 해서 사다 주고 도시 사람 입맛에 맞춰서 스테이크까지 준비해주었어. 이건 이미 성의 표시 수준을 벗어난 거야. 도가 지나쳐."

"그것도 그러네."

"촌장이 아저씨한테 부인을 보낸 것도 환영 인사로 보기에 너무도 이상하지."

"확실히 그렇지."

"뭔가 특별한 의미가 있어. 이 환영에는."

"하지만 그게 뭔지 전혀 모르겠어."

"모르겠어? 뭐든지 그 사람이 원하는 걸 들어주잖아. 좋아하는 음식, 담배, 여자. 뭐든지 주지. 여기에서 뭔가 연상되지 않아?"

"이 혹 때문에 머리가 빨리 안 돌아가. 무슨 말을 하려는 거야?"

유코는 잠깐 뜸을 들이고는 말했다.

"사형수."

그 말을 듣고 내가 입을 떼려는 순간 문밖에서 발소리가 나더니 잘가닥잘가닥하고 열쇠로 문을 여는 소리가 들렸다. 창고의 문이 열리고 한 남자가 들어왔다.

"나오키! 나오키 아닌가! 휴우, 살았어."

내가 벌떡 일어나서 다가가려고 하자 나오키가 말했다.

"움직이지 마십시오, 우노 경감님."

나오키는 산탄총을 쥐고 총구를 정확하게 내 앞으로 겨누었다.

"나오키! 이게 무슨 짓이야!"

"농담이 아닙니다. 자, 물러서서 앉아주세요."

"이봐!"

"가만 있어, 아저씨! 저 사람 진심이야."

유코가 내 팔을 잡아당겼다.

"맞아요. 조카분 말대로입니다."

나는 지금 악몽을 꾸고 있는 걸까. 나는 원래 자리로 돌아가서 앉았다. 나오키는 열린 문 앞에 서서 언제라도 총을 쏠 태세를 취했다. 잔뜩 긴장한 모습이다. 어둠이 점점 옅어져 갔다. 곧 동이 트려나 보다.

"소리를 질러도 소용없습니다. 아무도 도와주러 오지 않을 겁니다."

"마을 사람들은 어떻게 된 거냐?"

유코가 대신 대답했다.

"마을 사람들이 모두 공범자야. 그렇지?"

나는 멍해져서 유코의 얼굴을 쳐다보았다.

"조카가 더 똑똑하군요."

나오키가 웃었다. 유코가 추측을 이어갔다.

"정월 축제를 위해서 우리가 필요했던 거지. 산 제물로 바치려고."

"뭐라고!"

"맞습니다. 그 말대로입니다. 1년에 한 번 여는 우리 마을의 축제에서는 중요한 의식을 치릅니다. 이 축제 덕분에 가난한 이 마을이 망하지 않고 큰 재해 없이 유지되는 겁니다."

"바보 같은 소리! 너는 그런 미신을 진짜로 믿는 거냐!"

"믿지 않아요, 물론."

나오키는 선선히 말했다.

"중요한 건 여기 사람들이 그것을 믿고 있다는 사실입니다."

"무슨 헛소리야? 매년 정월에는 누군가를 산 제물로 바쳐서 죽였다는 건가?"

"그렇습니다."

나는 내 귀를 의심했다.

"나오키! 너는, 너는 경찰이야. 그런데도 이런 짓을 하는 거냐? 살인을 묵인하는 거냐고!"

"로마에 가면 로마법에 따라야죠, 경감님. 어릴 때부터 매년 이런 축제를 보며 자라보세요. 그걸 '살인'으로는 생각하지도 못합니다."

"하지만 지금은 뭔지 알잖아?"

"물론이죠. 법률적으로는."

"그렇다면 왜 그만두라고 하지 않지?"

"경감님, 모르시는 말씀입니다."

나오키는 슬픔이 배어 있는 한숨을 지었다.

"수십 년 전인지 수백 년 전인지 아무튼 언제 어떻게 시작됐는지조차 모르는 축제입니다. 제가 그만두자 한다고 쉽게 끝낼 수 있는 일이 아니라는 말씀입니다. 사실은 이전에 그런 시도가 있긴 했지요. 2년 전인가. 이 마을 사람이었는데 도쿄에 있는 대학에서 공부를 했던 남자였습니다. 그가 이 축제를 그만두자는 제안을 했습니다. 사람을 산 제물로 삼는 건 잘못된 거다. 이건 단순한 미신이다. 그렇게 말하면서 열심히 마을 사람들 한 명 한 명을 설득해나갔죠. 모두의 마음도 서서히 움직이기 시작했습니다. 결국 그해에는 이 축제를 열지 않았지요. 그런데 그 여름 전례 없는 폭우가 쏟아지면서 벼랑이 무너졌고 마을 사람들도 열 명 가까이 죽었습니다. 사람들은 축제를 하지 않아서 이런 일이 생겼다고 생각했습니다. 화가 난 마을 사람들은 그 남자를 끌고 가서 벼랑 끝에서 떨어뜨렸어요. 밀어버린 거죠. 그 이후로 누구도 축제를 중지하자는 말은 꺼내지 않았습니다."

나는 기가 막혔다.

"그 남자의 약혼녀는 연인이 벼랑에서 떨어지는 것을 보고 미쳐버렸습니다. 아시죠? 길가에 앉아 있던 여자애."

나는 크게 놀랐다. 그렇군. 그 여자애가 '살해당할 거야'라고 쓴

건 우리에게 보낸 경고였어. 미친 척하면서 산 제물이 되는 희생자에게 위험을 알렸던 것이다.

"하지만 그렇게 매년 누군가가 죽었다면 분명 경찰이 눈치챘을 텐데!"

"산 제물은 대부분 여행객 중에서 고릅니다. 게다가 한참 지나서 지역 경찰에 신고를 하지요. 그제야 시체를 발견한 것처럼 말입니다. 그럼 언제 그 사람이 죽었는지도 알아내기 어렵고 시체의 신원 파악도 힘듭니다. 경찰에서는 신원 불명인 사람이 사고사한 것으로 마무리하죠. 당신들도 여기에 온 걸 가족 누구한테도 알리지 않았죠?"

듣고 보니 맞는 말이었다. 예약해두었던 여관은 우리 둘이 가지 않았다고 해도 그저 예약 취소로 처리되리라. 우리가 행방불명이 된다면 가족이든 경찰이든 우리를 찾을 방도가 없을 터이다.

"하지만, 변사체로 발견된다면 사인을 조사한다고!"

"조사한다 한들 단지 들개에 죽임을 당했다고 생각할 겁니다. 사실 그건 이리이지만요."

"이리?"

"이리는 거의 멸종됐지만 이 마을에서는 축제를 위해서 산속에 작은 우리를 만들어 이리를 사육해왔지요. 어제 죽은 청년은 숲 속을 거닐다가 이리 우리를 발견하곤 속을 들여다보다가 당해버린 거죠."

나오키는 어깨를 으쓱했다.

"운이 나빴죠."

그때 첫 번째 닭 울음소리가 들렸다. 나오키는 밖으로 시선을 돌렸다.

"시간이 됐습니다. 나쁘게 생각하지는 마세요. 원하시는 건 거의 해드렸잖아요. 그 성의를 생각해주십시오."

"말도 안 되는 소리 하지 마!"

나는 분노를 터트렸다.

"촌장 부인과 잠자리를 안 했다지요."

나오키는 음침하게 웃었다.

"아깝습니다. 훌륭한 여자라는 평이 있는데요."

문 밖에서 발소리가 났다. 건장한 마을 청년 두 명이 문 앞에 모습을 나타냈다.

"이봐, 나오키! 다시 생각해봐! 지금이라도 늦지 않았어."

나는 필사적으로 그를 설득하려 했지만 나오키는 말없이 고개를 흔들고는 두 남자에게 지시했다.

"여자를 끌고 가!"

나는 두 남자를 가로막았다.

"기다려! 죽이려면 나만 죽여!"

"진정하시죠. 경감님. 두 사람 모두 죽겠지만 젊은 여자를 먼저 죽이면 축제 열기가 한층 고조될 테지요."

"이 자식이!"

"아저씨, 잠깐."

유코가 나를 막아섰다.

"어느 쪽이 먼저 죽든 결국 둘 다 죽을 거야. 그렇잖아? 나는 아저씨가 죽는 걸 보고 싶지 않아."

"유코……."

유코는 두 남자에게 팔을 붙들린 채 끌려가다가 문 앞에서 돌아보았다.

"깜빡했어요. 해피 뉴 이어."

미소를 보이며 말했다. 그리고 이내 밖으로 끌려 나갔다. 나오키가 감탄을 늘어놓았다.

"대단한 담력이군요. 죽이기 아까울 정도네요."

"이봐! 도대체 뭘 하려는 거야?"

"보셨잖아요? 마을 밖에 만들어놓은 둥근 울타리를. 거기에 그녀를 넣을 겁니다. 그리고 아까 말한 이리를 풀어놓아야지요. 사흘 동안 먹이를 주지 않았습니다. 이리가 뛰어드는 순간 그녀는 목숨을 잃을 거예요. 고통은 한순간이죠."

"이 개 같은 자식! 그러고도 네가 사람이냐!"

"마음껏 지껄여보시지요."

그때 둥둥둥 하고 멀리서부터 북소리가 짧은 간격으로 들려왔다. 단조로우면서도 무미건조한 소리였다.

"축제 시작을 알리는 신호입니다. 모두한테 모이라고 하는 거죠."

드디어 북소리가 뚝 그쳤다. 뒤이어서 와 하는 떠들썩한 소리가 들려왔다.

"시작했나 보군요."

나는 숨을 삼켰다. 어떻게 해서든 유코를 구해야 한다. 나는 나오키를 향해서 한 발 내딛었다. 나오키가 움찔하더니 총을 고쳐 쥐고는 외쳤다.

"가까이 오지 마! 쏜다!"

"쏠 테면 쏴!"

나는 개의치 않고 천천히 한 발 한 발 앞으로 나갔다.

"그 방아쇠를 당기려면 당겨봐! 나는 두 발을 맞는다고 해도 죽기 전에 너를 목 졸라 죽일 거야. 자, 쏴봐!"

나오키의 얼굴이 창백해졌다. 몸으로 입구를 막아선다고 섰지만 점점 밖으로 뒷걸음질 쳤다. 언제 방아쇠를 당길까? 가능성은 희박하지만 방아쇠를 당기는 것보다 내가 먼저 달려드는 게 더 빠르지도 모른다. 희망은 그것뿐이다. 이 순간에 이리가 송곳니로 유코의 하얀 목을 물어뜯고 있을지도 몰라. 좋아!

이제 덤벼들어야지 하는 순간 나오키가 갑자기 짧은 비명을 질렀다. 눈이 확 커지면서 산탄총의 총구가 힘없이 밑으로 떨어졌다. 나오키는 그 자리에 풀썩 쓰러졌다. 등에 부엌칼이 깊게 꽂혔다. 이 모든 상황을 지켜보고 있던 이가 있었던 것이다. 바로 미친 행세를 했던 그 여자아이다.

"기다렸어. 이 순간을."

누구를 향한 말이 아니었다. 다른 생각에 빠진 사람처럼 멍하게 중얼거렸다.

"그 사람을 떨어뜨린 건 이 녀석이었어."

"이봐, 괜찮아?"

내 목소리에 여자아이는 정신을 차렸다.

"빨리 도망쳐요!"

그 여자아이가 소리쳤다.

"말도 안 돼. 그녀를 구해야 해. 마을 사람들은 모두 축제 장소에 있지?"

"네."

"그럼 너는 시내 경찰서로 달려가. 할 수 있지?"

"마차를 끌 줄 알아요."

"그럼 부탁한다."

나는 쓰러진 나오키의 손에서 산탄총을 빼들고 전속력으로 달려 갔다.

6

텅 빈 마을을 벗어나자 그 둥근 울타리가 보였다. 마을 사람들은 울타리가 내려다보이는 계단형 벤치에 밖을 등지고 앉아 있었다. 나는 발소리를 죽이고 가까이 갔다. 벤치 한 부분이 끊긴 곳에 울타리 속으로 들어가는 좁은 통로가 나 있다. 나는 몸을 낮추고 겨우

사람 한 명 지나갈 만큼 좁은 그 통로로 죽을힘을 다해 기어 들어
갔다. 안쪽으로 들어가는 문은 바깥에서 빗장이 걸려 있었다. 나는
빗장을 풀고 문을 조금 열어 안을 들여다봤다.

이리가 보였다. 도사견보다 두세 배는 더 커 보인다. 이리는 바닥
에 웅크리더니 뾰족한 송곳니와 발톱으로 무엇인가를 물어뜯었다.
아뿔싸! 늦었구나. 공포감에 등골이 서늘했다. 온몸이 얼어버릴 것
만 같았다. 하지만 자세히 보니 그건 유코가 아니라 지푸라기로 만
든 인형에 옷을 입힌 것이었다. 이리는 옷가지와 지푸라기로 만든
몸을 마구 뜯고 있었다. 갑자기 마을 사람들이 와 하고 환호성을 올
렸다. 그 뒤 둥근 울타리 안에 유코가 던져졌다. 유코는 일단 쓰러
졌지만 바로 일어났다. 이리와 마주하자 얼굴이 창백해지더니 곧
벽에 몸을 딱 붙이고 섰다. 이리도 이번엔 생물이 던져졌다는 걸 알
았는지 인형에서 몸을 뗐다. 이리는 낮은 울음소리를 내면서 유코
쪽으로 발을 옮겼다. 유코는 바로 일어섰지만 체념이라도 했는지
그 자세 그대로 움직이지 않았다. 나는 수평 2연식 산탄총을 장전
해서 어깨에 대고 이리를 겨냥했다. 여기까지 오느라 숨이 차 가슴
이 심하게 위아래로 움직였고 총구도 따라서 흔들렸다.

"물어!"

"달려들어!"

"어서 해치워!"

"죽여! 잡아먹어!"

마을사람들의 목소리가 여기저기서 날아들었다. 여자 목소리, 심

지어 아이 목소리도 있었다. 이리는 수 미터 앞에 유코를 두고 네 발을 멈추었다. 이리는 몸을 가다듬고 달려들 자세를 취했다. 나는 숨을 멈추고 총을 겨눴다. 이리가 날아오른 순간 방아쇠를 당겼다. 격한 반동이 어깨에 전해졌다. 총성이 울렸고 화약 연기가 피어올랐다. 이리는 옆으로 쓰러져서 땅으로 굴렀다. 머리가 반 정도 날아갔다.

일순간 장내는 물을 끼얹은 듯 조용해졌다. 나는 문을 열고 외쳤다.

"유코, 여기야! 빨리 와!"

유코는 나를 보더니 재빨리 달려왔다.

"빨리 나가자!"

통로를 벗어나는 데 5초도 걸리지 않았을 터였지만 너무도 길게 느껴졌다. 분명 마을 사람들은 무슨 일이 일어났는지 금방 이해하지 못했으리라. 단지 웅성거릴 뿐이었다. 나와 유코가 밖으로 뛰쳐나가자 그제야 마을 사람들이 동시에 폭발하듯 동요했다.

"죽여!"

"놓치지 마!"

성난 파도가 밀려오는 것처럼 사람들이 우리를 쫓아왔다.

"달려!"

나는 유코에게 외쳤다. 우리는 필사적으로 달렸다. 쫓아오는 마을 사람들의 발소리가 생생하게 귀에 들려온다. 마을로 들어갈까 했지만 유코가 아무리 빨리 달린다고 해도 몸을 잘 단련한 마을 청년들을 이기기는 힘들다. 마을을 빠져나가기 전에 붙잡힐 것이다. 나는 유코를 향해 외쳤다.

"숲으로 숨어!"

집과 집 사이의 좁은 틈을 지나서 우리는 깊은 숲 속에 몸을 맡겼다.

"이 자식들 어디로 가버렸지?"

"이미 빠져나간 건가?"

"그럴 리 없어! 분명 이 근처에 있어. 잘 찾아봐!"

귀에 익숙한 목소리가 들려왔다. 소에다 촌장이다. 나오키의 아버지 목소리, 잡화상 여주인, 거기에 아야지 부인의 목소리까지 섞여 있다.

"뭘 꾸물거리는 거야! 빨리 찾아내! 저러다 작년처럼 벼랑에서 떨어지면 안 돼!"

"둘 다 때려죽이자!"

머리 위에서 격양된 목소리가 계속 오고가는 상황은 아무래도 유쾌하지는 않다. 나와 유코는 결국 그 가파른 벼랑 끝에 내몰렸다. 벼랑이 시작되기 직전에 있는 좁은 구덩이에 몸을 숨겼다. 깊이가 1미터 정도 되려나. 저 밑에는 이제 무엇 하나 잡을 것도 없는 낭떠러지다. 절체절명의 순간을 그림으로 보는 것만 같다.

그 후 얼마나 시간이 지났을까. 날이 밝아오고 있다. 머리 위에는 맑고 파란 하늘이 펼쳐졌다. 이 세상에서 보는 마지막 광경으로 기억하기에는 좋은 풍경이다.

"더 이상 갈 길이 없는 것 같아."

유코는 낮은 목소리로 말했다. 최대한 몸을 웅크린 채로 서로 붙어 있어서 큰 소리를 낼 필요도 없었다.

"그래. 그렇게 보인다."

"아저씨, 이대로 있다가는 금방 발각될 거야."

"그렇겠지. 그 아이가 빨리 경찰을 데려와주면 좋겠는데."

"그건 무리야. 마차를 타고 달려도 시내까지 30분은 걸려. 거기에다 경찰이 그 아이 말을 믿어줄지도 의문이고."

"유코, 그런 비관적인 말은 하지 마."

"사실은 사실이야."

"여기에서 경찰이 오기만을 기다리다가 발각되면 끝이야. 차라리 과감하게 뛰어나가 볼까?"

"그건 너무 위험할 텐데."

"다른 방법이 없잖아. 내가 먼저 나가서 그 녀석들 주의를 끌게. 너는 그 사이에 도망가."

"싫어, 말도 안 돼."

"유코, 내 말 들어."

"아저씨 죽을 작정이잖아. 나를 살리려고. 그런 건 싫어."

"내가 하는 말 잘 들어! 너는 아직 젊잖아. 살아갈 날이 창창하다고. 나는 경찰이야. 이럴 때 위험한 일에 뛰어들라고 월급을 받고 있다고."

"영웅 흉내는 그만둬. 아저씨랑 어울리지 않아."

"유코!"

"죽으려면 같이 죽어야지. 안 그래?"

유코는 이러한 상황에서도 씩씩했다. 나는 그녀의 웃는 얼굴을 쳐다보았다. 제멋대로에 지기 싫어하고 고집쟁이에 뻔뻔스럽기까지 한 여자야! 별도리 없이 나도 따라 웃었다.

"신기해. 너와 있으면 그게 어디든 편안한 카페에 느긋하게 있는 기분이야."

"내가 긍정적인 에너지를 마구 뿜어내는 사람이라 그래. 너무 걱정하지 마. 하늘은 우리처럼 선량한 사람들을 그대로 버려두지 않을 거야."

유코는 엉뚱한 소리를 했다.

"쉿!"

바로 위에서 사람의 목소리가 들렸다.

"이 아래에 있을지도 몰라."

"그래! 샅샅이 뒤져!"

나와 유코는 얼굴을 서로 마주 봤다.

"아저씨, 저 사람들 아무래도 여길 지나쳐 간 모양이야."

유코가 한숨을 쉬었다.

"위로 갈래? 아래로 갈래?"

"아래라니? 무슨 소리야?"

"위로 가서 저 사람들한테 죽느니 손을 잡고 같이 뛰어내리는 게 더 낫잖아."

나도 유코처럼 한숨을 쉬었다.

"나는 너만이라도 살아남길 바라."

그때 유코가 갑자기 위를 올려다봤다.

"무슨 소리지?"

"뭐가?"

"아저씨, 저기 좀 봐!"

머리 위에 프로펠러 돌아가는 소리가 들렸다. 마을 사람들도 웅성거렸다.

"헬리콥터야!"

프로펠러 소리가 점점 가까이 오는가 싶더니 우리 머리 위에서 멈췄다.

"대체 이게 무슨 일이지?"

밧줄 사다리가 마법처럼 우리 눈앞에 흔들거리며 내려왔다.

"꽉 잡아!"

나는 유코의 몸을 붙들어서 밧줄 사다리를 잡도록 도왔다. 사다리는 유코의 손에 잡힐 듯 말 듯 흔들거렸다. 드디어 유코가 사다리를 잡았다.

"저기 있다!"

머리 위에서 사람 목소리가 들렸다. 나도 총을 버리고 사다리로 몸을 날렸다. 우리가 매달리자마자 헬리콥터는 급히 상승했다.

태어나고 나서 이때만큼 큰 스릴을 맛본 적이 없다. 이후로도 없으리라. 헬리콥터는 엄청난 속도로 날았다. 유코와 나는 밧줄 사다리에 매달린 채 숲을 지나고 산등성이를 넘었다. 거센 바람을 견뎌내면서 떨어지지 않게 꼭 달라붙었다. 오로지 떨어지지 말아야 한다는 생각뿐이었다. 눈 밑에 펼쳐진 파노라마를 감상할 여유 따위는 없었다.

지금 와서 생각해보면 나는 그 와중에서도 제법 침착했던 것 같다. 보통 사람들은 그런 상황이라면 머릿속이 새하얘져서 어쩔 줄 몰라 했을 터이다. 나는 바람을 맞으면서도 아래로 떨어지면 안 된다고 몇 번이나 내 마음을 추슬렀으니까.

이거야말로 '하늘의 도움'이 아니겠는가.

헬리콥터는 시내 상공으로 들어왔고 초등학교 운동장에 착륙했다. 착륙과 동시에 우리는 땅바닥에 털썩 주저앉았다. 한 남자가 헬리콥터에서 내려 우리를 향해 다가왔다. 그는 우리가 선인촌에 도착했던 밤에 만났던 방송국 남자였다.

"괜찮습니까?"

"네. 덕분에 살았습니다. 죽기 일보 직전이었어요."

"상공에서 촬영하는데 무슨 일이 있는 것 같았습니다. 심상치 않아 보였어요. 그 언저리를 돌다가 당신들이 그 벼랑에 숨어 있는 모습을 보고 밧줄을 내렸습니다. 사다리에 매달려서 오시느라 힘들었죠? 헬기를 세울 만한 장소가 없어서요."

"어휴, 그것만으로도 감지덕지죠."

유코는 아직도 숨이 가쁜지 어깨를 위아래로 움직이며 숨을 골랐다.

"그런데 정월에도 일하세요?"

"부장님께서 공중에서 그 마을을 찍은 컷이 꼭 필요하다고 하셔서요. 어쩔 도리 없이 이렇게 날아왔지요."

"그럼 그 부장님 댁에 새해 인사를 드리러 가야겠어."

유코가 나를 보며 말했다.

한밤중이 되어서야 나는 시내의 작은 여관으로 돌아왔다. 유코는 잠옷을 입고 쉬고 있었다.

"어떻게 됐어?"

"지금 지방 경찰도 출동했어. 스무 명 정도가 트럭을 타고 마을로 향하는 중이야. 사람들이 좀처럼 내 말을 믿지 않더군. 설득시키기 힘들었어."

"그랬겠지."

"그 여자가 한 증언이 꽤 효과가 있었어. 내 신분을 확인하고는 그쪽도 완전히 나를 신용했고."

"그럼 이제 어떻게 되는 거야? 마을 사람들 전부 체포한대?"

"글쎄. 뭐 아무튼 촌장을 연행하고 마을에는 방범대를 두겠지. 이건 전대미문의 사건이야. 마을 사람들 전체가 한통속이 되어 살인을 하다니. 작년까지 일어났던 사건을 이제부터 조사하려면 여러모로 어려울 거야."

나도 유카타로 갈아입고 맥주를 꺼내어 유코와 건배를 했다.

"선인촌이라는 이름이 오히려 그들을 힘들게 만든 게 아닐까?"

맥주를 들이켠 유코가 먼저 말을 꺼냈다.

"무슨 말이야?"

"선의로 가득 찬 인간이라니 이상하잖아. 인간은 서로 사랑하기도 하고 증오를 느끼기도 하는 존재인걸. 선인촌에서는 모두가 착한 사람으로 지내야만 했어. 자신의 불만이나 분노를 억누른 채로 무리해서 말이지. 그렇게 억눌렸던 걸 1년에 한 번 살인하는 것으로 풀었던 거야. 그 둥근 울타리 속에 던져졌을 때 날 보는 마을 사람들의 눈을 봤어. 섬뜩한 증오로 가득한 그 눈, 얼마나 오싹했는지 몰라. 1년간 쌓아온 증오를 산 제물을 향해서 던져버리는 거지. 그걸 위해서 지금까지 축제를 계속 이어왔다고 생각해. 어떻게든 해소하기는 해야 하니까."

"축제라. 대단한 축제로군."

"사람은 무엇보다 자신의 감정을 솔직하게 표현하는 게 중요해."

"그거야말로 이번에 우리가 목숨을 걸고 얻은 교훈이군."

"머리에 난 혹은 괜찮아?"

"아. 대단한 것도 아닌데 뭘."

"그럼……."

유코는 벌떡 일어나더니 이불 옆에서 잠옷을 벗고 알몸이 되었다. 그러고는 "나는 내 감정에 솔직하다고." 하면서 이불 속으로 쏙 들어왔다. 나도 재빨리 그 뒤를 따랐다. 함께 죽을 각오까지 해서일까. 그녀가 더욱 사랑스러웠다.

"있잖아, 아저씨."

유코가 속삭였다.

"응. 말해."

"오늘 나와 함께 죽었어도 후회 안 했겠어?"

"아니. 후회했을 거야. 너를 구해주지 못해서."

"감동적이야! 난 아저씨가 이래서 너무 좋아!"

나는 그녀의 알몸을 꼭 끌어안았다.

"아저씨, 저 말이야. 우리 잘해나갈 것 같은데……."

나는 두근거렸다. 무슨 말을 하려는 걸까? 혹시…….

"부탁이 있어."

"말해봐."

"내가 학교를 졸업하고 나면 나와……."

"으응? 너와 뭐?"

나는 침을 꼴깍 삼켰다.

"아저씨, 나랑 탐정 사무실 차리지 않을래?"

·

『유령 열차』를 집필했을 무렵에

아카가와 지로

『유령 열차』는 나의 처녀작이다.

처음 출판되었다는 점에서 처녀작일 뿐이다. 내가 정작 소설을 쓰기 시작한 것은 중학교 3학년 때로 당시에는 셜록 홈스 시리즈에 흠뻑 빠져 있었다.

출판하지는 못했지만 그 이후로 계속 소설을 써서 고교 시절에는 천 장이 넘는 장편 두 편을 썼다.

샐러리맨 생활을 시작하고 많은 작품을 쓰지는 못했으나 그래도 글쓰기는 쉬지 않고 이어갔다. 그렇게 10년쯤 지냈을 때 『유령 열차』로 신인상을 받았다.

수상하기 1년 전에는 텔레비전 시나리오 공모전에 뽑혀 내 작품이 텔레비전에서 방영되기도 했다. 그 맛에 빠져 『유령 열차』를 집필했을 무렵에 여러 작품을 다양한 문학상이나 시나리오 공모전에 보냈다. 분가쿠카이, 다자이 오사무상은 물론이고 도시바 일요 극장까지 좋게 말하자면 폭넓게, 거칠게 말하자면 닥치는 대로 원고를 보냈다.

그중에서 추리소설은 『유령 열차』이 한 작품뿐이다.

열흘 동안 93장짜리 원고를 완성해서 응모 마감 날이 되어서야 발송했다. 이 작품 말고도 응모한 작품이 많아서 『유령 열차』에 대해서는 까맣게 잊고 지냈다. 특히 도시바 일요 극장에 보냈던 시나리오가 2차 예선까지 올라서 발표가 오늘일지 내일일지 거기에만 집중하고 있던 터였다. 결국 그 시나리오는 3차 예선에서 탈락했고 크게 상심해 있었다. 그다음 날 문예춘추로부터 『유령 열차』가 올요 미모노 추리소설 신인상 최종 후보에 올랐다는 연락을 받았다.

입선하고 나서 이 작품은 '일본에서 흔치 않은 유머러스한 추리소설'이라는 평을 받았다. 실상 나는 그렇게까지 의도하지는 않았다. 너무 힘들고 견뎌내기 어려운 복잡한 설정이 싫다고 했지만 실상은 치밀하게 수수께끼를 짜서 소설을 쓰는 것이 내 머리로는 불가능했을 뿐이다.

그래서 밝은 필체로 독자가 가볍게 읽을 수 있게 하는 데 집중했다. 하나의 트릭에 경쾌한 스릴러를 가미했더니 이런 작품이 나왔다.

주인공 나가이 유코의 롤 모델은 따로 없다. 1년 전 방영된 TV 드라마에서 설정한 중년 남자와 젊은 아가씨 콤비가 반응이 좋기에 그대로 가져왔을 뿐이다. 이 콤비가 여기까지 이어질 줄은 나도 몰랐다.

작품을 응모할 때 상을 받고 싶은 욕심이 없지는 않았기에 『유령열차』 이후로 속편을 이어갈 만한 여지를 남기고 작품을 마쳤다. 입선이 결정된 것도 아니었는데 우습기 그지없다.

나는 추리소설만 고집하는 작가는 아니지만 이 시리즈는 길게 이어가려고 한다. 이 콤비에 대해 쓰고 있노라면 마치 고향으로 돌아간 듯한 포근함이 느껴지기 때문이다.

긴장과 이완을 적절하게 배치한
유머러스한 미스터리 소설

한성례

『유령 열차』는 일본 엔터테인먼트 소설의 대표적 작가인 아카가와 지로의 데뷔작이다. 500편을 넘게 소설을 써온 이 작가가 자신의 작품 중에서 가장 애착을 가졌던 시리즈라고 한다.

아카가와 지로는 1976년 이 작품으로 제15회 올요미모노 추리소설 신인상을 수상하며 문단에 데뷔했다.『유령 열차』는 '유령' 시리즈의 첫 번째 이야기이다. 아카가와 지로는『유령 열차』를 시작으로『유령 후보생』에 이어 지난 2011년에『유령 주의보』까지 총 23권의 '유령' 시리즈를 썼다. 그의 기발한 착상, 산뜻한 문장, 독특한 유머에 반한 두터운 독자층이 있기에 가능했으리라. 이 소설에 실린 여러 이야기들은 큰 인기를 얻어 모두 드라마로 만들어졌으며, 6년여에 걸쳐 테레비아사히의 토요와이드극장에서 방영되었다.

『유령 열차』의 매력을 만끽하려면 여대생 나가이 유코와 40대 우노 경감이 이루는 콤비에 주목해야 한다. 두 사람은 나이 차이도 많고 서로 닮은 구석이라고는 손톱만큼도 없지만 죽이 잘 맞는다. 이들이 아웅다웅하면서 사건을 해결하는 모습이 흥미롭고 재미있다. 그들은 사건을 앞에 두고 진지하다가도 금방 투덕거리며 장난을 친다. 작가는 이렇게 긴장과 이완을 적절하게 배치해서 독자가 더욱 소설에 빠져들게 만든다.

주인공 나가이 유코는 자칭 명탐정이다. 자기가 살해당할지도 모르는 위험천만한 순간에도 천연덕스럽게 구는 배짱, 날카로운 감, 베테랑 형사 못지않은 관찰력으로써 사건을 명쾌하게 해결해낸다. 경시청 수사 1과 경감인 우노 교이치는 부인을 교통사고로 잃은 뒤 홀로 지내다 '유령 열차' 사건 이후로 유코와 연인 사이로 발전한다. 항상 유코 옆에서 든든하게 그녀를 지켜주며 둘이서 함께 사건을 해결해나간다.

우노 경감의 후배 하라다도 감초 역할을 톡톡히 한다. 하라다는 커다란 덩치에 어울리지 않게 애교가 많은 남자다. 끊임없이 음식에 집착하고 상황에 어울리지 않는 발언을 서슴지 않아 절로 미소를 짓게 한다. 추리소설인데도 가볍게 읽을 수 있는 것은 유머러스한 주인공들 덕분이리라.

이 책에는 총 다섯 편의 단편이 실렸다. 온천 마을로 여행을 떠났던 사람들이 열차 안에서 사라진 사건을 다룬 「유령 열차」, 수상한 납치범이 한 사업가의 딸을 납치하는 「유괴범의 배신」, 한여름에 '동사'한 시신을 발견하는 「얼어붙은 태양」, 비 한 방울 내리지 않는 날에 여러 사람이 우비를 입은 채로 연달아 죽는 「비옷을 입은 시체」, 선량한 사람만이 가득한 선인촌에서 상상도 못 할 사건이 일어나는 「선인촌의 마을 축제」. 이 다섯 가지 사건을 두 주인공은 어떻게 해결할까.

　이 소설은 발간한 지 20년이 넘었는데도 시대에 뒤떨어진다는 생각이 들지 않는다. 경쾌하게 써내려간 미스터리 소설이다 보니 살인 사건을 다루는데도 무겁지가 않다. 또한 주로 대화로 글을 진행해나가서 한 편의 드라마나 영화를 보는 느낌이다. 짤막짤막한 글이 여러 편 실려 있어 가뿐하게 읽기 좋은 점도 이 소설의 매력이다.

　이 작품을 통해 독자 여러분들도 아카가와 지로만의 독특한 매력에 빠져보시기 바란다